マッドアダム　下

マッドアダム 下

MADDADDAM

マーガレット・アトウッド

林 はる芽 訳　　岩波書店

MADDADDAM

by Margaret Atwood

This Japanese edition published 2024
by Iwanami Shoten, Publishers, Tokyo
by arrangement with O.W. Toad Ltd.
c/o Curtis Brown Group Ltd.
through The English Agency (Japan) Ltd., Tokyo

目次

上巻

装画・タケウマ
装丁・後藤葉子

骨の洞窟

筆記体

トビーは日誌に向かう。本当はそんな元気などないのだが、ゼブがわざわざ持ってきてくれたのに使わないでいたら、きっと気づくだろう。ドラッグストアにあったという子ども用の安物ノートを使うことにした。ノートの表紙は、まぶしく黄色い太陽、ピンクのヒナギク、それに男の子と女の子。その昔、子どもたちが描いていたような絵、簡単な図形を組み合わせただけの絵だ。昔って、人間の子どもたちが生きていた頃だけど――どのくらい前だっけ？　疫病が世界を襲ってから、何世紀も過ぎたように感じる。実際は半年も経っていないのに。

男の子は青い短パン、青い帽子に赤いシャツ。女の子はお下げ髪で、三角形のスカートは赤、シャツは青。二人とも、目はインクが滲んだみたいな黒い丸、赤く大きな口元には笑みが浮かぶ。死にそうなくらい、すごく笑っている。

そう、死ぬほど笑っている。彼らは絵の中の子どもにすぎないが、今は死んでいるようにしか見えない。本物の子どもたちが皆死んでしまったように。つらくなるから、表紙を長く見ていられない。

ともかく、目の前のことに集中したほうがいい。落ち込んだり、くよくよ考えたりしてはだめ。先のことはいいから、今をまず受け入れよう。

〝聖ボブ・ハンターと虹の戦士たちの祝祭〟とトビーは書く。暦を間違えているかもしれない――一日か二日ずれているかも――が、どうしようもない。だって、確かめられないんだから。月や日を管理する当局も、もうないし。レベッカならわかるかも。お祭りや祝祭のための特別な献立があったから、日にちを覚えていても不思議じゃない。今も暦の確認をしているんじゃないかしら。

〝月、上弦と満月の間。天気、異常なし。特記事項、ピグーン数匹が侵入した形跡あり。ゼブの探索チームがペインボーラーの野宿した跡――銃で撃たれて身体の一部を切断された子ブタとともに――を確認。タイヤで作ったサンダルを発見――アダムの手がかり？　アダム一号と神の庭師たちの生存を示すものは見つからず〟

少し考えた後、書き添える。〝ジミーは意識が戻り、回復の途上。クレイカーは相変わらず友好的〟

「ねえ、トビー、何を作っているの？」少年のブラックビアードだ。彼の入ってくる音に気がつかなかった。「その線は何ですか？」

「こっちへいらっしゃい」と彼女は言う。「大丈夫だから。ほら、見てごらんなさい。〝書く〟ことをしているの。この線が〝書く〟ことなのよ。見せてあげる」

基礎的なことをひと通りおさらいする。**これは紙です。木から作ります。木は痛い？　いいえ、紙を作る時、木はもう死んでいますからね**――ちょっとした嘘。でも、かまやしない。**それから、これがペン。中に黒い液体が入っていて、インクといいます。でも、書くためにはペンじゃなくてもだいじょうぶなの。**こう言っておいたほうがいいと思う。水性ペンはそのうちなくなるから。

書くことのために、いろんなものが使えます。ニワトコの汁をインクにしたり、鳥の羽根をペンにし

たり。棒きれを使って濡れた砂の上に書くこともできます。書くことのために、いろいろなものが使えるの。

「まず」トビーは言う。「文字を書かないといけないのよ。一つの文字は一つの音を表します。そして、文字をいくつか合わせると、ことばになる。ことばを紙に書くと、そこに残って、ほかの人たちは紙の上のことばを見たり、聞いたりできるの」

ブラックビアードはいぶかしげに目を細め、戸惑いと疑いの顔で「でも、トビー、文字もことばも話さないよ」と言う。「そこにつけた印は見える。でも、何も言わない」

「書いてあるものの声にならなくちゃいけないのよ、あなたが」彼女は答える。「〝読む〟時にね。〝読む〟って、この印を音に戻すことなの。見て、あなたの名前を書くわね」

ノートの後ろから注意深く一枚破り、ブラックビアード（BLACKBEARD）と書いてみせる。そして、文字を一つずつ発音する。「わかる?」と彼女。「これはあなたのこと。あなたの名前」彼にペンを持たせると、その手とペンを上から支えながら〝B〟の字を書く。

「あなたの名前は最初がこれ」彼女は言う。「B。ハチのことをビー（bee）ともいうでしょ? それと同じ音」なぜ、こんなことを話しているのかしら? この子にとって何の意味があるだろう?

「これはぼくじゃない」ブラックビアードは顔を曇らせる。「ハチでもない。ただの印だよ」

「この紙をレンのところに持っていって」と、トビーは微笑む。「読んでもらいなさい。彼女があなたの名前を言ったかどうか教えて」

ブラックビアードはトビーを見つめる。言われたことを信じていないが、ともかく紙を受け取り、毒が塗ってあるかのように慎重に持つ。「ここにいてくれる?」彼は訊ねる。「ぼくが戻ってくるまで」

「ええ、ずっとここにいますよ」少年は彼女からじっと目を離さないまま、いつものように後ずさりし、戸口の角を曲がる。

彼女は日誌に戻る。日々のできごとをありのままに綴る以外に、何を書けばよいだろう？　どんな物語——どんな歴史を伝えれば役に立つだろう？　将来の人々にとって——将来の予想はつかず、人間が生き残るのかもわからないけれど。

〝ゼブとクマ〟と書く。〝ゼブとマッドアダム〟〝ゼブとクレイク〟と続ける。この三つは書き留めておくべき物語。でも、なぜ？　誰のために？　自分のためだけに？　ゼブのことを考える口実になるから？

〝ゼブとトビー〟と書く。だが、もちろん重要な話にはなり得ない。

結論を急いではだめ、と自分に言い聞かせる。お土産を持って庭園に来てくれたじゃない。スウィフト・フォックスについては、誤解なのかもしれない。誤解じゃなかったとしても、何だというの？　今あるものを受け入れなさい。目をそむけるばかりじゃだめ。感謝しなさい。

ブラックビアードが部屋にそっと戻ってきた。さっきの紙を熱い盾のように身体の前に掲げている。晴れやかな顔だ。

「わあ、トビー、やったよ」彼は言う。「名前を言った。これがレンにぼくの名前を言ったよ！」

「ほらね。それが〝書く〟ことなのよ」

ブラックビアードが頷く。この子は今、書くことの可能性に目覚めはじめている。「これ、もらってもいい？」

「もちろん」

「もう一度やって見せて。あの黒いものを使って」

その後——雨が降り、そして止んだ後——砂場に彼の姿がある。棒きれと紙を持って。砂の上には彼の名前。子どもたちは彼を見つめる。全員が歌っている。

何をしてしまったのかしら？と彼女は思う。また面倒なことを始めちゃった？ 子どもたちは理解が速い。一度覚えると、すぐに全員に伝わる。

次は何を書く？ 規則、教義、法律？ それとも、クレイクの聖典？ 規範とすべき古代文書なのにその成り立ちや解釈は忘れられている——間もなくそんなことになるかもしれない。私は彼らを破滅の道に引き込んでしまったのだろうか？

ハチの群れ

朝食はクズなどの葉ものの野菜、ベーコン、何かの種が入った見慣れない薄パン、蒸したゴボウ。コーヒーは煎った根――タンポポ、チコリなど――をブレンドして作ったもの。うっすら灰の味がする。砂糖はなくなりかけていて、ハチミツはすでに底をついた。一方、モ・ヘアヒツジのミルクはまだある。また雌ヒツジ――青毛の一匹――がブロンドとブルネットの双子を産んだところだ。ラムシチューを作ろうという冗談が出たが、誰も踏み切れない。人間の髪の毛を生やした動物を解体したり、食べたりするのは気が進まないのだ。その人毛の輝きや感触が、かつてのシャンプー広告そのものなら、なおさらだ。モ・ヘアヒツジが身体をぶるっと震わせると、まさにTVでよく見た髪自慢の美女の後ろ姿だ。つややかで、誘うように弾む髪。ヒツジたちは、今にも宣伝文句を言い出しそう。〝毎日、髪にいらついてない？　私もおかしくなりそうだったわ。それが今は……死んじゃったの〟

そんなに暗くならないで、トビー、たかが髪の毛。世界の終わりってわけじゃないわ。

土壁ハウスの住人はみんなでコーヒーを飲みながら、調達できそうな食材の話をしている。タンパク質の種類が少ないことについては、全員が同意する。レベッカは、何とかして生きたニワトリを手に入れたいと言う。鶏小屋で飼えば、いつでも卵が食べられる。でも、一体どこにニワトリがいるんだ？沿岸で水に浸かり、廃墟になった高層ビルのてっぺんには海鳥の卵があるはず――あそこに巣を作っているから――だが、誰が好き好んで海辺まで危険な旅をするというんだ？　途中のヘリテージ・パークは伸び放題の草に覆われて、巨大で凶悪なブタの群れがあちこちにいるだけでなく、ペインボーラーが潜んでいるかもしれない。それに、高層ビル内部の崩れかけた階段を上るなど、無理な話だ。

話題は、ポリフォニーで歌いながら、気の向くままに歩き回るクレイカーに移る。連中は海辺にある自分たちのねぐら――セメントブロックが乱雑に置かれた窪地――に出かけては、動物たちの侵入を防ぐため、その周りを囲んで放尿する。ピグーン、ウルボッグ、ボブキティンは尿の円を越えられない。彼らはそう信じている。槍で突いた魚をトビーに食べさせるのは、彼女がスノーマン・ザ・ジミーの儀式を執り行い、物語を語れるようにするためらしい。クレイカーが森を通っても、動物から攻撃されない。少なくとも、これまでのところは。ペインボーラーはと言えば、直近の痕跡――殺されて間もない子ブタの残骸――を発見した場所から判断するに、もうかなり遠くに行ってるはずだ。

クレイカーは尿で動物除けをするだけでなく、移動中でも野生動物を寄せつけない何かがあるようだとの意見も出る。歌が決め手なのか？　それなら、当然ながら人間にはできないってことだ。人間の声帯は、有機ガラスか何か知らないが、あの不思議な電子音のような声を作り出す物質ではできていないんだから。それでペインボーラーだが、実はあっさり舞い戻っていて、クズの茂るそこら辺で襲撃の機会を狙っているんじゃないか？　用心するに越したことはない。後悔するよりは安全でいるほうがいい。カモメの卵ごときで、貴重な仲間を犠牲にする余裕なんてないんだから。たとえ一人、二人のことであっても。卵だってどうせ、緑色で魚の内臓みたいな味だろう。

いやあ、卵は卵さ。これは卵好きグループの言い分。クレイカーと一緒に行けばいいんじゃないか？　そうすれば、マッドアダマイトは、クレイカーに野生動物から守ってもらう代わりに、スプレーガンで彼らをペインボーラーから守れるし。クレイカーにスプレーガンを持たせても無意味だ。連中に人を撃つことや殺すことを教えるのは不可能なんだから。連中は、そこまで人間らしくはないんだよ。

ちょっと待ちなさい。まだ証明されてはいませんよ。この発言はアイボリー・ビル。「われわれとの交雑が可能ならば、それで論証されるわけですが。つまり、われわれと同じ種だということが。交雑ができないなら、種が異なるということですよ」彼は身を乗り出して、コーヒーカップの中を覗く。「まだ、ありますかな?」とレベッカに訊く。

「それは半分しか当たってないね」こう言うのはマナティー。「ウマとロバを掛け合わせるとラバになるけど、繁殖はできないだろ。次の世代が出てくるまで、確実なことはわからない」

「明日の分しかない」とレベッカ。「また、どこかでタンポポを探してこなくちゃね。ここら辺のは全部採っちゃったから」

「交雑は興味深い実験になりそうですな」アイボリー・ビルは言う。「もちろんご婦人方の協力を仰がなくてはなりませんが」礼儀正しくスウィフト・フォックスのほうに頭を傾ける。彼女が身につけているのは、かわいらしい花柄のシーツ。ピンクとブルーの花をピンクとブルーのリボンで束ねる図案だ。

「あの人たちのあそこ見た?」とスウィフト・フォックス。「大きすぎるのも困っちゃうわよね、過ぎたるは何とかで。口に入れるんなら、間違いなく上の口からにしてもらわないと。下から体内貫通なんていやだわ」

アイボリー・ビルは顔をそむける。見るからにショックを受け、ことばには出さないが怒っている。少し笑いが起きるが、眉をひそめる者もいる。スウィフト・フォックスはみんなの前、特に男たちの前で、下卑たことを言いたがる。イケてるのは身体だけじゃないと自慢したいから、というのがトビーの解釈。身体とことば、両方イケてるのよってわけ。

ゼブはテーブルの反対側の端にいる。遅れて来たから、議論には加わっていない。今は薄パンに没頭していようだ。スウィフト・フォックスが彼のほうに視線を向ける。意識している聴衆は彼なの？　彼のほうは気にする様子がない。ていうか、気にする素振りを見せるわけないんじゃない？　昔、恋愛のアドバイスをするブロガーたちが職場恋愛について言っていた――秘密でつき合っているカップルは、人前で互いを避けようとするから、すぐわかるって。

「連中は女の協力なんて一切必要としてないぜ」クロージャーが言う。「ともかく何にでも飛びかかるんだから、穴を見ると……あ、トビー、ごめん、スカートを見ると」

「スカート！」スウィフト・フォックスがまた白い歯を見せて笑い声を上げる。「いやだ、どうしちゃったの？　私たちがスカートをはいてるの見たことある？　ベッドシーツはスカートじゃないわよ」ファッションショーのステージを歩くように、身体をひねりながら肩を前後に動かす。「私のスカートは好き？　わきの下までつながってるのよ！」

「ほっといてやれよ。まだ未成年なんだから」マナティーがたしなめる。クロージャーは変な顔をする。怒り？　それとも戸惑い？　レンは隣に座っている。彼は決まり悪そうな笑みを浮かべ、手を彼女の腕に置く。顔をしかめる彼女。まるで夫婦みたいだ。

「未成年がいちばん面白いわ」とスウィフト・フォックス。「盛りがついて。エンドルフィンがいっぱいで。おまけに、ヌクレオチド配列もすごいの――テロメアはたっぷり残ってるし」レンは無表情に彼女を見つめる。

「クロージャーは未成年じゃないよ」レンが言う。スウィフト・フォックスは微笑む。

男たちはわかっているのかしら？　トビーは思う。女たちが今、泥レスリングを闘っていることを？　きっとわかってないわね。女性ホルモン《プロゲステロン》的な感覚がないんだから。

「あいつらは条件が整った時に、やってるだけだよ」とマナティー。「集団交合のことだけどさ。女のほうも発情期じゃないとだめなんだ」

「連中の女たちとはそれでいい」ベルーガが言う。「見た目でも、においでもわかるホルモンが出るんだから。だけど、人間の女はいつも発情期だと認識されちまう」

「実際そうなのかもしれないよ」マナティーはにやにやして言う。「女が認めないだけでさ」

「ともかく、あいつらとは種が違うってことだ」とベルーガ。

「女は犬じゃないわ」こう言うのはホワイト・セッジ。「さっきから、ものすごく腹が立ってるんだけど。私たちのことをそんなふうに話のタネにしないでよ」声は落ち着いているが、背筋は堅く緊張している。

「いや、客観的で科学的な議論をしているだけだよ」と応じるザンザンシト。

「ねえ、ちょっと」レベッカが口をはさむ。「卵があればいいのにって言っただけだよ、私は」


朝の作業の時間。日差しはまだそれほど強くない。明るいピンク色のクズ蛾は日陰を漂い、青と赤紫の蝶の一群は互いをかすめるように飛び交う。金色のミツバチも群れをなしてポリーベリーの花の上を飛んでいる。

トビーはまたも庭園で仕事に精を出す。草取りとナメクジ除去。ライフルはフェンスの内側に立てかけてある。何が起こるかわからないから、いつでも手の届くところに置くようにしている。植物は、雑草も栽培種も元気よく育ち、地面を押し上げる音が聞こえそうだ。細い根は養分のにおいがするほうに押し合いしながら迫り、地上の葉は大気中に化学物質をふうわりと放出する。

朝、ノートに〝種の聖バンダナ・シバ〟と書いた。それから、〝殉教者、聖ニコライ・バビロフ〟と。神の庭師たちに伝わる祈りのことばも書き添えた。〝古代種子の熱心な保存者、聖バンダナと聖バビロフに思いを馳せ、忘れないようにしましょう。聖バビロフは種を収集し、レニングラード包囲戦中もずっと保存していましたが、最後は暴君スターリンの犠牲となりました。生物資源の略奪行為に対する不断の戦いを続けた聖バンダナは〈生命ある野菜世界〉の多様性と美を説き、その実現に生涯を捧げました。お二人の純粋な〈精神〉と固い意志が私たちにも備わるようお力添えください〟

突然、トビーは思い出す。神の庭師たちのもとでイヴ六号になったこと、そしてマメの畑でナメクジやカタツムリの除去をする前に、この祈りを老いたピラーと一緒に唱えていたことも。時々、あの頃があまりに懐かしくて、荒波に打ちつけられたような気持ちになる。当時、カメラがあって写真アルバムを作っていたら、穴が開くほど眺めているだろう。だが、庭師たちはカメラを、いや、紙の記録を一切信じなかった。だから残されたのはことばだけだ。

今、神の庭師であることにほとんど意味はない。もはや神による〈自然創造〉の敵は存在せず、動物や鳥——人間が地球を支配している間に絶滅しなかったもの——は皆、何の制約も受けずにすくすく育っている。もちろん、植物もすこぶる元気だ。

だけど、もっと少ないほうがいい植物もあるわね。複雑に絡み合い、庭園のフェンスまで伸びたクズのつるを切りながら考える。つるはどこにでも入り込む。成長はとどまるところを知らず、半日で一フィート〔約三〇センチ〕伸びることもある。まるで緑の津波だ。行く手にあるものに襲いかかり、すべてを乗り越えていく。モ・ヘアヒツジが食むくらいではその勢いは抑えられず、クレイカーがむしゃむしゃ食べても、レベッカがホウレンソウ代わりに調理しても減らない。

男たちがクズで酒を作る相談をしているのを聞いたが、気持ちは複雑だ。第一、味が想像できない——ピノ・グリージョに熊手でかき集めた芝生を潰して混ぜた味？　ピノ・ベールに山積み堆肥の風味を効かせた味？　味は措くとしても、少人数しかいない自分たちが酒びたりになる余裕などあるだろうか？　酒で警戒心が緩むのは危険すぎる。この小さな住まいは警備が脆弱だ。見張りの一人が酔っ払ったら、すぐに侵入されてしまう。その次に起こるのは殺戮だ。

「ハチの群れを見つけたぞ」ゼブの声がする。気がつかないうちに、後ろに立っている。私の警戒心もいいかげんね。偉そうなことは言えない。

振り返って微笑む。それは本心からの笑顔？　百パーセント本心じゃない。だって、スウィフト・フォックスとのことがまだよくわからないんだから。スウィフト・フォックスとゼブ。やっちゃったの？　それとも、何もなかった？　どうぞって言われて、その誘いに乗ったということなら——何のためらいもなく——笑えるはずがないでしょ？

「ハチの群れ？」と問い返す。「本当？　どこ？」

「森の中だ。一緒に来いよ」彼はそう言って、おとぎ話のオオカミのような笑みを浮かべ、オオカミのように毛むくじゃらで大きな手を差し出す。そしてもちろん、何もなかったかのように彼の手を取り、すべてを許す。今のところはね。許すべきことなど、何もないのかもしれないけれど。

土壁ハウスの空き地の先、森の入口まで歩いていく。空き地といってもマッドアダマイトが整地をしたわけではない。しかし、どんどん入り込んでくる植物を取り除く作業はしているので、空き地ができている。

木陰は涼しい。そしてずっと不気味だ。重なり合った葉や枝が視界を遮る。折れた小枝が道を示す案内役だ。前にゼブが通った跡だろう。

「ここは本当に安全？」トビーが訊く。思わず小声になる。草原では目を使う。捕食動物は声が聞こえるより先に姿が見えるから。だが、森の中では耳を澄ます。姿を見る前に声が聞こえるからだ。

「さっきまでここにいたんだ。ちゃんと確かめた」ゼブは言うが、トビーには自信過剰に聞こえる。

そして、ゼブが見つけたハチの群れがあった。スイカほどの大きさで、スズカケの若木の下枝にぶら下がっている。静かな羽音がする。群れの表面が波打ち、風になびく金色の毛皮のようだ。

「ありがとう」トビーは礼を言う。土壁ハウスから入れ物を持ってきて、群れの真ん中から女王バチをすくい取って確保しよう。そうすれば、残りのハチはついてくる。燻煙器を使う必要もない。それに、今は巣を守っているわけではないから、刺さないはずだ。まず、ハチに説明しないといけない。彼らのことが好きなんだって。それから、死者の国との使いになってほしいと伝える。野生のハチの群れを連れてくる時は、ちゃんとこうして説得しなくちゃならない。庭師たちといた頃にハチの師匠だったピラーから教わったことだ。

「袋か何かを持ってきたほうがよさそう。次の巣を作る場所を探しているのよ。もうじき飛んでいっちゃう」

「おれは残って、見張ってたほうがいいか？」

「その必要はないわ」土壁ハウスに一緒に戻ってほしい。森の中を一人っきりで歩くのはいや。「でも、ちょっとの間、耳を塞いで、こっちの方を見ないでくれる？」

「小便か？　いいぞ、気にするな」

「どうやるか、知ってるでしょ。あなただって庭師だったんだから」彼女は言う。「ハチに話さなくちゃならないの」これは神の庭師たちの習わしの一つで、部外者には奇妙に見えるにちがいない。彼女だって、いまだに奇妙に思う。庭師になりきれない気持ちが残っている。

「おお、そうか」とゼブ。「ほら、やっていいぞ」横を向き、森の奥を見つめる。

トビーは自分でも顔が赤らむのがわかる。ともかくベッドシーツの端を持って頭を覆い——老いたピラーによると、これは絶対に必要なこと。そうしないと、ハチは無礼だと感じるらしい――羽音を立てている毛皮のボールに向かって囁くように話す。「ハチの皆さん」と呼びかける。「女王バチに伝えてください。お友だちになりたいと思っています。女王バチと娘の皆さんに安全なおうちを用意して、毎日のできごとを伝えるつもりです。皆さんがこの世の知らせを闇の国に住む人々に伝えてくれたら、と思います。まずは、私の申し出を受けるかどうか、教えてください」

彼女は待つ。羽音が大きくなる。偵察役のハチ数匹が飛んできて顔の上に止まる。そして、肌や鼻腔や目の周囲を探る。たくさんの小さな指で顔を撫でられている感じだ。刺したなら、答えはノー。刺さなかったら、イエス。息を吸い込み、そのまま静かにしている。彼らは恐怖を嫌うから。

偵察隊は飛び立ち、弧を描いて群れに戻り、波打つ毛皮に溶け込む。トビーは息を吐き出す。

「こっちを向いてもいいわよ」とゼブに言う。

カサコソ、パチパチ。何かが下草をかき分けて、こちらに近づいてくる音だ。トビーは血が止まって指先が冷たくなるのを感じる。やだ、どうしよう。ブタ？　ウルボッグ？　スプレーガンがない。ライフルは庭園に置いてきちゃった。投げつける石はないかとあたりを見る。ゼブは棒きれをつかむ。

聖ダイアン、聖フランシス、聖ファテ・シン・ラトア、皆さんの力と知恵をお貸しください。動物たちに話してください。私たちから離れて、神がお与えになる肉を探しに行くように、と。

でも、違う。動物じゃない。声がする。人間の声だ。庭師たちのお祈りでは、人間から身を守れない。ペインボーラー――連中は私たちがここにいることを知らない。どうすればいい？　走る？　だめ、近すぎる。撃たれない場所に身を隠そう。それができるなら。

ゼブは前に出て彼女を片手で後ろに押しやる。彼は身を固くし、それから急に笑い出す。

骨の洞窟

茂みから、スウィフト・フォックスがピンクとブルーの花柄ベッドシーツの乱れを直しながら出てくる。すぐ後ろにはクロージャー。やはりベッドシーツを直しながら。彼がまとっているのは黒とグレーの地味な縞柄だ。

「やあ、トビー。おう、ゼブも」彼はやけにくだけた調子で挨拶する。

「散歩?」スウィフト・フォックスが訊く。

「ハチ探し」とゼブ。腹を立てているようには見えない。思い違いだったのか、とトビーは思う。自分のオンナという意識がなさそう。彼女がクロージャーを相手に草の中を転がりまわっても気にしないみたい。

だけど、クロージャーはレンを追いかけるべきなんじゃないの? それも誤解だったのだろうか?

「ハチ探し? 本当? まあ、それもいいわね」スウィフト・フォックスはそう言って笑う。「私たちはね、キノコを探してたのよ。探して、探して。四つん這いになって、そこら中を見たのよ。でも、一つも見つけられなかった。ねえ、クローズ?」

クロージャーは首を振りながら下を見ている。文字通り、ズボンを下ろしたところを見つかってドギマギしているみたい。もっとも、身につけているのはズボンじゃなくて、縞柄のベッドシーツだけど。

「じゃあね」とスウィフト・フォックス。「ハチ探し、がんばって」彼女は土壁ハウスのほうに歩き始め、その後ろからクロージャーがひもで引っ張られるようについていく。

「ほら、ハチの女王様」ゼブはトビーに言う。「必要なものを取ってこよう。送ってやるよ」

すべてが揃っている世界ならば、トビーの手元にはもう、数段重ねの巣箱と可動式の巣枠がついたラングストロス式養蜂箱があっただろう。本当は、ずっと前に準備をしておくべきだった。万が一、ハチの群れを見つけた時のために。だが先のことを考えず、何の準備もしなかった。ちゃんとした巣箱がないとすると、何が使えるだろう？　しっかりした深めの箱なら何でもいい。それからハチの出入り口を作る。中は充分乾燥していて、暑すぎず寒すぎずの適切な気温を保てるようにする。

レベッカがどこかのごみ箱から拾ってきた発泡スチロールのクーラーボックスをくれた。ゼブが側面の上のほうにハチが出入りする穴を開け、換気の穴もいくつか開ける。トビーとゼブはクーラーボックスを庭園の隅に置き、安定と安全のため、周囲に石を積む。それから、ボックスの底に小石を置いてその上にベニヤ板を数枚、垂直に立てる。粗末な巣箱もどきだが、今は——もしかしたら、この先長いこと——これで我慢するしかないだろう。ハチの方は、この巣箱にいったん慣れてしまったら、後で別の場所に移動させられるのをすごく嫌がるかもしれない。

トビーは枕カバーをハチの捕獲袋にすることを思いつく。ハチをつかまえるため、二人は森に戻る。長い棒で素早くこすると、群れの中央部分が枕カバーの中に静かに入った。いちばん密集している部分に女王バチがいて、働きバチを引きつけている。人間の身体で言えば、心臓のような存在だ。姿は見えない。

枕カバーを庭園に持ち帰る。羽音が大きくなる。袋に入らなかった残りのハチは後ろから流れる雲になってついてくる。トビーは枕カバーからクーラーボックスの中に群れを放ち、一匹残らず出たのを確認し、さらにハチが自分たちの新しい住まいを探索し終わるのを待つ。

トビーはハチを扱う時、いつもアドレナリンが上がるのを感じる。うまくいかないことだってあり得る。たとえば自分のにおいがいつもと少し違っていたら、怒り狂ったハチが襲ってくるかもしれない。逆に、ハチの群れで身体を洗えそうだ――バブルバスの要領で――と感じる時もある。だけどそれは、ハチと一緒にいることでもたらされる恍惚感だ。高地や深海でハイになる多幸感と同じ。だから、実際にハチで身体を洗おうとするなどもってのほかだ。

ハチの群れが落ち着くのを待って、クーラーボックスの蓋をし、その上に石をいくつか置いた。しばらくすると、ハチは穴から出入りして、庭園の花から花粉を集め始める。

「ありがとう」トビーが礼を言うと、「どういたしまして」と返すゼブ。恋人というより交通整理のおじさんみたいな返事。でも、まだ昼間だから、と自分に言い聞かせる。昼間はいつもぶっきらぼうよね。彼は大股でゆっくり立ち去り、土壁ハウスの角を曲がって姿が見えなくなる。そう、任務完了。

彼女は頭を覆う。「ハチの皆さん、ここで幸せになれますように」発泡スチロールのクーラーボックスに話しかける。「皆さんの新しいイヴ六号として、できるかぎり毎日皆さんに会いに来て、日々のできごとを伝えるとお約束します」

「ああ、トビー、また書くことをやらない？　印をつけるの、紙の上に、ねえ？」そう呼びかけるのは彼女の信奉者、少年ブラックビアード。庭園のフェンスに登って上半身をこちら側に出し、両腕にあごを乗せている。いつから見ていたんだろう？

「いいわよ」とトビー。「たぶん明日。早い時間に来てくれたら」

「その箱は何？　石は？　ねえ、トビー、何をしていますか？」

「ハチが家を探すのを手伝っているの」

「その箱に住むの？　どうしてそこに住んでほしいの？」

だってハチミツを盗みたいから、とトビーは思うが、「安全だからよ」と答える。

「ねえ、トビー、ハチに話していたの？　さっき、話しているのを聞いたよ。それともクレイクに話していたの？　スノーマン・ザ・ジミーがするみたいに」

「ハチに話していたのよ」とトビー。ブラックビアードの顔がぱっと明るくなる。

「そんなことができるって知らなかった」彼は言う。「オリクスの子どもたちとも話すの？　ぼくらと同じように？　でも歌えないよね！」

「動物たちに歌うの？」トビーが訊く。「動物は音楽が好き？」この質問には戸惑うだけのようだ。

「音楽？　〝音楽〟って何？」次の瞬間、彼はフェンスから飛び降りて、ほかの子どもたちのもとに走り去る。


ハチと一緒にいない時に、ハチのにおいをさせていると好ましくない虫を引きつけてしまう。緑色のハエが数匹、身体に止まろうとつきまとい、ミツバチを狙うスズメバチも寄ってくる。トビーは手を洗うため、ポンプに行く。手をゴシゴシこすっていると、レンとローティス・ブルーが探しに来た。

「話があるの」とレン。「アマンダのことだけど。すごく心配」

「暇にならないようにさせて」トビーは言う。「しばらくすれば、きっと元に戻ると思う。たいへんなショックを受けたんだから、回復には時間がかかるわ。あなたも自分が最初どうだったか覚えているでしょ？　ペインボーラーに襲われた後、回復するまで。彼女にはキノコの万能薬をあげるわ、力がつくから」

「ちがう。そういうことじゃない」レンが言う。「妊娠してるの」

トビーはポンプの横にかけてあるタオルに手を伸ばす。ゆっくり時間をかけて手を拭きながら考える。

「たしかなの？」と訊く。

「妊娠検査のスティックにおしっこしたのよ」こう言うのはローティス・ブルー。「陽性だった。あのいまいましいスティックにハッピーな顔が浮かんだの」

「ピンクのハッピーな顔！　ほんとに嫌みだわ！　最低！」レンは泣き始める。「産んじゃだめだよ。あんなひどいことをされた後に！　ペインボーラーの子どもなんて、ぜったいだめ！」

「彼女、ゾンビみたいに歩いてるのよ」ローティス・ブルーが言う。「ものすごく落ち込んでいる。めちゃくちゃ沈んでるの」

「話してみる」とトビー。

かわいそうなアマンダ。あんな人殺しの子どもを産むなんて、一体誰が想像できるだろう？　自分をレイプして、半殺しにした男どもの子ども？　だけど父親についてては、ほかの可能性もある。トビーは聖ジュリアンの日の混乱した夜を思い出す。花、歌声、焚き火の明かりに浮かぶ熱狂したクレイカーの絡まった手足。もしアマンダがクレイカーの赤ちゃんを身ごもっているとしたら？　でも、そんなことってある？　可能だわ、まったく違う種属じゃないかぎり。だけど、それって危険じゃない？　クレイカーは人間とは生育にかかる時間が違って、成長もずっと早い。赤ちゃんが早く大きくなりすぎて、出てこられなくなったら、どうなるの？

病院があるわけじゃないし、医者だっていない。出産設備にいたっては、洞穴でお産するようなものだろう。

「ブランコのあたりにいるわよ」ローティス・ブルーが告げる。

アマンダは子ども用のブランコに腰かけて、ゆっくり揺らしている。ブランコが低いので、膝が不自然に突き出ている。涙がゆっくり頬をつたう。かたわらにはクレイカーの女三人が立ち、彼女の額、髪、肩に触れ、全員が喉を鳴らしている。象牙色、漆黒、金色の三人だ。

「アマンダ」トビーは呼びかける。「だいじょうぶよ。みんなで力になるから」

「死んじゃいたい」とアマンダ。レンはワッと泣き出し、膝をついてアマンダに抱きつく。

「だめだよ！」レンは言う。「ここまで頑張ってきたんじゃない！　諦めるなんて、だめ！」

「身体の外に出しちゃいたい」とアマンダ。「何か毒を飲んだらどう？　そういうキノコ、ない？」

少なくとも、まだ強さがある、とトビーは思う。たしかに昔使われていた植物はある。ピラーがそういう種や根——ノラニンジンや月見草——について語っていたのを覚えている。でも、分量がよくわからないし、試すのは危険すぎる。それに、クレイカーの子どもだとしたら、効果がないかもしれない。マッドアダマイトによれば、彼らの生理化学は人間のものとはまったく違うそうだから。

象牙色の女が喉を鳴らすのをやめて、「この人はもう青くありません」と言う。「骨の洞窟はもう空っぽではありません。それはよいことです」

「どうして彼女は悲しいの？　ねえ、トビー？」金色の女が訊ねる。「骨の洞窟がいっぱいになると、私たちはいつもうれしいのに」

〝骨の洞窟〟そう呼ぶんだ、彼らは。何だかきれい。それに正確だわ。だが今のトビーに想像できるのは、しゃぶり尽くされた骨でいっぱいの洞窟。アマンダもそんなふうに感じているにちがいない。死を宿す命。ああ、どうやったらこの話を少しでもましにできるだろう？　たいしたことはできない。ナイフやロープをそばに置かない、けっして彼女を一人にしない、そのくらい。

「トビー」レンが言う。「お願い……」

「ねえ、やってみて」アマンダも言う。

「だめ」トビーは拒む。「知らないのよ」神の庭師たちのところでは、助産婦マルシュカが産婦人科の専門だった。トビーは病気や怪我が専門だったけれど、この状況でウジ虫や湿布やヒルは役に立たない。「思っているほど悪いことじゃないかもしれない」彼女は続ける。「父親はペインボーラー以外の可能性もあるわ。あの夜のこと、覚えてるでしょ？　聖ジュリアンの日、焚き火の周りで彼らが飛びかかって……文化的な誤解があって。だから、クレイカーとの子どもかもしれない」

「最高だね」レンが言う。「素晴らしき二択。マジでやばい犯罪者か、遺伝子組み換えされたへんてこりんな怪物か。ともかく、文化の誤解だか何だかを体験したのは彼女だけじゃないよ。ひょっとしたら、私だってフランケン・ベイビーを身ごもっているかもしれない。あのスティックにおしっこするのが怖いだけでさ」

　トビーは何かいいことを言おうとする――元気が出て、癒やしになるようなこと。遺伝子が運命を左右するわけではない、みたいな？　生まれと育ちは違うとか、悪から善が生まれる可能性もあるとか？　それとも、後成遺伝的《エピジェネティック》スイッチを考慮すべきだとか、おそらくペインボーラーは最低最悪の育ちかたをしただけなんだとか？　クレイカーは私たちが考えるよりずっと人間的だ、なんていうのはどう？　でも、説得力があるとは思えない。何より、言ってる自分が信じていないのだから。

「ああ、トビー、悲しまないで」子どもの声がする。ブラックビアードが寄ってきて彼女をつつく。そして、彼女の手を取り、軽くたたく。「オリクスが助けてくれます。そして、赤ちゃんが骨の洞窟から出てくる。そうしたら、アマンダは喜ぶ。赤ちゃんが出てくると、みんな、すごく喜ぶんだよ」

子ブタたち

「ちょっと身体を浮かせてくれ。腕が下敷きになってる」ゼブが言う。「どうした?」

「アマンダのことが心配なの」とトビー。嘘ではないが、本当はそれだけではない。「妊娠してるみたい。もちろん、大喜びからはほど遠い様子よ」

「おお、めでたいじゃねえか、万歳三唱」とゼブ。「われらが素晴らしき新世界に初めて生まれ出るちびっ子だ」

「時々ひどく無神経だって言われない?」

「言われないな。めちゃくちゃ敏感で感じやすいんだぞ。何が起きたかを考えれば、父親はおそらくペインボーラーだろうな。それなら万歳じゃなくて最悪!の三唱か。猫の子みたいに水に沈めなくちゃならなくなる」

「それはない。クレイカーの女はとにかく赤ちゃんが好きなの。アマンダの子を残酷に扱ったり、傷つけたりしたら大騒ぎになるわ」

「女って変だよな。過保護だったり、猫かわいがりしたり。まあ、おれにだってそういう母親がいてもよかったんだが」

「交雑種が生まれる可能性もあるわ。クレイカーとの」トビーは続ける。「聖ジュリアンの祝祭の夜、わっと押し寄せてきたから。でも、そうだとしたらクレイカーの赤ちゃんのせいで命を落とすかもしれない。だって、胎児の成長が早くて、人間の子どもより大きな頭で産まれると思うの。クレイカーの女が連れている子どもたちがそうなのよ。だから、産道でつかえちゃうかも。帝王切開の方法なんて見当もつかないわ。それに、血液型が合わなかったらどうしたらいいの?」

「アイボリー・ビルや、やつの仲間は何か知らないのか? 遺伝子や血液型のこと」

「まだ訊いてない」

「OK。じゃあ、緊急事案リストに加えておこう。妊娠案件が一つ、グループ会議を開く、と。だが、マッドアダマイトたちも何が起きるかわからないだろうから、しばらくは様子見ってことになるんだろ?」

「どっちみち、様子を見るしかないわ。中絶はできない。そんな技術のある人、ここにはいないから。試すのはあまりに危険すぎるし。薬草を使う手もあるけれど、ちょっと間違えると毒が回っちゃうかも。何も打つ手がないのよ。会議で素晴らしい提案が出れば別だけれど。でもね、まずは専門的な助言を受けたいと思ってるの」

「誰に? ここの超秀才集団の中に医者はいないぞ」

「これから言うことを聞いても笑わないで」

「おう、何も言わない。貝になるから。早く言えよ」

「わかったわ。頭がおかしいと思うかもしれないけど、ピラーに相談したいの。あの死んじゃったピラーに」

一瞬の間。「どんなふうにやるつもりだ?」

「彼女のところに行こうと思ってる。ほら、私たちがピラーを……」

「埋めた場所? 聖地巡礼みたいなことか?」

「そんな感じ。〈強化瞑想〉をするつもり。公園で埋葬した場所を覚えてる? 彼女を堆肥にした日のことよ。公園作業員のふりをして、穴を掘って……」

「ああ、場所は覚えてる。おまえ、緑の作業服を着てたよな、おれがどっかから盗んできたやつ。そして、ニワトコの若木を彼女の上に植えた」

「そう、あそこに行きたいの。外地獄界の言い方では、きちがい沙汰かもしれないけど」

「まずハチに話しかけて、今度は死んだ人間に話すって？　神の庭師たちだってそこまではやらなかった」

「そういう庭師もいたわ。象徴的なことだと考えてみて。私の中にいるピラーにアクセスするの。アダム一号ならそう説明すると思う。そして、賛成してくれるはず」

再び一瞬の間。「だが、一人じゃできないだろ」

「わかってる」今度は彼女が間を置く。

ため息。「ＯＫ、ベイビー。やりたいことをやれよ。手伝うぞ。ライノとシャッキーも来るようにする。おれたちが守ってやるよ。スプレーガンとおまえのライフルを持っていこう。時間はどのくらいかかるんだ？」

「簡略型の〈強化瞑想〉にするわ。あんまり時間を取りたくないから」

「ピラーの声が聞けると思うのか？　念のため、聞いておくが」

「何が聞こえるかまったく想像がつかないのよ」トビーは正直に言う。「おそらく、何も聞こえないんじゃないかな。でも、ともかくやってみないと」

「おまえのそういうところが好きだ。何にでも挑戦する」サラサラ衣擦れの音、もそもそ身体の移動。また一瞬の間。「ほかにも気になることがあるのか？」

「ううん」トビーは嘘をつく。「だいじょうぶ」

「ことばを濁すんだな」とゼブ。「おれはかまわないが」

「ことばを濁す。ずいぶん面倒くさい言い方をするのね」

「当ててやろうか。遠くの商業地区まで行った時、あの何とかフォックスっていう牝ギツネと何があったか、聞きたいんだろう。おれがあの女をなで回したか、その逆があったかって。性行為があったかどうかも」

トビーは考える。恐れていた悪いニュースを聞きたいのか？　それとも、よいニュースを聞きたいのか——聞いてもどうせ信じられないニュースを？　自分は触手と吸盤でゼブにしがみつく無脊椎動物になってしまったのだろうか？　「もっと面白いことを話してよ」トビーは言う。

ゼブは笑う。「おお、上出来だ」

これで手詰まりになる。彼は知っている。彼女は知らずにおこうとする。彼は煙に巻くのが得意だ。暗闇で見えないが、彼のにやりとした笑いを感じる。


翌朝、日の出とともに出発する。背の高い枯れ木の上では、数羽のハゲワシが朝露に濡れた黒い翼を乾かしながら、上昇や旋回に適した暖かい気流を待っている。カラスは短く区切った耳障りな声で仲間と噂を交換し、小鳥たちはピイピイさえずり、忙しい一日を始めつつある。東の地平線にピンクの糸状の雲が漂い、その下が金色に染まる。時どき、空は天国を描いた昔の絵のようだ。絵の中では天使たちが空を舞い、その白い衣が昔の社交界デビューの少女たちが着ていたスカートのように広がる。つま先まで優美に伸びたピンク色の足、空気力学的にはあり得ない翼。ただし、今ここでは天使の代わりにカモメが飛び交う。

まだ通れる道を歩いていく。あたりがヘリテージ・パークの一部であることはわかる。脇に逸れる砂利の小径はつる草が全面を覆っているが、ピクニック用テーブルやコンクリートのバーベキュー・コンロはまだ草に隠れていない。ここに幽霊がいるとしたら、笑い声を上げる子どもたちの幽霊のはずだ。

ドラム型のごみバケツは一つ残らず倒され、蓋はこじあけられている。人間ではない何者かがせわしく動きまわったようだ。だが、ラカンクではない。ごみバケツにはラカンク除けがついていたから。ピクニック用テーブルの周囲は掘り起こされ、泥だらけだ。何者かが踏み荒らし、転げ回った跡だろう。

アスファルト舗装されたメイン通路は、ヘリテージ・パークの専用車も通れる幅がある。かつてゼブとトビーがピラーの遺体を堆肥化する場所に運ぶ際に通った通路も同じように広かった。すでに雑草がアスファルトの隙間から出てきている。草の力はすさまじい。数年のうちに、木の実を割るようにビルに亀裂を入れ、十年後、そのビルはがれきになるだろう。その後は、大地ががれきの破片を飲み込む。すべてがすべてを消化する。庭師たちはそれを祝うべきことだと見なしていたが、トビーは心慰められたことはない。

スプレーガンを持ったライノが先頭を歩く。シャクルトンが最後尾。ゼブは真ん中でトビーの横を歩き、彼女から目を離さない。ライフルはゼブが代わりに持っている。彼女は簡略型〈強化瞑想〉のための混合薬をすでに呑んでいるからだ。幸い、何年にもわたって保管し、アヌーユー・スパから持ってきた乾燥キノコ・コレクションの中に、庭師たちの古い菌床で採れた〝シビレタケ〟の一種があった。水に浸した乾燥キノコとすりつぶした種を混ぜ、〝ベニテングタケ〟をひとつまみ加えた。ほんのひとつまみだけ。脳を完全に液状化させるつもりはなく、少し刺激したいだけだから——見える世界とその背後に潜むものとを分ける窓ガラスにシワがよる。効果が出てきた。ゆらぎ、そして変移。

「おい、ここで何してるんだ?」シャクルトンの声が暗いトンネルを伝わって聞こえてくる。振り返る。ブラックビアードがいる。

「トビーと一緒にいたい」と言う。

「ああ、ファック」と反応するシャクルトン。ブラックビアードはうれしそうに微笑む。「はい、ファックも一緒に」

「だいじょうぶ」トビーが言う。「連れてきて」

「どっちにしろ、その子を止められねえよ」とゼブ。「脳天をたたき割るわけにもいかないしな。失せろよ、ばかやろう《ファック・ザ・ファック・オフ》、と言っても無駄だ」

「お願い」トビーは言う。「この子を困らせないで」

「ねえ、トビー、どこに行くの?」ブラックビアードが訊く。

トビーは少年が差し出した手を取り、「お友だちのところに行くのよ」と答える。「でもね、お友だちの姿は見えないの」ブラックビアードは質問せず、ただ頷く。

ゼブは前方を見る。それから、左を見て右を見る。歌を口ずさんでいる――トビーが知り合った時からこの癖は変わらない。たいがいはストレスを感じているサインだ。

　今のおれたち泥ん中《マック》
　これにはほんと、うんざり《サック》だ
　おれたち、ついて《ラック》ないからな
　ファック、なんにも知らないせいだ……

「でも、スノーマン・ザ・ジミーはファックを知ってるよ」とブラックビアードが言う。「それからクレイクも。クレイクも知ってる」褒めてもらいたくて、トビーとゼブを笑顔で見上げる。

「おお、少年、そのとおりだ」ゼブは言う。「たしかにあの二人は知ってる」

〈強化瞑想〉用の薬が本格的に効いてきた。太陽を背にしたゼブの頭にある光輪は枝毛にすぎないと気づく――ほんと、髪を切ったほうがいい。はさみを手に入れないと――が、それでも毛髪に宿る電気エネルギーが光って爆発しているように見えてしまう。モルフォ蝶の遺伝子を接合した青い蝶が前方でふわりと漂いながら、光を放つ。そうよ、もちろん――彼女は思い出す――もともと光る蝶なんだから。でも、これは熱のある青い光。ガスの炎みたい。ブラック・ライノが自分の足跡からぬっと姿を現す。まるで土の巨人だ。通路の両側からイラクサが伸びて弧を描き、葉の表面のトゲを透かして光が射す。そこらじゅうから音がする。雑音も、声のような音も。ブンブン、カチカチ、コツコツ、そして、切れ切れにささやくような音。

目当てのニワトコの木がある。かなり昔にピラーの墓の上に植えた木だ。ずいぶん背が高くなっている。白い花が豊かに咲きこぼれ、甘い香りがあたりに漂う。羽音の震動を感じる。ミツバチ、マルハナバチ、それに大小さまざまの蝶。

「ここにいて、ゼブと一緒に」トビーはブラックビアードにそう告げると、手を離し、前に出てニワトコの前にひざまずく。

花の房を見つめ、〝ピラー〟と呼びかけ、彼女のことを思う。シワだらけの老いた顔。褐色の手、優しい笑顔。かつては確実にあったもの。すべて消えてしまった。

〝そこにいますね、新しい身体を授かって。助けが必要なんです〟

声はしないが、しばらくの間がある。今は待つ。

〝アマンダのことです。死んでしまう？　赤ちゃんのせいで死んでしまいますか？　どうしたらよいのでしょう？〟

何も起こらない。トビーは見捨てられた気分だ。だが一体、何を期待していたのだろう？　魔術などないし、天使もいない。そんなのはいつだって子どもの遊びだった。

それでも願わずにはいられない。〝メッセージを送ってください。合図でもいい。あなたなら、どうしますか？〟

「気をつけろ」ゼブの声だ。「じっとしてろ。いいか、ゆっくり見るんだ。左のほうだ」

トビーは顔を横に向ける。砂利の小径を挟んですぐのところに、一匹の巨大ブタがいる。雌ブタで、かたわらに子ブタが五匹並んでいる。母ブタから聞こえるのは柔らかなぶうぶうという鳴き声、子ブタからはもっと甲高いキイキイという鳴き声。なんてピンクに明るく輝く耳なんだろう、なんて透き通った足、なんて……

「まかせろ」ゼブはそう言って、ゆっくりとライフルを構える。

「撃たないで」とトビー。自分の声が遠くに聞こえる。口が大きくなって痺れる感じがする。心臓は動きを止めたみたいに静かだ。

雌ブタは立ち止まって横を向く。完璧な標的の姿勢だ。横目でトビーのほうを見る。五匹の子ブタは母親にぴったりくっついて、チョッキのボタンのように並んだおっぱいの下に並んでいる。母ブタの口が緩み、笑っているかに見えるが、単にそういう造作なのだ。歯がきらりと光る。

少年ブラックビアードが前に出る。太陽の光の中で金色に輝き、緑色の瞳がほのかに光る。そして、両手を広げる。

「おい、戻ってこい」ゼブが呼ぶ。

「待って」トビーが止める。途方もない力だ。銃弾でこの雌ブタを止めることなどできないし、スプレーガンを撃ったところで皮膚にへこみができるかすらあやしい。戦車のようにすべてを踏み潰していくだろう。命、命、命、命、命。はち切れそう、今この瞬間に。一秒。千分の一秒。千年。未来永劫。

雌ブタは動かない。頭を上げたまま、耳を前に向けて立てている。大きな耳。カラー〔サトイモ科の多年草〕のようだ。向かってくる様子はない。五匹の子ブタはその場に固まったまま。赤紫のベリーみたいな目。ニワトコの実のようだ。

今度は音がする。どこから聞こえてくる？　枝を揺らす風のような、ワシが飛び立つ音のような、いや違う、氷でできた、鳴き声の美しい鳥のような、ううん、そうじゃなくて、ええと……やだ――トビーは思う――私、完全にハイになってる。

ああ、ブラックビアード。彼が歌っているんだ。少年の細い声。人間ではなく、クレイカーの声。

次の瞬間、雌ブタとその子どもたちは消えてしまった。ブラックビアードは振り返り、トビーに微笑む。「彼女はここにいました」と言う。どういうこと？

「あ、ちくしょう」とシャクルトン。「スペアリブが逃げちゃったぜ」

さあ、それじゃあ、とトビーは自分に語りかける。帰って、シャワーを浴びて、酔いを覚ましましょう。幻が見えたのよ。

ベクター

クレイク誕生の物語

「薬でまだ酔っ払ってるんだろ?」ゼブが言う。二人は、かつてジミーのハンモックが吊るされ、今はクレイカーたちがたむろして待つ木のほうに歩いている。たそがれ時。いつもより深く、濃く、空気の層が厚い。蛾の放つ光がまぶしい。夕べに咲く花の香りにも酔ってしまいそう。簡略式〈強化瞑想〉用の薬の作用だ。つないでいるゼブの手はきめの粗いビロードの感触。ネコの舌のように温かくて柔らか、デリケートでざらざら。薬が身体から抜けるまで半日かかることもある。

「宗教的と言っていいくらいの神秘体験だったのに。〝酔っ払う〟なんてあんまりじゃない?」トビーは言う。

「そうだったのか?」

「そうだと思う。ブラックビアードはピラーがブタの姿で現れたってみんなに言ってるの」

「うそだろ! 菜食主義者のピラーだぞ。それがなんでブタになったんだ?」

「ブタの皮を身につけたんだって。あなたがクマの毛皮を着たみたいに。でも、彼女はブタを殺さなかったし、食べなかったって」

「もったいねえな」

「それから私に話しかけたって。ブラックビアードはそんなことも言うのよ。彼女が話すのを聞いたって」

「おまえもそう思うのか？」

「うーん、そうとは言い切れないんだけど」とトビー。「庭師たちのやり方は知ってるでしょ？　私は自分の中のピラーと交信していた。その内なるピラーが目に見えるかたちで現れ、私は脳内物質の働きを高める薬の助けを借りて、〈宇宙〉の波長につながったわけ。そして、その宇宙には——私の理解では——偶然の一致はない。だから向精神性の混合薬によって、ある感覚が「引き起こされた」可能性があるからって、すべてが幻覚ということにはならない。鍵を使って扉を開ける。その場合、鍵を使ったからと言って扉が開いて現れたものは存在しないなんて言える？」

「完璧に洗脳されちまったんだな、アダム一号に。そういうでたらめを何時間でも垂れ流すやつだから、あいつは」

「彼の考え方はわかるわ。その意味では、洗脳されたと言えるのかもしれない、たしかに。でも、それが「信仰」かと言われると自信はない。もっとも、彼のことばを借りれば、「信仰」は不信を一時停止する意志にすぎないわけだけど」

「ああ、そうだな。あいつ自身がどの程度信じていたのか、それこそ信仰のためなら自分の腕を火の中に突っ込むのも躊躇しないくらいだったのか、おれにもまったくわからなかった。まったく信用ならないいかさま野郎だったからな」

「信仰に基づいて行動するなら、信仰があるのと同じだって言っていたわ」

「やつが見つかるといいが」ゼブは言う。「もう死んでるにせよ、どうなったかは知りたい」

「「区切り」って呼んでた」トビーが続ける。「遺体がきちんと埋葬されないと魂は解放されない。そう考える文化もあるのよ」

「昔から変だよな、人類ってやつは」とゼブ。「そう思わねえか？　ほら、着いたぞ。がんばってこい、物語のお姫さま」

「できるかなあ。今夜はだめだわ。まだ少しぼーっとしてるの」

「やるだけやってみろよ。せめて顔を出してやれ。大騒ぎになるのはいやだろう？」


魚をありがとうございます。

最初に重要なことをお話ししますから、今は食べないでおきますね。

昨日、この光るものでクレイクの話を聞きました。

ああ、歌わないでくださいな。

すると、クレイクはこう言いました。魚はもう少し長く調理したほうがいい。魚全部が充分に熱くなるまで。調理する前、絶対に日の当たる場所に置いてはいけない。一晩置いてもいけないって。クレイクによると、これが魚を調理するいちばんよい方法だそうです。スノーマン・ザ・ジミーもこの調理法をいつも望んでいたんですって。そして、オリクスも彼女の〈魚の子どもたち〉が食べられることになったら、いちばんよい方法で調理してもらいたいそうです。魚全部が充分に熱くなるまで調理するということですね。

はい、スノーマン・ザ・ジミーはよくなってきました。今は家の中にいて、自分の部屋で眠っています。足はもうあまり痛みません。皆さんが足のためにがんばって喉を鳴らしてくれたのはとてもよかったの。まだ速く走れませんが、毎日歩く練習をしています。レンとローティス・ブルーが手伝っています。

アマンダは悲しすぎて手伝うことはできません。

彼女がなぜそんなに悲しいのか、今は話さなくてもよいでしょう。

今晩は物語を話さないことにします。魚のせいです。もっと調理する必要がありますからね。それに少し気分も……ええとね、疲れているの。だから、スノーマン・ザ・ジミーの赤い帽子をかぶって物語を聞くのがいつもよりむずかしいんです。

皆さんががっかりするのはわかります。でも明日は話しますよ。何の物語がいいですか？

ゼブの物語？　クレイクの物語も？

二人が出てくる物語。ええ、そういう物語があると思うわ。たぶん。

本当にクレイクは生まれたのかって？　はい、そうだと思います。皆さんはどう思う？

ええと、よくわからないの。でも、生まれたはずですよ。だって、ほら――人間みたいに見えたから。昔のことだけど。その頃、ゼブと知り合いだったのよ。それで、二人が出てくる物語があるの。その物語にはピラーも登場します。

なあに、ブラックビアード？　クレイクについて言いたいことがあるの？

本当は骨の洞窟から生まれたんじゃなくて、人の皮膚の下に入っていただけだと言うの？　服のようにその皮膚を着ていたって？　でも、皮膚の下のクレイクは人じゃなくて、丸くて堅くて、あの光るものみたいだったの？　なるほど。

ありがとう、ブラックビアード。ジミー・ザ・スノーマン、じゃなくてスノーマン・ザ・ジミーの赤い帽子をかぶって、その物語を全部話してくれる？

いいえ、帽子で痛くはならないわ。あなたを別の誰かに変えることもない。ううん、新しい皮膚が出てきたりしないのよ。私みたいな皮膚の服が出てくることはないの。あなたの皮膚はそのまま変わらないのよ。

だいじょうぶ。赤い帽子をかぶらなくてもいいから。お願い、泣かないで。

「まあ、ちょっとした騒ぎになっちゃった」トビーは言う。「怖がってるなんて知らなかったわ――あの古ぼけた赤い野球帽を」

「おれはレッドソックスを怖がってた」とゼブ。「ガキの頃の話だが。当時から、ギャンブラー魂があったんだ」

「彼らにとって神聖なものらしいの、あの帽子。タブーみたい。持ち歩くことはできるけれど、かぶってはいけないって」

「だからって連中を非難できるか？　すごく汚いからな。シラミだってついてる、絶対に」

「人類学的な話をしたいと思ってるんだけど」

「おまえのケツが上等だって話を最近したばかりだろ？」

「複雑な話にしないで」

「〝複雑〟ってのは哀れなまぬけってことか？」

「ううん。ただ、ちょっと……」ただ、ちょっと、何？　ただ、彼が本気で言ってるとは思えないってこと？

「つまり、褒め言葉なんだ。覚えてるだろ？　男は女を褒めるもんだ。求愛行動の一つだ――ほら、人類学になったじゃないか。だから、花束みたいなもんだと思ってくれよ。わかるだろ？」

「ＯＫ。わかった」

「じゃあ、やり直しだ。おまえのケツが上等だと思ったのは、ずっと昔、ピラーを堆肥にした日のことだ。おまえ、ぶかぶかだった女庭師の服を脱いで、公園作業員のつなぎを着ただろう？　あの時だ。たまらなくいいと思った。本当だ。だが、当時のおまえは近づけない存在だったからな」

「そんなことない。私……」

「いや、そうだった。〈純度百パーセント ミス神の庭師〉、おれにとっちゃ、そんな感じだった。アダム一号の敬虔なる侍者。実を言うと、やつとおまえはセックスしてるんじゃねえかって思ってた。それで、ねたんでもいたんだ」

「あり得ない。絶対に、そんなこと……」

「おれはおまえを信じる。信じないやつも多いと思うがな。どっちみち、あの頃おれはルサーンとできてたし」

「だから誘わなかったの？　かわいこちゃんにひっつくミスター・マグネット？」

ため息。「そりゃあ、イケてる女にはひっついたもんだ。若かった頃はな。要するにホルモン、毛の生えたタマタマを持った宿命。生命の不思議ってやつだ。だが、イケてる女がいつもおれにひっつくわけじゃなかった」一瞬の間。「何だかんだ言っても、おれは誠実な男だ、本気で付き合ってる相手に対しては。持続的な一夫一婦主義者と言ってもいい」

トビーは信じているのだろうか？　彼女自身、よくわからない。

「だけど、ルサーンは教団から出ていったわ」

「そして、おまえはイヴ六号だった。ハチに話しかけたり、幻覚体験の薬を作ったりしてたよな。まるで〈女子修道院長〉だった。おれなんか、ぴしゃりと拒絶されるのが関の山だと思ってた。マメクロクイナ」昔、トビーがマッドアダム・チャットルームで使ったコードネームで語りかける。「おまえの名前だったな」

「そして、あなたはスピリット・ベア（シロアメリカグマ）」とトビー。「見つけるのは至難の業、出会えたら幸運。そういう言い伝えだったわね。あのクマが絶滅する前のことだけど」そう言って、ぐすんぐすんし始める。瞑想用に調合した薬の影響もあるのだろう。要塞の壁が溶けていく。

「おい、どうした？　何か悪いことを言ったか？」

「ううん」とトビー。「感傷的になってるだけ」

もう何年もの間、あなたは私の拠り所だった。そう言いたい。でも、言わない。

少年クレイク

「いよいよ何を話すか考えなきゃ」トビーが言う。「クレイクの物語、あなたも出てくるのよ。クレイクは少年の頃からピラーを知っていた、と。それはわかったの。でも、あなたについては何を話せばいい？」

「実は、おれもピラーと同じだ」ゼブが言う。「やつのことは庭師たちの活動が始まる前から知っていた。だが、当時はクレイクじゃなかったし、その片鱗も見えなかった。グレンって名前で、ただの頭のいかれたガキだった」


ゼブはヘルスワイザー・ウェストに潜入すると、いち早く社内慣習を学習し、皆と同じように振る舞い始めた。慣習どおりに行動することこそ、集団に溶け込んで生き残る最善策だ。そうしておけば、怪獣レヴが巨大コーポレーションのネットワークのつてをたどり、捜索の手を伸ばしてきても――いつそうなるともしれなかった――見つからずにやり過ごせるはず。要は周囲になじむ保護色が必要だった。

真理の探求と人類の発展に寄与するハッピーな大家族。それがヘルスワイザー・ウェストの掲げる企業イメージだった。株主に株価の上昇を長々と説明するのは悪趣味だと考えられていたが、社員にはストックオプション制度があった。そして、彼らに求められたのはいつも元気で明るく、与えられた目標を確実に達成しつつ、実際に何が起きているのかをあまり詮索しない――本物の家族のように――ことだった。

これまた本物の家族と同じく、ヘルスワイザーには立ち入り禁止区域があった。情報や思考など、立ち入ってはいけない頭の中の領域もあったが、文字通り足を踏み入れてはいけない場所も決められていた。壁の外のヘーミン地はそうした立ち入り禁止区域の一つで、出かけるには通行証や特定の警護が必要だった。知的財産を守るファイアウォールはどんどん厳重になり、内部でも特別な権限を持たないかぎり、絶対にアクセスできない情報もあった。システムに侵入できないとなると、いわゆる原資料を入手するしかない。事実、あらゆる業種のコーポレーションでは、超優秀なスタッフがしばしば誘拐され、外国——時に、競争相手のコーポレーション構内——に連れ去られては、巨万の富を生み出すとも言われる情報が脳みそから吸い取られていた。

　ヘルスワイザー・ウェストはこの事態を深刻に受けとめ——つまり、かなり重要な事業が秘かに進行中だったということ——徹底した防衛策を講じた。上級職のバイオおたくは、ＧＰＳで現在地を確認できるポケベルを持ち歩くようになったが、このＧＰＳはしばしば巧みにハッキングされ、ポケベルの持ち主を追跡する手段として使われた。廊下や会議室の壁のあちこちにポスターが貼られ、絶えずつきまとう危険に注意するよう促していた。〝安全規則を守って、あわてない！　頭を守る、情報も守る！〟とか〝あなたの記憶《メモリー》はみんなの知財。あなたのために守ります！〟

　あるいはこんなのも。〝脳は牧草地。耕せば価値が上がる〟このポスターには、誰かが油性マーカーでこんな書き込みをしていた。〝もっと耕せ！　もっと糞を食わせろ！〟ふーん、とゼブは思った。ニコニコマークの裏に反逆精神を隠してるやつもいるんだな。

　ヘルスワイザー・ウェストは幸せ家族の企業イメージそのままに、毎週木曜日、構内の中央小公園でバーベキューパーティを開いていた。この手の行事はちょっとした噂や情報を仕入れ、表には出てこない微妙な力関係に気づく絶好の機会だから欠席しないように。これがアダムからの指示。いちばんカジュアルな身なりの連中がボスたちのはず。それから、こんなことも言っていた。遊びのコーナー、特にボードゲーム類がおもしろいはずだよ、と。だが、その理由は言わなかった。

そこで、ゼブはヘルスワイザー・ウェスト潜入後初の木曜日、バーベキューパーティに行ってみた。会場では、あれこれ試食ができた——子どもたちには「ソーヤミー・アイスクリーム」、肉好きのためのポークリブ、ビーガンには大豆を使ったソイ・オ・ボーイ製品や代替肉のクォーンバーガーもあった。動物を殺さずに肉を食べたいなら、血を流していない《ネバー・ブレッド》というネーミングのシシ・Ｋ・バディ——ケバブ風の角切り肉は細胞から培養したもの（「動物虐待ゼロ」）——もあり、たっぷりのビールと一緒ならば、味だって悪くなさそうだった。だが、警戒心を緩めないために飲酒は控えていたから、食べるのはもっぱらポークリブにした。これは酔っ払っていなくても、充分いけたから。

会場の端のほうは、おたく好みのスポーツ会場だった。日なたではクロッケーやボッチャ。日除けの下ではピンポンやテーブルサッカー。六歳以下の幼児は輪になってゲームをし、少し年長の子どもは鬼ごっこらしき遊びに興じていた。知能が高くて生真面目で、アスペルガー症候群の傾向がある超秀才児は日除けの下に並ぶＰＣを使って、互いに目を合わせることなく、強迫神経症的にオンラインゲーム——もちろんヘルスワイザーのファイアウォールの内側で——で競い合うことができた。

ゼブはゲームを詳しくチェックした——ウェイコ事件３Ｄゲーム、腸内パラサイト、ウェザーチャレンジ、ブラッド・アンド・ローズ（血とバラ）など。目新しいバーバリアン・ストンプというゲームもあった。

スパニエルの目をしたマージョリーが一直線にこちらにやって来る。必死に甘えてみせる笑顔の準備ＯＫ、あごについたケチャップで魅力はさらにアップ。姿をくらまさなきゃと思う。というのも、彼女はあるタイプに見えたからだ――すぐに男を自分のものだと言い張り、そいつが寝ている間にズボンのポケットに手を突っ込んでほかの女がいないかを探り、メールも平気で盗み読む。考えすぎかもしれない。だが、危険は冒したくなかった。

「おれと勝負しないか?」すぐ近くでゲームをしていた痩せっぽちで、暗い色のTシャツを着たインテリ少年に声をかけた。かたわらの紙皿には食べ終わったポークリブが山盛りになっている。あれはコーヒーか? いつから子どもがコーヒーを飲んでもよくなったんだ? 親はどこだ?

少年は顔を上げる。大きな緑色の眼。くすんだ色の瞳から本心は読めないが、ばかにするような目つきだ。バーベーキュー会場では、子どもも名札をつける決まりらしく、名は〝グレン〟だとわかった。

「いいよ」少年グレンが言う。「普通のチェスにする?」

「普通じゃないのは?」

「3Dチェス」気乗りしない様子でグレンは答える。ゲームの存在すら知らないなら、上手いはずがない。当たり前だ。

こうしてゼブとクレイクは出会った。

「だがな、さっきも言ったように、まだクレイクじゃなかったんだ」ゼブは言う。「当時はただのガキ。悪いことがまだそれほどやつの身に起きてなかった頃だ。「まだそれほど」と思うかどうか、人それぞれだが」

「そう?」とトビー。「そんなに前のことなの?」

「嘘ついてるってのか?」

トビーは考える。そして言う。「ううん、この話は嘘じゃないわね」

ゼブは余裕を見せて、気前よくグレンに白の先手を譲った。グレンの大勝だったが、ゼブも善戦した。その後、ウェイコ事件3Dゲームでゼブがグレンを負かすと、すぐにグレンは別のゲームで挑んできた。今度は引き分け。グレンはわずかながら尊敬の念の混じった眼差しでゼブを見つめ、どこから来たのか訊ねた。

ゼブは嘘をいくつか語ってみせたが、どれも愉快な嘘だった。ミス・ディレクション、〈浮き世〉地区、ベアリフトでのクマ体験の話も盛り込んだ。ただし、名前も場所も変え、死んだチャックについてはすべて省いた。グレンは記憶のあるかぎり、構内から外に出たことがなかったから、ゼブの話は神話のように聞こえたにちがいない。驚きを隠してはいたが。

ともあれ、木曜日のバーベキューでは、決まってグレンの姿がゼブの近くに見られるようになり、二人が昼休みを一緒に過ごす日も増えた。グレンはゼブを英雄視していたわけではなく、彼に父親になってほしいと願っていたわけでもなかった。いわば、兄貴分という位置づけ――ゼブはそう思うことにした。ヘルスワイザー・ウェストには、グレンとゲームのできる同じ年頃の子どもがあまりいなかった。彼と同じくらい頭のいい子もいなかった。グレンは、ゼブの頭がいいと認めていたわけではないが、一緒に遊べる許容範囲ではあった。ただ、二人が一緒にいると、ゲームであれ何であれ、宮廷劇のような雰囲気が漂った――グレンは皇太子、ゼブはちょっと頭の弱い廷臣。

グレンは一体いくつだったのだろう？　八歳？　九歳？　十歳？　自分自身がどんなふうに八歳、九歳、十歳を過ごしたか、思い出したくないゼブには何とも判断がつかなかった。当時、ありとあらゆる暗闇のなかで長い時間を過ごした。そのすべてを忘れたかったし、忘れようと努力してきた。それでも、その年頃の少年を見ると、思わず〝逃げろ！　早く逃げろ！〟と言いたくなる。そして、〝大きくなれ！　もっと大きくなるんだ！〟と。成長して大きくなれば、誰からも支配されなくなる。少なくとも、それほど強くは支配されなくなるはずだ。だが、と彼は思う。クジラはそうならなかったじゃないか。トラも。ゾウだって。

〝あいつら〟なのか〝あれ〟なのかはわからない。だが、ともかく何かが幼いグレンを絶えず悩ませていたのは間違いない。そんなふうに見えた。かつてゼブがふと鏡に目を遣るたびに見た自分と同じ表情をしていた。警戒と不信。突然、どこかに裂け目ができて――茂み、駐車場、それとも家具か――潜んでいた敵や底なしの穴が現れるんじゃないか、そう言いたげな表情だった。グレンに傷やあざはなく、食事もごく普通にとっていた。少なくとも、そう見えた。だとしたら、あの子を悩ませていたものは何だったんだ？　おそらく具体的には言えないものだったのではないか。喪失、あるいは空虚のような。

木曜日を何度かグレンと過ごし、近くから観察して、ゼブは思った。どうやらグレンの両親は息子にあまり愛情を注いでいないようだ。夫婦の関係も同様で、相手に対する気遣いがない。身振りやしぐさから、互いを鬱陶しく思ったり、時として不快に感じたりする時期を過ぎ、今や激しく憎み合っていることがわかる。二人が人前で出会えば、殺し屋みたいな目つきで言葉を交わし、足早に立ち去る。そして、人目のないところでは激しい怒りをたぎらせる。このふつふつとたぎる憎悪こそ彼らの最大の関心事で、グレンの重要度はかなり低く、いつでも交換可能なトレーディングカードのような存在でしかなかった。多くの子どもが恐竜に魅了されるのと同じ理由で、幼いグレンはゼブに引きつけられたのかもしれない。自分の力ではどうにもならない世界で一人取り残されたと感じる時、ウロコのある大きな生きものが友だちなのは、大きな慰めになるはずだ。

グレンの母親は食品管理部門のスタッフとして食料の調達を管理し、食事計画を立案していた。父親は上級研究員で、専門は特殊微生物、不安定なウイルス、異常な抗原、アナフィラキシー・バイオベクターの変異株など。特にエボラウイルスやマールブルクウイルスに詳しかったが、当時はダニの咬み傷で発症する珍しい赤身肉アレルギーを研究していた。ダニの唾液タンパク質に含まれる物質がアレルギーを起こすんだ――グレンはそう説明した。

「つまり」とゼブ。「ダニのよだれが身体の中に入る。すると、ステーキを食えば必ず激しいじんましんが出て呼吸困難になって死んじまう。そういうことか？」

「それが明るい側面」この言い方がその頃グレンのお気に入りだった。最初に「明るい側面」を語り、それから陰惨な話を補足する。「明るい側面はね、ダニの唾液タンパク質が全人口に行き渡れば――ほら、たとえば普通のアスピリンに仕込んだりしてさ――誰もが赤身肉アレルギーになるってこと。食肉生産は二酸化炭素排出量が大きいでしょ。だって、牛の放牧地を作るために、森林を伐採しちゃうから。そうしたら……」

「そんなの、明るい側面じゃねえ」とゼブ。「いいか、言っとくがな。おれたちは狩猟採集民で、肉を食べるように進化してきたんだ」

「そして、ダニの唾液に致命的なアレルギー反応を起こすようにもなった」と返すグレン。

「もともと遺伝子プールから排除されることが決まっていた人間の話だろ」ゼブは釘を刺す。「だから、少数ってことだ」

グレンは珍しくにこりとして答える。「そうだね」

木曜恒例のバーベキューパーティでゼブとグレンがオンラインゲームをやっていると、たまにグレンの母親、ローダがやって来て、ゼブの背後からゲームを観戦することがあった。近づきすぎて、肩に触れることも――触れたのは身体のどこだ？　おっぱいの先っぽか？　まあ、そんな感じだな。ちょっととんがった形。指じゃないのはたしか。彼女の吐く息はビールのにおいがして、ゼブの耳近くのうぶ毛を揺らした。その一方、彼女はグレンにまったく触れなかった。実を言えば、誰もグレンには触れなかった。というか、彼のほうでうまく避けていた。まるで、自分の周囲に見えないバリアを張り巡らせたかのように。

「あなたたち」ローダはよくこんなふうに話しかけてきた。「日なたに出て、走りまわりなさいな。クロッケーでもやったらどう?」グレンはこういう母親然としたことばにまったく耳を貸さず、ゼブも乗らなかった。なんと言っても、彼にとってグレンの母親は――しわくちゃではないにせよ――賞味期限がとうに過ぎた女だったから。もっとも、救命いかだに二人取り残されたら……だが、そういう状況にはなかったから、押しつけてくる乳首も、耳に息を吹きかける合図も無視して、ブラッド・アンド・ローズの〈ブラッド〉役になりきって、古代カルタゴ市民を一人残らず殺し、大地に塩をまき、ベルギー領コンゴを隷属させ、エジプト人の長子を皆殺しにしていた。

それにしても、なぜ最初に生まれた子どもだけを皆殺しにするんだ? バーチャルゲームのブラッド・アンド・ローズでは、さまざまな残虐行為が命じられる。赤ん坊を空中に放り投げて剣で串刺しにするとか、窯の中に放り込むとか。石の壁に打ちつけて頭をたたき割れという指令もあった。「赤ん坊千人を、ベルサイユ宮殿、リンカーン・メモリアルと交換だ」とグレンに告げる。

「だめ」とグレン。「ヒロシマもつけてくれなきゃ、やだ」

「ひでえ! 赤ん坊がもがき苦しみながら死ぬのが望みか?」

「だって本物の赤ん坊じゃないし。ゲームだよ。だから赤ん坊が死ねば、インカ帝国は守られる。あのかっこいい黄金のアートも残る」

「なら、赤ん坊とお別れだな」とゼブ。「残酷なガキだ、おまえは。グシャッ。ほらっ。一丁上がり。

そうだ、ワイルドカード・ジョーカーのポイントを使ってリンカーン・メモリアルを爆破するからな」

「かまわないよ」とグレン。「まだベルサイユ宮殿がある。それからインカも。どっちみち、赤ん坊が多すぎる。乳幼児の二酸化炭素排出量はものすごく多いんだ」

「あなたたち、最悪ね」ローダが身体をぽりぽりかきながら、そう言った。後ろのほうで爪を立てているのが聞こえる。ネコがフェルト地をひっかくような音だ。身体のどの部分をひっかいているのかと思ったが、あれこれ想像しないようにした。もう、グレンは充分すぎるほど悩みを抱えているのだ。このうえ、たった一人の頼りになる友だちが、まったく頼りにならない母親とセックスするのは、あんまりだろう。


いつの間にか、ゼブは幼いグレンにコンピュータのプログラミングの特別指導——実際にはハッキング指南でもあった——を行うようになっていた。才能に恵まれたこの少年も、ゼブが知っていて自分が知らずにいたこの領域に感動し、たちまち夢中になった。その能力を引き出し、育て、さらに磨きをかけ、王国の扉を開ける鍵——セキュリティ突破の秘策、システム・バックドア、ショートカットの数々——を渡したいとどれほど望んだだろう。わくわくした。そして、そのとおりにゼブは実行した。少年が教わったことをぐんぐん吸収する姿を見るのは実に愉快だった。その後何が起きるかなんて、誰が予想できただろう？　愉快なことというのは、いつもそういうものだ。

グレンはコーディングとハッキングの秘技をゼブに教わったお返しに自分の秘密を打ち明けた。たとえば、母親のベッド脇のランプに盗聴器を仕掛けてあること。おかげで、ローダがピートという名前の上級管理職らしき男とセックスしている——たいてい昼休み直前に——こともゼブの知るところとなった。

「お父さんは知らないんだ」グレンは神秘的な緑の瞳でゼブを見つめながら、少しの間考えていた。「教えてあげたほうがいいと思う?」

「くだらない盗み聞きなんか、やめたらどうだ」ゼブは言う。

グレンは冷ややかな視線を投げかける。「どうして?」

「大人の話だからな」そう答えたが、自分でも上品ぶったふりをしているように聞こえた。

「ぼくくらいの年だったら、同じことするでしょ?」グレンに言われて、否定できなかった。そんな機会があって技術と環境が整っていれば、瞬時にやっていただろう。ほくそ笑み、夢中になって、まったくためらうことなく。

だが、ことが自分の両親についてならば、やらなかったかもしれない。今だって、レヴがトゥルーディ——香料入りローションと潤滑剤でぬるぬるになった身体は、はち切れそうなピンクサテンの枕に見えるだろう——に乗っかり、上下運動を繰り返しながら声をうんうん上げる姿を想像すると、必ずや吐き気をもよおしてしまうのだから。

グロブ・アタック

「そして、ここからがピラーと出会う話だ」とゼブが言う。

「ヘルスワイザー・ウェストでピラーは一体何をしていたの？」トビーは訊ねる。「コーポレーションの仕事？　構内で？」

だが、答えはわかっていた。神の庭師たちの多くが最初はコーポレーション構内で仕事をしていたし、マッドアダマイトにもコーポレーション出身者は大勢いた。だいたい、バイオサイエンスを学んだ者がほかのどこで働けただろう？　研究職を望むなら、資金のあるコーポレーションで仕事するよりほかなかった。そして当然のことながら、研究者は自分ではなく、コーポレーションが関心あるプロジェクト――つまりは、科学を商業的に応用した収益性の高いプロジェクト――に専念することになった。


ゼブがピラーとはじめて出会ったのは、とある木曜日のバーベキューパーティ。それ以前にこの会場で彼女を見かけたことはなかった。中高年スタッフの中には、このポークリブ食べ放題の行事を欠席する者も少なからずいた。所詮このパーティは、あわよくば気軽なセックス相手を見つけ、ゴシップの交換や情報収集を期待する若手スタッフのための行事であり、ピラーはそんなレベルを超えていた。後になってゼブが知ったように、組織内の序列でも彼女はかなり上にいた。

だが、あの木曜日はバーベキュー会場に来ていた。最初、ゼブの目に入ったのは会場の隅で白髪混じりの小柄な女性がグレンとチェスをする姿。奇妙な組み合わせ――高齢と言っていいくらいの女性と生意気そうな子ども――で、それゆえ興味をそそられた。

ぶらぶら二人のほうに近づき、グレンの肩越しにチェス盤をのぞき込んだ。余計な口出しはせず、しばらく試合を見ていた。どちらかが決定的に優勢という局面ではない。老婦人は小気味よいテンポで駒を動かしていたが、慌てた様子はなかった。一方のグレンは考え込んでいた。苦戦させられていたのだ。

「クイーンをh5に」たまらずゼブは言う。グレンは黒でプレイしていた。強がって白の先手を譲ったのか、それともコイントスで決めたのか。

「ちがうと思う」グレンは見上げることなく言って、王手を邪魔するため――その可能性にゼブもようやく気がついた――ナイトを動かした。年配の女性がゼブに微笑みかける。目元がしわくちゃで、肌の茶色い森のこびとのようだ。彼女の笑みは〝あなたが好きよ〟の意味にも〝気をつけなさい〟の意味にも取れた。

「こちらのお友だちは?」彼女はグレンに訊く。

グレンは顔をしかめてゼブを見る。どうやら試合に自信をなくしているようだった。「セス」そう言って「この人はピラー。そっちの番」と続ける。

「よろしく」会釈するゼブ。

「こちらこそ」ピラーは答え、「いい守りね」とグレンに言う。

「じゃあ後でな」ゼブはグレンにそう告げると、その場を立ち去り、例の培養肉のケバブ、ネバー・ブレッド・シシ・K・バディ――人工的な食感だったが、好きになり始めていた――を食べにいく。デザートはラズベリーみたいな風味のソーヤミー・アイスだ。

コーンに載ったアイスをなめつつ会場を見渡し、目に留まる女たちの格付けをする。罪のない暇つぶしだ。格付けは一から十までの十段階。十の女(〝今すぐやりたい!〟)はゼロ、八(〝少し迷う〟)が二～三人、五（〝ほかに誰もいなかったら〟）はもう少し多い、数人はどう見ても三（〝金を払ってくれるなら〟）、一人は残念な二（〝金はたっぷり払えよな！〟）――その時、誰かが腕に触れた。

「驚いた顔をしないでね、セス」と低い声がした。下を見ると、小さくてクルミみたいなピラーの顔がある。おれを口説いてるのか？　いや、もちろん違う。だが、もしそうだったら、礼儀という点ではきわめて微妙だ。一体全体どんなふうに礼儀正しくノーと言えばいいんだ？

「靴ひもがほどけてるわ」彼女が言う。

ゼブは彼女を見つめる。靴はスリッポンで、ひもはない。

「マッドアダムへようこそ、ゼブ」そう言って微笑む彼女。

思わずむせて、ソーヤミー・アイスのコーンのかけらを吐き出した。「くそ、何だよ！」と口をついて出たが、かろうじておだやかに言うだけの冷静さはあった。アダムのやつ。それに、〝クツヒモ〟とかいうばかげたパスワード。そんなもの、誰が覚えてるっていうんだ？

「だいじょうぶ」とピラー。「お兄さんとは知り合いなの。あなたがここに入れるよう手伝ったのよ。ほら、たわいない世間話に退屈している顔をして」再び笑みを浮かべる。「来週のバーベキューで会いましょう。チェスをする段取りをつけなくちゃね」そして、ふわり漂うようにクロッケーコートのほうに消えた。身のこなしが見事だ。ヨガ愛好家だな、とゼブは思った。見ている自分のだらしなさを感じてしまう。

すぐにもネット上の中継点をあちこち経由してエクスティンクタソンのマッドアダム・チャットルームにアクセスし、彼女のことをアダムに聞きたい衝動に駆られた。しかし、それが軽率だということもよくわかっていた。オンラインでは寡黙がいちばん、たとえ接続環境が安全だと思っても。インターネットはいつもそうだ――そもそも網《ネット》なのだから穴だらけで、それだけ罠に陥りやすいということ。侵入不可能なアルゴリズム、パスワード、親指スキャン認証等々、絶えず穴を塞いで補修しても、ネットはネットだった。

ともかく、インターネットが危険なのは誰もが知っている。ゼブみたいなプログラミングの奴隷がセキュリティの担当だったら、情報は漏れるに決まっている。給料があまりに低く、こそこそ盗みを働いたり、嗅ぎ回ったり、密告したり、手に入れた情報を高値で売りつけたりする誘惑は大きい。だが、そのツケとして厳罰化が極端に進んだ。そのためネット犯罪はどんどん専門化し、かつてリオでゼブが雇われていたようなプロ集団の仕事になる。悪ふざけしたいだけのハッカーはほとんどいなくなり、ハッキングは異議申し立ての手段ですらなくなった。レトロなアノニマスのマスクをつけた中年ハッカーは、薄暗く、クモの巣の張ったあやしげなウェブ空間の片隅で、伝説の黄金時代を懐かしむしかない。

だいたい異議申し立てをしたところで、今さら何の意味がある？　コーポレーションは独自の情報・警備部門を設立し、あらゆる武器をコントロールしつつある。市民の安心安全のためと称して、毎月のように新しい武装禁止令が施行されるのもその一環だ。デモが行われる昔ながらの政治は終わった。陰険な手段による個人攻撃はまだ可能だった――レヴに対して行ったように。だが、大衆を動員したり、プラカードを振りかざしたり、店の窓をたたき割ったりする市民の行動はその場で潰される。誰もがこのことを理解し始めていた。

ソーヤミー・アイスを食べ終わると、丸鼻のマージョリー――クロッケーを一緒にやりたがったが、木のタマタマは苦手だと断ると、傷ついた素振りを見せた――を避けて、まだチェス盤を見つめて座っているグレンのところまでのんびり歩いていった。駒を並べ直して一人でチェスをしていた。「どっちが勝ったんだ？」ゼブが訊く。

「勝ちかけてたんだよ」とグレン。「でも、グロブ・アタック〔チェスのオープニングの一つ。スイスのアンリ・グロブが考案した奇抜な定石〕を仕掛けられてさ。隙を突かれた」

「一体ここで何をしてる人なんだ？」と訊ねるゼブ。「何かの責任者か？」

グレンは微笑みを浮かべ、ゼブの知らないことを知っているのを喜んだ。「キノコ。菌類。カビ。ねえ、勝負しない？」

「明日な。食い過ぎて、頭がうまく働かない」

グレンはにやりとして見上げる。「怖じ気づいたの？」

「億劫なだけかもな。なんでお前が彼女を知ってるんだ？」

グレンは顔を上げてじっとゼブを見つめる。緑色の猫のような眼。「言ったでしょ。お父さんが一緒に仕事してるんだ。彼女のチームでさ。それにチェスクラブのメンバーだし。五歳の時から一緒にプレイしてるよ。あの人はそんなに間抜けじゃない」

彼にしては最高の褒め言葉だった。

ベクター

次の木曜日、バーベキュー会場にグレンはいなかった。その日だけでなく、数日にわたって見かけなかった。カフェテリア周辺をうろつくことも、ハッキングのやり方をもっと教えてくれとゼブに頼むこともなかった。姿が消えたのだ。

病気か？　逃亡か？　考えられるのはこの二つだけだったが、逃げた可能性はないと思った。逃げるには幼すぎたし、許可証なしにヘルスワイザー・ウェストを出るのは難しかったから。もっとも、最近グレンが習得したハッカー技術があれば、許可証は偽造できたはずだ。

別の可能性もあった。あの小生意気なガキはデジタル空間のアクセス禁止ラインをはみ出て遊んでいた。ひょっとしたら、コーポレーションの極秘データベースか何かに侵入して盗みを働いたのかもしれない。単に面白そうだからという理由で。中国のあやしげなグレイマーケットのやつら――もっと危ないのは、当時かなり派手に動いていたアルバニアの組織――と盗品のいかがわしい取り引きをするなんぞ、あの子にはまず無理なはず。ともかく盗みを働いたあげく、当局につかまったんじゃないか。そうだったら、今ごろ取調室みたいな場所で脳内情報を吸い出されているはずだ。そんな体験の後は誰だって脳みそが一年間使い倒された雑巾のようにボロボロになる。だが、まだ幼い子どもにそんな仕打ちをするだろうか？　するだろう、コーポレーションの連中なら。

そんな事態になっていないことを心から願った。もしそうだとしたら、自分が教師として至らなかったのが原因なわけで、強い罪悪感を感じる。「いちばん大事なのは、つかまらないこと」と繰り返し言い聞かせたのに。だが、それは言うほど簡単なことじゃない。プログラミングの微妙な部分の教え方が充分じゃなかったのか？　あの子に伝授したのは使用期限切れの古いやり方だったのか？〈迂回路〉や、何者かの痕跡――サイバージャングルで密猟した後の逃げ道として作った秘密の小径にいるのはグレンとゼブだけじゃないと告げるサイン――を見落としたのか？

ゼブはずいぶん心配したが、学校の教師や、ずぼらで育児放棄しているグレンの両親には訊ねなかった。目立たず、周囲の注意を引かないことが大切だったから。

バーベキューパーティで今一度参加者をチェックしたが、グレンの姿はなかった。だが、会場端の木陰にピラーがいた。チェス盤を前にして座り、戦法を考えているようだった。何気ないふりを装って、ゆっくり彼女に近づいた。

「一勝負しようか？」

ピラーは顔を上げ、「喜んで」と微笑む。ゼブは腰を下ろす。

「コインで先手を決めましょう」とピラー。

「黒の後手が好きなんだ」ゼブは言う。

「ああ、そうだって聞いてるわ。いいでしょう」

彼女は定石どおり、クイーンズ・ポーンでゲームを始めた。ゼブはクイーンズ・インディアン・ディフェンスで応じることにする。「グレンはどこだ？」

「状況があまりよくないの。ゲームに集中なさい。グレンの父親が亡くなったのよ。当然、あの子は動揺しているわ。コープセコーの捜査官は自殺だって言ったらしいけど」

「まじか！」とゼブ。「いつのことだ？」

「二日前」ピラーはそう言って、クイーン側のナイトを動かす。ゼブはビショップでそれをブロックする。次は中央を攻めてくるだろう。「だけどね、問題は「いつ」ではなくて、「どうやって」なのよ。陸橋から突き落とされたの」

「女房にか?」ゼブは背中に押しつけられたローダの乳首や、彼女のベッド脇のランプに仕掛けられた盗聴器のことを思い出していた。ずいぶんふざけた質問で――言うべきではなかったと反省する。時々ポップコーンが弾けるように、不謹慎なことばが口をついて出てきてしまう。だが、これは真面目な質問でもあった。グレンの父親がローダの昼休みの情事を知り、二人は話し合うため、またプライバシーを守るため、ヘルスワイザーの外に散歩に出たのかもしれない。そして、向かってくる車列を眺めるため、陸橋を歩く。それがちょっとした小競り合いになった。グレンの母親が父親を殴りつけ、手すり越しに突き落とす。

ピラーが見つめていた。父親のほうは身を守る術なく……

ゼブが現実の世界に戻るのを待っていたらしい。

「わかった。質問は取り消す。女房じゃなかったんだよな」

「彼はヘルスワイザー内部で行われていることに気づいたの」とピラー。「それが不正行為であるだけじゃなく、公衆衛生上このうえなく危険でもあると思った。つまり道理にもとる行為だってね。それで、見つけたことを公表するって脅したのよ。もちろん公表といっても、マスコミは報じないだろうから、広く知らしめることにはならないでしょう。でも、競争相手のコーポレーション――特に海外の――に情報を渡せば、ヘルスワイザーにかなりのダメージを与えることになったはず」

「あんたの研究チームにいたんだろう?」ゼブは訊ねる。彼女の話に気を取られ、ゲームに集中できなくなっていた。

「協力関係にあったわ」ピラーはポーンを取る。「彼は私にこの秘密を打ち明け、そして今、私はあなたに打ち明けているわけ」

「どうして?」

「私は異動になるの」ピラーは告げる。「東部のヘルスワイザー本部に。まあ、そこだといいけれど。もっとひどい場所の可能性もあるのよ、私は熱意が足りなくて忠誠心も疑わしいと思われているみたいだから。あなたはここを出なくてはだめよ。配置換えになった後はもう守ってあげられない。ナイトで私のビショップを取って」

「それは悪い手だぞ」とゼブ。「そうすると、次が……」

「ともかく取りなさい」彼女は静かに命じる。「駒はそのまま持っていて。もう一つあるから、それを箱の中に入れておくわ。そうすればビショップが一つなくなったことに誰も気づかないでしょう」

ゼブはビショップを掌に隠す。やり方は、〈浮き世〉地区にいた頃、スレイト・オブ・ハンドに教わっていたから、器用に駒を袖口に入れることができた。

「これをどうするんだ?」彼は訊く。ピラーがいなくなれば、ひとりぼっちだ。

「届けてほしいの。にせの一日外出許可証を作ってあげます。何か口実を考えなくちゃね。ヘーミン地での用事について聞かれるだろうから。ヘルスワイザー・ウェスト構内から出た後に使う身分証は準備してあるわ。ビショップは一緒に持っていくこと。ウロコとシッポという名前のセックスクラブ・チェーンがあるの。ネットで調べればすぐ見つかるはず。いちばん近くの支店に行ってちょうだい。パスワードは〝オリアジナス（油性の）〟。それで中に入れてもらえるわ。ビショップはそこに置いてきて。駒は容器で、彼らは開け方を知っているから」

「届けるって、誰に? 一体何が入ってるんだ? 〝彼ら〟って誰だ?」

「ベクター」とピラー。

「どういう意味だ? 数学のベクトルか?」

「ええと、生物学のベクターね。生物体《バイオフォーム》のためのベクター（遺伝子を運ぶもの）で、ビタミン剤に見える別のベクターの中に入っているの。白、赤、黒の三種類。そして、その錠剤もまた別のベクター、つまりビショップの中に入っていて、さらにもう一つのベクター——あなたのことよ——によって運ばれるわけ」

「錠剤の中身は何なんだ？」と訊ねるゼブ。「脳内麻薬のキャンディ？　ＩＣチップ？」

「全く違います。知らないほうがいいのよ」ピラーは答える。「だけど、何が起きても絶対に食べてはだめ。尾行されてると思ったらビショップは排水溝に流してね」

「グレンはどうするんだ？」

「王手」そう言ってピラーはキングを倒す。そして、微笑んで立ち上がる。「グレンならだいじょうぶ。自分でなんとかするでしょう」彼女は言う。「父親が殺されたことを知らないのよ。というか、まだ知らない。はっきりとは聞かされていないの。でも、あの子はとても利口だから」

「じきに事情を理解するってことか」

「あまり早すぎないといいけれど。こんな悲報を受けとめるにはまだ幼すぎる。知らないふりなんてできないかもしれない。あなたと違って」

「おれだって、ほんとに知らない時はあるぞ」ゼブは言い返す。「今だってそうだ。一体どこで自分の素性を変えればいい？　許可証はどうやって手に入れるんだ？」

「マッドアダムのチャットルームにアクセスして。必要なものがすべて用意されているわ。使った通路はすぐにスクランブルをかけて消去してね。コンピュータに痕跡を一切残してはだめよ」

「ひげも変えたほうがいいか？」雰囲気を少し明るくしようと言ってみた。「新しい身分のために？ダサいズボンはどうだ？」

ピラーはにこりとする。「ポケベルのスイッチをずっと切ったままにしていたの」そして、続ける。

「バーベキューの日はそうしてもいいのよ。みんなから見えるところにいる限りはね。じゃあ、またスイッチを入れるわよ。人に聞かれたくないことは一切言わないこと。無事を祈っていますからね」

ゼブは机の引き出しに隠しておいたUSBメモリを回収し、その表面にフジツボのように付着していたのど飴を取り除き、自分のPCで腸内パラサイトを起動した後、例の気味悪い目無しパラサイトの貪欲な口の一つからネットに接続し、中継点をいくつか経由してマッドアダムのチャットルームにアクセスした。すると、誰が用意したかは皆目見当がつかなかったが、たしかに期待どおりの必要な情報一式が詰め込まれたフォルダがあった。そのファイルを開いて内容を頭に叩き込んだ後、アクセスの痕跡を消去しながら大急ぎで戻ってログアウトした。USBメモリはその場で踏み潰し――いや、正確に言うと、ベッドの脚の下に置いてベッドに数回飛び乗って壊した――その破片を数か所のトイレで流した。金属とプラスチックでできているメモリは簡単には流れないが、ほら、自分のあれに埋め込めば……

「もう、いい。わかったから」トビーが言う。

ゼブの新しい名前はヘクターだった。運び屋《ベクター》だからヘクター・ザ・ベクターか。ずいぶん趣味の悪いユーモアだが、ピラーが考えたとは思わなかった。彼女はあまりユーモアがあるようには見えなかったから。

もちろん、この新しいヘクター・キャラを作動させるのは、ヘルスワイザー・ウェスト構内を出て、監視カメラの目が届かなくなってからだ。その時まではセス――データ入力の奴隷船に鎖でつながれた取るに足らないデジタル奴隷――のままでいる。茶色のコーデュロイパンツというおたくファッションのセス。キャラが変われば、少しはましなパンツをはけるはずだ。新しい服ひと揃いがヘーミン地のごみ収集コンテナに用意されているという話だったから、浮浪者だの頭のおかしな連中だの、あるいはクビになった中間管理職だのが先にごみ漁りをしないことを願った。

セス・キャラがヘルスワイザー・ウェストの外に出るための筋書きは、美しさと気分を高めるコーポレーション、アヌーユー——ヘルスワイザー傘下のあやしげな企業グループ——の支店に出向き、修理作業をするというもの。〈健康〉と〈美〉。この魅惑の結合双生児は遠い昔から人々に甘い誘惑のことばをささやき続けていた。かくして鼻の整形手術には、健康か美のいずれかを理由に、目の玉どころか、鼻まで飛び出るほどの大枚をはたこうとする希望者が後を絶たなかった。

ヘルスワイザーは製品——ビタミン剤、市販用鎮痛剤、特定疾患用の最高級薬剤、ＥＤ（勃起不全）治療薬等々——のラベルに医学的な説明とラテン語名を記載する、そんな企業。一方のアヌーユーは、月崇拝のウィッカ信徒や、サシガメの生息地、未開のジャングル深くに潜むシャーマンから神秘の奥義を学ぶような企業。だが、両者のビジネスには重なる部分があるのがゼブにはわかった。痛みがあり、気分が悪く、それで醜くなったなら、ヘルスワイザーのこれをどうぞ。醜く、痛みがあり、それで気分が悪くなったなら、アヌーユーのこれをどうぞ——

ゼブは洗いたての茶色いコーディロイパンツをはき、任務の準備をした。少しばかり粗野なセスの顔になると、浴室の鏡に向かってウィンクする。「おまえはもうお払い箱だ」セスと別れるのは寂しくなかった。どうせ、アダムが押しつけてきたキャラだ。ぼくはきみよりもよくわかっているんだよ、という偉そうな兄貴面の態度で。その不満をぶちまけるためにも、アダムとじかに会いたかった。「このパンツのせいでおれがどれだけ苦労したか、少しでも考えたことがあるのか？」そのくらいは言ってやりたい。

セス旅立ちの時。外出許可証を手に、正門のほうにゆっくり歩いていった。鼻歌を歌いながら。

ハイホー、ハイホー
さえない仕事に行くんだ、おれは
こっちでヒック・ハック、あっちでヒック・ハック
ハイホー、ハイホー、ハイホー、ハイホー!

下級プログラマー、セスのために用意されたのは、アヌーユーに出向き、改ざんされたHPを調べて、その経緯を明らかにするというストーリーだった。誰か——おそらく若い頃の彼と同じように生意気な十代のハッカー——がサイトの画像をいじって細工をしたのだ。気分を上げ、肌をつやつやにするアヌーユー製品のどれかをクリックすると、赤紫やオレンジ色のアニメの昆虫が大量に出てきて、猛スピードで製品をかじり始める。続いて爆発して脚を引きつらせ、黄色い煙がもくもくあがる。ばかげていたが、強烈な映像だった。

ヘルスワイザー・ウェストが自社のコンピュータシステムを使ってこの問題に対処するのを嫌ったのは、当然と言えば当然だった。というのも、子どもっぽいいたずらに見えても、罠の可能性もあったからだ。ヘルスワイザーのシステムで作業が行われることがハッカーの狙いで、その機に乗じてファイアウォールをすり抜け、貴重なデータをくすねる計画なのかもしれない。それを避けるためには、誰かが実際にアヌーユーに出向く必要がある。誰かというのは、下級職で——ギャングがたむろするへーミン地は危険だったから——簡単に替えのきく人材。つまり、セスだった。それでもヘルスワイザーは彼のために運転手付きの社用車を手配した。幹部スタッフでもないセスをわざわざつかまえて、脳みそを掘

り起こして情報を得ようとは誰も考えないはずだが、念には念を入れたのだ。

誰がハッキングしたのか、またその理由は何か、アヌーユーは知ろうとしなかった。調査費用が高額になると考えたのだろう。彼らが望んだのはファイアウォールの修理のみ。アヌーユーの技術者がお手上げだったという筋書きは——ゼブにしてみると——簡単に信じられる話ではなかった。だが、当時のアヌーユーはまだ貧乏企業——スパ・パーク店がオープンして華麗に大成功する前——で、IT部門はAクラスとは言えず、Bクラスでもなく、Cクラスでさえなかった。優秀な技術者は資金力のあるコーポレーションが独占して雇ってしまうから、残っている技術者と言えばFクラス。実際、ハッキングされてしまったのだからFクラスと言われても仕方がない。


彼らにはずっと待っていてもらおう、とゼブは思った。なぜって、一時間もたたぬ間に彼はヘクターに変身し、セスは消えてしまうのだから。チェス駒のビショップはコーデュロイのダボパンのポケットの中。万が一に備えて左手も一緒に入れ、誰かに見られたら自慰行為中だと思わせることにする。車がスパイウェア搭載の場合——おそらくそうだったはず——を想定して、車内でも手は控えめに動かし続ける。逃亡者でおまけに密輸品の運び屋であるよりは、マスかき男のほうがマシだった。

アヌーユーはヘーミン地グレイマーケットの端のあやしげな建物に店を構えていた。だから、行く手にシークレットバーガーの屋台がひっくりかえって道をふさぎ、レッドソースが飛び交う大乱闘が繰り広げられ、怒鳴り声やクラクションの音が響きわたり、挽肉のパティが飛行部隊のように空を飛び交うのは、この近辺の光景として不自然ではない。ゼブの運転手はクラクションを鳴らして先に進もうとしたが、窓を開けて怒鳴るほどのばかではなかった。

だが、車はたちまちアジア連合《フュージョン》の連中に襲われた。ヘルスワイザー社用車の暗証コードに合わせたデジタルロックの解錠器具を持っているやつがいたにちがいない。なぜって、ドアロックがすぐにポンと解除されてしまったから。ドアが開くとすぐ、連中は手足をばたつかせて悲鳴を上げる運転手を引きずり出し、靴を奪い、洋服をトウモロコシの葉っぱみたいに一枚ずつはぎ取った。さすが、ヘーミン地ギャングはプロで仕事が速い。車の鍵を奪うと、バックギアのまま弾丸のように走り去る。車体をまるごと、あるいは部品をバラして、ともかくより儲けの大きい形で売りとばすのだろう。

ゼブはタイミングを見極めて動き始めた。すべては事前に手配して支払い済みだ。アジア連合は情け容赦のないギャングだが、はした金で動き、ちっぽけな仕事でも満足する連中だった。運転手の視界がブロックされていること――頭全体がレッドソースまみれだったから、何も見えなかったはず――を確認すると、ゼブはバックドアから飛び出して、四つん這いで近くの狭い路地まで行き、角を曲がる。さらにもう一つ角を曲がると、予定どおり、三つめの角に目当てのごみコンテナがあった。

茶色のコーデュロイパンツはごみコンテナに投げ捨てて気分をすっきりさせ、代わりにいい感じに着古したジーンズを取り出した。それにマッチする服やアクセサリーもあった。黒の合成皮革ジャケット、「臓器ドナー。無料で臓器提供中」とプリントされた黒のTシャツ、ミラーレンズのサングラス、野球帽の正面にはさりげなく赤いどくろマークがついている。歯にかぶせるクリップ式の金冠、つけひげ、あとは新しく考案したにやにや笑いをキメればヘクター・ザ・ベクターの準備完了。ずっと手の中に隠し持っていたビショップの駒は、レザージャケットの内ポケットに入れた。

出発だ。急いでいたが、そう見えないようにした。いちばんいいのは失業者のふりをすること。何かよからぬことを企んでいるように見せるのもよかった。

目指すべきウロコとシッポ・クラブはヘーミン地の奥深い場所にあった。おたくルックだったなら、頭皮、鼻、タマ、そして全身を守らざるを得なかっただろうが、新しい身なりでは、数人が目を細めてチェックするだけで、それ以上の注意を引くことはない。こいつを仲間に引き入れる価値はあるか？ ない。それが街のやつらの判断。おかげで通りをぶらついても邪魔されることはなかった。

前方に〝アダルト・エンタテインメント〟のネオンサインが見えてきた。その下には〝違いのわかる紳士の店〟と小さく書かれている。写真は緑の全身ウロコのタイツに身を包んだ爬虫類姿の美女たち。ほぼ全員が巨乳インプラント済みで、背骨がないかのように身体をよじったポーズの美女も数名。自分の脚を首にひっかけるのはたしかにすごいワザだったが、それの何がいいのかは、今一つはっきりしない。あのニシキヘビのマーチもいた。空中ブランコに乗った超セクシーなコブラ・レディの肩に巻き付いている。女は〈浮き世〉地区の麗しきヘビ遣い、カトリナ・ウーウー――何度も身体を二つに切断した、あの彼女――にそっくりだった。

まったく年をとっていない感じだ。セックスもブランコも腕が落ちないようにずっと訓練を続けていたに違いない。まあ、そういうことか。

昼間なので、客の入る時間帯ではない。ピラーに教えられた、例のばかばかしいパスワードを思い出す。〝オリアジナス〟なんて、どう使えば真っ当な文章になるんだ？「今日は一段と油性《オリアジナス》のようですね」とか？　そんなことを言おうものなら、相手からビンタを食らうか、ガツンと一発殴られるんじゃないか。「油脂性《オリアジナス》のお天気ですね」「その脂肪性《オリアジナス》音楽を消してくれ！」「お世辞たらたら、油性《オリアジナス》なのはいい加減にやめてくれ！」どれもうまくいきそうになかった。

ドアベルを鳴らす。金属をたっぷり使った扉は、銀行の金庫室扉のような厚みがあった。のぞき穴からじっと覗かれた後、錠が外され扉が開くと、自分と同じくらい大柄――ただし黒人――の用心棒がいた。刈り上げた頭に、ダークスーツとサングラス。「何だ？」

「油性《オリアジナス》の女の子がいるって聞いたんだが」とゼブ。「バターみたいにベタベタお世辞を言う娘」

男はサングラス越しに彼を見つめる。「え？　何だって？」ゼブは繰り返す。「油性（オリアジナス）の女の子」と、
男はボールドーナツを口の中で転がすかのように、おうむ返しに言う。「バターみたいにベタベタお世辞」口元が緩む。「うまい、うまい。了解。入れ」扉を閉める前に彼は通りをチェックする。再び施錠する音。そして言う。「〝彼女〟に会いたいんだろ」

紫のカーペットの廊下を歩く。階段を上ると、営業時間外のセックスショップのにおいがした。悲しみのにおいだ。若い女――リアルでもロボットでも――が買える店の偽りの淫らなにおい。孤独のにおい、そして金を払ってはじめて愛されるというにおい。

男はイヤピースに何ごとか語りかけた。まったく見えなかったから、ごく小さいものだったのだろう。ひょっとしたら耳じゃなくて歯の中に仕込まれていたのかもしれない。当時、そういう装置を使うやつもいたが、歯が折れて飲み込んじまうと、てめえのケツが話し出す事態になったもんだ。ドアには〝ヘッドオフィス兼ボディオフィス〟の標示があった。きらきら光る緑色のウィンクするヘビのロゴとともに「私たちは身体も頭も柔軟です」という店のモットーも書かれていた。

「入れ」大柄な男にもう一度そう言われ――語彙の乏しいやつだった――ゼブは中に入る。

部屋はオフィスっぽいつくりで、たくさんのTVモニター、布張りの地味な高級家具、それに小型冷蔵庫があった。ゼブはその冷蔵庫をもの欲しげに見つめる――ビールが入ってるにちがいない。走り回ったり、別人キャラになりすましたりで、喉がからからだった――が、まだ飲む状況ではなかった。

室内には人が二人いて、それぞれ椅子に深く腰かけていた。一人はカトリナ・ウーウー。ヘビの衣装ではなく、〝あばずれ3号〟と書かれた、だぶだぶのスウェットシャツにタイトなブラックジーンズ姿。銀色のピンヒールは竹馬ダンスを踊ろうものなら大怪我をしそうだ。ゼブに微笑みかけた。ささやき声

で叱りつけながら絶やすことのなかったステージ用のあの笑顔だ。「久しぶり」「久しぶりってほどじゃねえや」とゼブ。「相変わらず、抱き上げるのは簡単で、降ろすのが難しそうだな――ナンパしたはいいが、手放せなくなる身体ってわけだ」

彼女は微笑む。正直、ウロコみたいな彼女の下着に入っていきたかった――若い頃の欲望はまだ健在だったから――が、すぐに実行するのは不可能だった。なぜかって、部屋にいたもう一人はアダムだったから。ダサいカフタン姿。まるで、けいれん発作持ちのくず拾い連中がハンセン病がテーマの芝居の衣装のために集めてきたボロ布のようだった。

「わあ、何だよ」とゼブ。「オカマの寝間着か。どこで拾ってきた?」驚きを見せないのがベストだ。驚けばアダムに有利になってしまう。そんな展開、やつにはもったいない。

「趣味のいいTシャツだね」アダムが言う。「似合ってる。メッセージもいいね、ぼくのかわいい弟くん」

「ここは盗聴されてるのか?」ゼブは訊く。もう一度かわいい弟くんとからかわれたら、アダムをぶっ飛ばそうと思った。だが、できないだろう。やつを殴るなんて、考えるのも耐え難いことだった。少なくとも思いっきり殴るのは絶対に無理だ。ゼブにとって、アダムは幻のような存在だったから。

「もちろん」とカトリナ・ウーウー。「でも、全部オフにしてあるわ。お店からのサービスよ」

「信じていいのか?」

「ちゃんとオフにしてくれたよ」アダムが答える。「考えてごらん。彼女だって自分の店にぼくらの痕跡を一切残したくないはずさ。ずいぶん親切にしてもらっているんだ。ありがとう」カトリナに向かって言う。「長くはかからないから」彼女は少しよろめきながら、ピンヒールをカツカツ言わせて部屋を出ていく。振り向きざま二人に微笑みかけたが、今回は例の叱りつける時の笑顔ではなかった。アダムに気があること――やつはカフタン姿だったというのに――ははっきりと見てとれた。「後で食事もどうぞ、よかったら」彼女は勧めた。「ガールズカフェのほうでね。私は着替えなくちゃならないの。もうじきショーだから」

アダムは彼女がドアを閉めるのを待ち、「やったね」と言う。「よかった」

「お前のおかげじゃないぞ」とゼブ。「あのおたく趣味の茶色いパンツのせいでリンチされるところだった」アダムの無事がわかって、とても喜んでいたのだが、それを素直に表すことができず、「あのくそひでえ服を着ると、くそ間抜けに見えて、くそみたいな目に遭ったぜ」と悪態を重ねた。

アダムは聞こえないふりを決めこみ、「持ってきた?」と訊く。

「このくそいまいましいチェスの駒だろ」ゼブは駒を手渡す。アダムがビショップの頭をひねり取り、さかさまにすると、中から赤白黒の錠剤が二つずつ、全部で六つ出てきた。アダムは錠剤を確認するとビショップの中に戻し、再び頭部を取り付けた。

「ありがとう」彼は礼を言う。「とびきり安全な保管場所を考えなくちゃ」

「それ、何なんだ?」

「純粋悪」とアダム。「ピラーが正しければね。でも、すごく貴重な純粋悪だよ。そして極秘のもの。このせいでグレンの父親は亡くなったんだ」

「どんな効き目があるんだ? 性欲増進剤か何かか?」

「もっとすごいこと」アダムは語り始める。「ヘルスワイザーはビタミン剤と市販の鎮痛剤をいろんな病気――その治療薬は彼らのコントロール下にある――のベクターに使っているんだ。今、実際に流通しているのは白い錠剤。無作為にばらまかれるから、どこか特定の場所がその疫病の発生源だと疑われることはない。彼らはあらゆる方法を使って収益を上げている。ビタミン剤で儲け、市販の薬で儲け、そして病状が深刻になれば入院治療で儲ける。治療薬だって病気が再発するよう細工されているからね。被害者のお金を吸い上げてはコーポレーションの収益にする、よくできたプランだよ」

「これがその白い錠剤だな。じゃあ、黒と赤は何だ?」

「わからない。まだ試験中のもの。おそらく何かの治療薬か、即効性を高めるものか。成分を安全に確かめる方法すらわからないんだ」

ゼブは事態を呑み込み「でかい話だな」と言う。「この計画のために、ずいぶんたくさんの超秀才が関わっているんだろうな」

「いや、ヘルスワイザー内部のごく少人数のグループだけさ。トップダウンで指令が出る。グレンの父親も利用されていて、自分では癌の分子標的療法に使うベクター開発に取り組んでいるつもりだった。でも、ある時点で計画の全体像に気がついて、協力し続けることはできないと思ったんだね。それで、ピラーに打ち明けて、その後……」

「ひでえ。彼女も殺されたのか?」

「いや。彼女が知っていることはまだ気づかれていない。まあ、そうだといいんだけど。ちょうど東海岸のヘルスワイザー・セントラルに異動になったところだよ」

「ビールもらってもいいか?」ゼブは訊ねたが、返事を待たなかった。「で、それを手に入れて」最初の心地よい一口が喉を通った後に続ける。「次はどうするんだ? グレイマーケットで売りさばくのか? 外国のコーポレーションならかなりの額を支払うだろうな」

「いや、それはできない。ぼくらの主義にまったく反することだからね。今の世界でぼくらにできるのは、何を避けるべきかを知ること。できれば、みんなにあのビタミン剤のことを警告したいけど、情報を公表したところで信じてもらえない。パラノイアのように思われるだけでね。しかもその後、ぼくらは不幸な事故に遭うことになるだろう。報道機関だってコーポレーションに管理されていて、報道の独立性なんていってもまやかしにすぎない。だから、安全に分析できるようになるまで、ぼくらが隠しておくんだ」

「〝ぼくら〟って誰のことだ?」

「知らなければ、何も話せないだろう?」アダムが言う。「そのほうが皆にとって安全なんだ。きみにとってもね」

ゼブとヘビ女たちの物語

「どうやってクレイカーにそんな話をすればいいわけ？」トビーが言う。「ヘビみたいに着飾ったウロコとシッポ・ガールズなんて？」

「そこは省けばいいだろ」

「そうはいかない。物語に加えるべきよ。女の人がヘビでもあるって、すごくいいと思う。〈瞑想〉ともうまくマッチするし。あの動物に起きたこととも。そう、あの雌ブタ。雌ブタは……ええと、彼女は私と交信しているみたいだったのよ。ブラックビアードとも」

「おまえ、あのブタが半分人間だと思ってるのか？　ブタ女だと？　本当にハイになっちまったんだな」クスッと笑う。

「ううん、そういうわけじゃないの、でも……」

「あの混合薬にはペヨーテ・ボタン【ペヨーテサボテンを乾燥させた幻覚剤】が多すぎたんだろう。それか、何か別のものが」

「そうかも。うん、きっとそうね」

トビーの頭の中で、物語がひとり語りをしている。彼女が考えて、話を展開させている感じではない。自分では制御不能で、ただ、物語を聞いているだけ。ほんの少しの植物成分が脳に大きく影響して、しかもそれがこんなに長続きするとは驚きだ。

これはゼブとヘビ女たちの物語です。ヘビ女ははじまりの部分に出てきません。うしろのほうに出てきます。大切なことは物語のうしろのほうに出てくることが多いの。でも、はじまりの部分に出てくることもあるわね。それから、真ん中にも。

でも、はじまりの部分はもう話したから、次に話すのは真ん中の部分です。そしてゼブはゼブの物語の真ん中の部分に出てきます。自分の物語の真ん中に登場するの。

私はこの物語には出てきません。私が出てくる部分はまだなんです。でも、私は待っています。はるか遠い将来、ゼブの物語が私の物語と一緒になるのを待っているのよ。そう、トビーの物語。皆さんと今ここにいる私の物語。

ピラーはニワトコの木に住んでいて、ハチを通して私たちに話してくれますが、前はおばあさんの姿でした。そして、ゼブにものすごく重要なものを渡して、それを大切に守るよう言いました。種のように小さいものでした。その種は食べると病気になるんです。でも、カオスの悪い人たちはその種がみんなを幸せにすると言いました。本当のことを知っていたのはピラー、ゼブ、それからほんの数人だけでした。

悪い人たちはなぜそんなことをしたかって？　〈お金〉のせいです。〈お金〉は目に見えません。ファックみたいにね。悪い人たちは〈お金〉が自分たちを助けてくれて、しかもファックよりもうまく助けてくれると思ったけれど、それは間違いでした。〈お金〉は助けてくれなかった。〈お金〉は、いてほしい時にどこかに行ってしまうの。でも、ファックはいつもそばにいてくれます。

ゼブは種を手に取ると、ドアを開けて出ていきました。悪い人たちはゼブが種を持っているとわかると、追いかけてきて、奪って、彼をひどく痛めつけたでしょうから。彼は急いでいたけれど、急いでいるふうに見せないようにして、こう言いました。ああ、ファックって。するとファックはたいへんな速さで――呼ばれた時はいつもそうですね――空を飛んできました。そして、ゼブにヘビ女たちのいるお店への行き方を教えてくれたんです。お店ではヘビ女がドアを開けて、彼を迎え入れました。

ヘビ女たちは……ヘビを見たことはあるわね？　それから女の人も。ヘビ女はその両方でした。ヘビ女は、鳥女や花女数人と一緒に住んでいました。そして、ゼブを巨大な……すごく大きな……貝殻の中に隠しました。いえ、そうじゃなくて、ソファの中。それか、すごく大きな、特大の……花の中に隠したのかもしれません。明かりのついたすごく明るい花。

そう、ライトアップされた花です。ゼブを探すのに花の中を調べる人はいないでしょうからね。

そして、ゼブのお兄さん、アダムも花の中にいました。それはすてきなことでした。二人はまた会えたことをとても喜びました。なぜって、アダムはゼブを助けるヘルパーで、ゼブはアダムを助けるヘルパーだったからです。

ヘビ女は時々人に噛みつきましたが、ゼブを噛むことはありませんでした。みんな彼のことが好きでした。だから、彼のためにシャンパンカクテルという特別な飲み物を作ったり、特別なダンスを踊ったりしました。身体をくねくねする踊りです。なにしろ彼女たちはヘビですからね。

彼女たちは皆、とても親切でした。オリクスがそういうふうに作ったからです。そう、半分くらいヘビだから、オリクスの〈子どもたち〉でした。だから、クレイクとは関係がありませんでした。まあ、あまり関係なかったのよ。

そして、ヘビ女たちはゼブにすごく大きなベッド、緑色の光るベッドを用意しました。ベッドにはたっぷり余裕があったから、ファックもそこで一緒に寝ていいと言いました。

ええと、そして、ゼブはありがとうと言いました。ヘビ女が皆、彼だけでなく、彼のヘルパー――姿は見えないんだけれど――にも親切にしてくれたからです。そして、気分をとてもよくしてくれました。

いいえ、喉は鳴らしてあげませんでした。ヘビは喉を鳴らすことができないの。でも……身体を絡ませました。そう、彼女たちにできるのは身体を絡ませること。それから締めつけること。ヘビは締めつけるのに必要な筋肉が発達しているんですよ。

ええと、それから、ゼブは本当に、くたくたに疲れていたから、すぐに眠りました。そして、ヘビ女、鳥女、花女が数人ずつゼブに付き添って、寝ている間に悪いことが起きないよう気をつけました。悪い人たちが来ても、彼を守って、隠すつもりでした。

そして、悪い人たちは本当に来てしまいました。でも、その話は物語の次の部分になります。

ええと、それから、私も今、本当に、くたくたに疲れています。だから、もう眠ります。

おやすみなさい。


次の物語の時間、トビーはこんな話をするつもりだ。

子ブタ

預言者

ピラーのニワトコの木を訪れた翌日。トビーはまだ〈強化瞑想〉用の混合薬の効き目が続いている気がする。世界はいつもより少し明るく、その色や形を映す薄いカーテンもいつもより少しだけ透明だ。落ち着いた中間色――無地の淡いブルー――のベッドシーツをまとい、ポンプのある給水場で手早く顔を洗った後、朝食の席になんとかたどり着く。

ほかの仲間は皆食べ終えたらしく、食卓には誰もいない。ホワイト・セッジとローティス・ブルーが食器を片付けている。

「まだ残っているはずよ」ローティス・ブルーが言う。

「何だったの?」

「ハム、それにクズのフリッター」ホワイト・セッジが答える。

トビーは一晩中夢を見ていた。子ブタの夢だ。無垢な子ブタたち、愛らしい子ブタたち。昨日見た子ブタにくらべて、まるまると太り、清潔で、野性に戻ってもいなかった。空飛ぶ子ブタたち。ピンク色で、翼は白いガーゼでできたトンボの羽のよう。外国語を話す子ブタたちもいた。果ては、古いアニメやドタバタのミュージカルの一場面のように一列に並んで、歌って飛び跳ねる子ブタたちまで。さらには、壁紙になった子ブタたち。つる草と絡み合った姿が繰り返される。みんな楽しそうで、一匹たりとも死んではいない。

かつて彼女がいた文明の世界――すでに消滅してしまった――では、人間っぽい特徴を持つ動物がしばしば描かれた。バレンタインのハートを抱えた、抱きしめたくなるほどふわふわで、パステルカラーのクマ。愛らしくて肌触りのいいライオン。ダンスをするかわいいペンギン。さらに古いものでは、背中に小銭用のスリットのある、ピンクでピカピカの愛嬌あるブタ。骨董屋にはそういう貯金箱があった。

軽やかに舞う子ブタたちをさんざん夢で見た後では、ハムは受けつけない。昨日の体験の後ではなおさらだ。あの雌ブタが伝えたことは、ことばにできないまま、自分の中に残っている。ことばというより流れのようなもの。水の流れ、あるいは電気の流れのような。超低周波の長い波長。脳内化学物質がごちゃまぜになった感じ。それとも、神の庭師たちの一人、フィロがある時〝TV代わりさ〟と言った、あの感じか。おそらく彼は〈徹夜の祈禱〉と〈強化瞑想〉をやり過ぎたのだろう。

「今は食べないでおくわ」トビーは言う。「温め直すとあんまり美味しくないしね。コーヒーをもらおうっと」

「だいじょうぶ?」ホワイト・セッジが訊く。

「だいじょうぶ、平気よ」と答える。夢の続きのように小石が波打っては溶けて消える場所を避けながら、調理場までの小径を慎重に歩いていくと、代用コーヒーを飲むレベッカの姿がある。少年のブラックビアードが一緒だが、彼は床に腹ばいになって、何かを一文字一文字書いている。使っているのはトビーの鉛筆。トビーのノートもくすねたようだ。だが「くすねる」などと言っても意味がない――クレイカーには個人の持ち物という概念がなさそうだから。

「起きなかったね」彼はそう言うが、責める口調ではない。「夜の間、ずっと遠くまで歩いていったんだね」

「ねえ、これを見た?」レベッカが言う。「この子はすごいよ」

「何を書いているの?」トビーが訊ねる。

「ああ、トビー、名前を書いています」ブラックビアードが答える。たしかに彼は名前を書いている。〝トビー。ゼブ。クレク。レベカ。オリクス。スノマンザジミ〟

「集めてるんだよ」とレベッカ。「名前をさ。次は誰?」とブラックビアードに訊く。

「次はアマンダと書きます」ブラックビアードが厳かに答える。「それからレン。そうしたら、二人はぼくと話してくれる」彼はまず四つん這いになってから立ち上がり、トビーのノートと鉛筆を持ったまま駆け去る。あれをどうやって取り戻そう?

「トビー、疲れ切ってるみたいだね」レベッカが言う。「たいへんな夜だったの?」

「調合を間違えたみたい」とトビー。「〈強化瞑想〉の混合薬にキノコを入れすぎたの」

「それは危ないよ。水をたくさん飲みなさい。クローバーと松のお茶を淹れてあげる」

「昨日、巨大なブタを見たのよ」トビーが語る。「雌ブタでね、子ブタを数匹連れていたわ」

「大勢なれば楽しみ多しって言うだろ」とレベッカ。「スプレーガンさえあればね。ベーコンがなくなりかけてるから」

「ちょっと待って、ちがうの」トビーが言う。「あれは、あのブタは――ええと、彼女はすごく変な感じで私を見たのよ。私が彼女の夫を撃ち殺したって知ってるみたいだった。ほら、アヌーユー・スパでのこと」

「あれまあ、本当にキノコでハイになってたんだ。私はハイになって、自分のブラジャーと話したことがあったけど。それで、殺されたことを怒ってたわけ? 自分の……ごめん、旦那だなんて言えない! だって、ブタだよ?」

「喜んじゃなかったわ。でも、怒るというより悲しんでいたと思う」

「もともと普通のブタよりも賢いんだ。〈瞑想〉用の薬を使わなくたって、わかることだよ」レベッカは言う。「それはたしか。そうだ、今日はジミーが朝ごはん食べに来たよ。もう病人用のトレイは必要ないね。元気になってるけど、念のためあんたに足をチェックしてほしいってさ」

ジミーには個室があてがわれている。最近ようやく終わった増築工事で作られた、新しい部屋だ。土壁はまだ湿っていて、土のにおいがする。古い区画の部屋よりも窓が大きく、網戸が張られている。カーテンは魚がたくさん描かれた楽しい絵柄のもの。魚のメスの口は丸くて大きく、長いまつげはくるりとカールしている。オスの魚はギターを弾き、タコがボンゴを叩いている。今のトビーはこれを眺めて楽しむ気分ではない。

「ねえ、どこで見つけたの？」ジミーに訊ねる。彼はベッドの縁に腰かけて、足を床に降ろしている。足首より上はまだ細く衰えたまま。筋肉を鍛え直す必要がある。「そのカーテン」

「知らないよ」とジミー。「レンとワクラ——ああ、ローティス・ブルーのこと——が持ってきた。あの二人の考えじゃ、ぼくには楽しげなインテリアが必要なんだってさ。幼稚園の部屋みたいだよね」

上掛けは相変わらず『ヘイ・ディドル・ディドル』の模様だ。

「足を診てほしいって？」

「そう。かゆいんだ。もう気が狂いそう。ともかくウジ虫が残ってないことだけ確かめたいんだけど」

「もし残ってたら、今ごろは深く潜り込んでるはずだわ」

「そりゃありがたくて涙が出るな」ジミーは言う。足の傷痕はまだ赤いが、傷口はもう閉じている。トビーは熱も腫れもないことを確かめる。

「かゆいのは普通よ。かゆみを抑えるものを何かあげるわね」ツリフネソウ、スギナ、アカツメクサで湿布するのがいい。スギナがいちばん簡単に見つかりそう。

「ピグーンを見たって聞いたよ」ジミーが言う。「それで、そいつが話しかけてきたんだって?」

「誰がそんなこと?」

「クレイカーに決まってるじゃん。クレイカーはぼくのラジオだからね。ブラックビアードって子が仲間に全部話したらしいよ。クレイカーはみんな、トビーはあの雄ブタを殺すべきじゃなかったと思ってるけど、許すって。たぶんオリクスが殺してもいいって言ったんだろうからってね。ねえ、知ってる? あのブタの脳には人間の前頭葉前部皮質の組織が使われてるんだよ。これは事実。連中と一緒に育ったから、たしか」

「クレイカーはどうしてわかったの?」トビーはことばを選びながら訊ねる。「私があのブタを撃ったこと」

「ピグーンの女の子がブラックビアードに話したんだ。そんな目で見ないでほしいな。聞いたことをそのまま言ってるだけなんだから。もっとも、レンによると、ぼくはしばらく幻覚を見ていたらしいからね。つまり、現実をきっちり判断できてないのかもしれないけどさ」口元をゆがめてにやりとする。

「座ってもいい?」彼女が訊ねる。

「どうぞどうぞ。最近は誰も彼もが座りにくるから」とジミー。「クレイカーはほんと手がつけられなくてさ、気が向くといつでも勝手に入ってくる。ともかくクレイクのことを何でも知りたがるんだ。あいつのことばを伝えるめちゃくちゃすごい預言者みたいに思われてる。あいつが腕時計で話しかけてくるとかさ。そりゃ、話を作ったのはぼくなんだから、全部ぼくのせいなんだけど」

「それで、どういう話をするの? クレイクについて」

「きみに訊けって言う」とジミー。

「私に？」トビーが聞き返す。

「今じゃきみのほうが専門家でしょ？　ぼく、昼寝しなくちゃ」

「そんな、ちがうわ。彼らはいつもあなたが……あなたがクレイクを直接知ってたと言ってる。彼がまだこの世にいた時にね」

「だから、ぼくのほうが上、とでも言いたい？」ジミーは冷たい笑いを浮かべる。

「権威があるってことよ。彼らの目にはそう映るわ」

「あの連中に権威とか言われてもね。ええと……ひどいな、疲れすぎてうまい喩えも浮かばないや。貝。牡蠣。じゃなかったらドードー鳥みたいな連中。つまり、ぼくが言いたいのはさ、もう疲れちゃったんだよ。ぼくの神通力も使い切った。実を言うと、連中の相手をしてくたくたなんだ、ずいぶん前から。もうクレイクのことなんて考えたくない、二度とごめんだ。あいつがどんなに善良で親切で全能かだの、どうやって〈卵〉の中でクレイカーを作って、その後ご親切に、この地上からすべてを消し去ったか――それもクレイカーのためだけに――だの、気持ちの悪いナンセンスを聞かされるのももう限界。それから、オリクスがどんなふうに動物を扱うかとか、フクロウの姿で飛びまわっているとか、姿は見えなくても、彼女はいつもそばにいて、彼らの話を聞いているとか」

「私が聞いたところによれば」トビーが言う。「それって、あなたが話してきたことでしょう？　彼らにとっては絶対の真理なのよ」

「ぼくが話したことだってのはわかってるさ！」とジミー。「連中、ごく基本的なことを知りたがったんだ。自分たちはどこから来たのかとか、あのたくさんある腐った死体は何だとか。ともかく何かを話さなくちゃならなかった」

「それで、ご大層な話を作ったのね」

「ああ、ひどいよね。本当のことなんかほとんど何も話せなかった。そう。そうです、もっとうまくやれたはずなんです。はいはい、でも、ぼくは超秀才じゃないからね、そうだよ、クレイクはぼくのIQがナスビ程度だって思ってたにちがいないしさ。ぼくをおもちゃの笛くらいにしか扱わなかった。だから、連中が超ムカつくあのクレイクをひたすら崇めたり、あいつのいまいましい名前が出るたびに誉め讃えて歌い始めたりすると、吐きそうになる」

「でも、そういう話になっちゃったんだから」トビーが言う。「その話を続けないと。私は細かいところまで、理解してるわけじゃないけど」

「どうでもいいや」とジミー。「もう、きみにまかせるから。今のまま続ければいいよ。新しい話を付け足したり、いろいろ話を盛ったりしてさ。連中は何でも信じるよ。最近はゼブのファンなんでしょ？その線でやればいい。絶対にウケるから。ただ、全部嘘っぱちだって連中にさとられないように。それだけは気をつけて」

「すごい自分勝手ね」とトビー。「全部私に押しつけて」

「ああ、たしかにそうだ」ジミーは認める。「悪いね。でも、話が上手なんでしょ？　連中が言ってた。でも、きみ次第さ。いつ連中を追い払ってもいいんだよ」

「今の私たちは攻撃にさらされてるみたいな状態なの。それはわかってる？」トビーが訊く。

「ペインボーラー。うん、レンから聞いた」少しばかり深刻な顔で答える。

「だから、彼らだけでぶらぶら歩かせるわけにはいかないのよ。きっと殺されちゃう」

考える様子のジミー。「うん、それで？」

「助けてちょうだい。物語を筋の通ったものにしないといけないわ。これまで、わけもわからず、まったくの手探りでやってきたの」

「クレイクの話なんか、わけがわからなくて当然さ」ジミーが憂鬱そうに答える。「荒れ狂う嵐の世界にようこそ。あいつ、彼女の喉をかっ切ったんだ。知ってた？　善良で親切なクレイクがさ。彼女はかわいかった、すごく……。きみには話しておこうかな。それで、あのばか野郎を撃ったんだ」

「喉って、誰の？」トビーは訊く。「誰を撃ったの？」だが、ジミーは両手に顔を埋め、肩を震わせるばかりだ。

子ブタ

トビーはどうすればよいのかわからない。こういう場合は母親のようにやさしく抱きしめるべき？　そんなふうにできればの話だけれど。でも、ジミーは鬱陶しいと思うのじゃないかしら？　てきぱきした看護師っぽい口調で〝元気出して〟と励ます？　それとも、忍び足でそっとこの場から消えるべき？　心を決めかねていると、ブラックビアードが部屋に駆け込んでくる。珍しくテンションが高い。「来るよ！　来る！」ほとんど叫んでいる。クレイカーにはめったにないことだ。彼らは子どもでも叫び声を上げない。

「誰が来るの？」彼女は訊ねる。「あの悪い男たち？」ええと、どこにライフルを置いたっけ？　これが〈瞑想〉の困ったところ。必要な時に攻撃的になれない。

「彼ら！　ほら、来て！　来て！」そう言って彼女の手を取り、ベッドシーツも一緒に強く引っ張る。

「ピッグワン。すごくたくさん！」

ジミーは顔を上げる。「ピグーンか。ああ、ファック、たいへんだ」

ブラックビアードは大いに喜ぶ。「はい！　ファックの名前を呼んでくれてありがとうございます、スノーマン・ザ・ジミー！　彼が必要になります。助けてもらわなくてはなりません」と答える。「ピッグワンは死んだものを持っています」

「死んだ何？」トビーは訊ねるが、彼はすでに駆けていった後だ。

マッドアダマイトのメンバーはそれぞれの作業を中断し、土壁ハウスのフェンスの後ろに集まっている。斧、熊手、ショベルで武装した者もいる。

モ・ヘアヒツジの群れを連れて放牧に出ていたはずのクロージャーは、急いで小径を戻ってくる。スプレーガンを携えたマナティーも一緒だ。

「西から来るぞ」クロージャーが言う。モ・ヘアヒツジが彼を取り囲んでいる。

「あいつら……変なんだ。行進してるんだぜ。まるでブタのパレードだ」

クレイカーはブランコのそばに集まる。怖がっている様子はまったくない。小声で何かを話し合うと、男たちは西のほうに移動し始める。この道を歩いてくるものが何であれ、迎えにいこうといわんばかりに。一緒についていく女たちもいる――マリー・アントワネット、ソジャーナ・トゥルース、それにもう二人ほど。残りの女と子どもたちは――誰に命じられたわけでもないが――静かに身を寄せ合っている。

「連中を戻ってこさせなきゃ！」そう言うジミーはマッドアダマイトの集団の中にいる。「ズタズタにされちゃうよ」

「クレイカーに何かを〝させる〟ことなどできないわ」とスウィフト・フォックス。庭園から持ってきたフォーク状の鍬を手にしているが、何とも危なっかしい。

「ライノ」ゼブが声をかけ、スプレーガンを手渡す。そして、マナティーには「むやみにぶっ放すなよ」と言う。「クレイカーに当たっちまうかもしれないからな。ブタが襲ってこないかぎり、撃っちゃだめだ」

「気味が悪い」レンが気弱に言う。ジミーの傍らに立ち、彼の腕をつかんでいる。「アマンダはどこ？」

「眠ってるわ」そう答えるローティス・ブルーはジミーを挟んでレンの反対側にいる。

「気味が悪いってだけじゃない」とジミー。「ずる賢いんだ、ピグーンってのは。あいつらは戦い方を知ってる。以前、ぼくも危うくやられそうになった」

「トビー。おまえのライフルが必要になるな」ゼブが言う。「連中が二手に分かれたら、裏に回れ。正面にばかり気を取られていると、あいつら、すぐにフェンスの下を掘って入ってくるだろう。そうしたら、正面と裏手の両方から攻撃されちまう」

トビーは急いで自分の部屋に戻る。古いルガー・ディアフィールドを持って出てくると、巨大ピグーンの一群はすでに土壁ハウスのフェンス前の空き地まで来ている。

全部で五十匹くらい。そう、大人のブタが五十匹。何匹かは子連れの雌ブタで、子ブタたちが母親のそばをちょこちょこ走り回っている。群れの中央を雄ブタ二匹が並んで歩き、二匹の背中をまたぐように置かれた何か——大量に盛られた花、あるいは花と葉——をともに担いでいる。

何なの？　トビーは訝しむ。和平の提案？　ブタの婚礼？　祭壇の装飾みたい。

いちばん大きなブタ数匹が先導役だ。緊張している様子で、湿った丸い鼻先をあちこちに突き出し、空中のにおいを嗅ぐ。身体はつやつやしたグレイがかったピンク、丸くふっくらした流線型で、まるで恐怖の巨大ナメクジだ。ただしナメクジといっても、雄ブタには牙がある。その鋭い三日月刀のような牙で襲われ、思い切り突き上げられたら、ひとたまりもない。魚みたいにはらわたが簡単にズタズタになってしまう。連中がクレイカーのごく近くまで迫り、襲いかかろうものなら、スプレーガンを命中させたところで、止めることはできないだろう。

ブタの群れからは低いうなり声が聞こえる。人間だったら、とトビーは考える。群集のざわめきみたいなものね。情報を交換しているにちがいない。でも、どんな情報なのかは一切不明。「怖いね」とでも言っているのだろうか？　それとも「あいつら嫌いだ」とでも？　ひょっとしたら、単に「うまそう」とか？

フェンスの内側で見張りに立つのはライノとマナティー。二人とも銃を下ろしたままだ。トビーはライフルを隠したほうがよいと思い、着ているベッドシーツでくるむようにして、脇に下げている。雄ブタを殺した件をブタ連中にわざわざ思い出させることもない。もっとも、忘れてなどいないだろうけど。

「うわあ」トビーの後ろに立つジミーが声を出す。「見ろよ。連中、何か企んでるんだよ」

ブラックビアードはクレイカーの子どもたちから離れてトビーにぴったり寄り添う。「ああ、トビー、怖がらないで」と言う。「怖い？」

「ええ、怖いわ」トビーは答える。でも、ジミーほどじゃない、と自分に言い聞かせる。だって、私には銃があるけど、彼にはないのだし。「庭園が何度も襲われたのよ」彼女は語り出す。「それで、何匹か殺したの。自分たちを守るためにね」その結果、手に入れたもの――ローストポーク、ベーコン、ポークチョップ――を思い出して気持ちがざわざわする。「それから、スープに入れたわ」と続ける。「そして、いやなにおいの骨になったの。すごくたくさんのいやなにおいの骨」

「はい、いやなにおいの骨」ブラックビアードは考え込む。「すごくたくさん、いやなにおいの骨。調理場の近くで見ました」

「だから、彼らは友だちじゃありません」とトビー。「友だちをいやなにおいの骨にはしませんからね」

ブラックビアードは考える。それから、やさしく微笑みながら彼女を見上げ、「ああ、怖がらないで、トビー」と言う。「彼らはオリクスの子どもたちで、クレイクの子どもたち。両方なんだよ。今日は誰も傷つけないと言っています。今にわかるよ」トビーには信じ難いが、ともかく微笑んで少年を見下ろす。

すでに出発していたクレイカーの一団はピグーンの群れと合流し、一緒に戻ってくる。ピグーンが近づいてくる間、残りのクレイカーはブランコ付近でおとなしく待っている。

今度はナポレオン・ボナパルトと男六人が前に出て、集団放尿を執り行うようだ。そう、並んでおしっこを始めている。慎重に狙いを定めたら、うやうやしく丁重に放尿する。とはいえ、おしっこしているだけなのだが。放尿を終えると、一歩下がる。好奇心にかられた子ブタが三匹、走り出てきて地面のにおいを嗅いだ後、キーキー鳴き声を上げながら、母ブタのもとに駆け戻る。

「ほらね」とブラックビアード。「わかった？　安全だよ」

クレイカーは皆、尿で描かれた境界線の後ろに移動して、半円形に並ぶ。そして、歌い始める。一方、ピグーンの群れは左右二手に分かれ、中央を雄ブタ二匹がゆっくり前に進み出る。今度はその二匹が左右に転がり、彼らが担いできた花に覆われた何かが地面に落ちる。二匹は再び起き上がり、鼻先と足で花を少しどかす。

死んだ子ブタだ。小さな身体は喉が切り裂かれ、前足はロープで縛られている。首の傷口から流れる血はまだ赤い。ほかに目立つ傷はなさそうだ。

今度は群れ全体が半円形に並んで取り囲む。取り囲んで、何を？　あれは棺？　棺の台？　それに、花と葉も――ああ、葬儀だ。トビーはアヌーユー・スパで撃ち殺した雄ブタのことを思い出す――死骸に湧いたウジ虫を集めにいくと、シダか何かの葉が亡骸を覆っていた。その時、ゾウと同じだと思った。ゾウはそういうことをする。愛するものが死んだ時に。

「ひどいな」ジミーが言う。「あの子ブタを殺《や》ったのがぼくらじゃないといいけど」

「私たちじゃないと思う」とトビー。もし誰かが殺したのなら何か聞いたはずだ。料理にまつわるおしゃべりも多かったことだし。子ブタを背負ってきた二匹は放尿線のところまで出てくる。線を挟んで向き合うエイブラハム・リンカーンとソジャーナ・トゥルースはひざまずき、ピグーンと同じ高さで顔を突き合わせる。クレイカーは歌を中断する。一瞬の静寂。そして、また歌い始める。

「どうしたの?」トビーが訊ねる。

「ああ、トビー、話しているんです」ブラックビアードが答える。「彼らは助けを求めています。あの人たちを止めたいって。ブタの赤ちゃんを殺す人たちを」ここで大きく息をする。「赤ちゃんブタが二匹——一匹は狙った場所に穴をあける棒で、もう一匹はナイフで——殺されました。子ブタを殺した人たちには死んでほしい。ピッグワンはそう思っています」

「助けてほしいって、誰に……」トビーは〝クレイカーに〟と言えなかった。彼らは自分たちのことをそう呼んでいないのだから。「あなたの仲間に助けてほしいって?」

殺害を要求しているのなら、一体クレイカーに何ができるだろう? マッドアダマイトによれば、彼らは生まれつき暴力とは無縁だ。戦わないし、戦えない。戦う能力がないのだ。そういうふうに作られている。

「ああ、トビー、そうじゃないの」ブラックビアードが言う。「トビーに助けてほしいって」

「私に?」とトビー。

「トビーと皆さんに。フェンスの後ろにいる人たち、皮膚が二つある人たちに。あの棒で助けてほしいんだって。穴を開けて殺すって、彼らは知ってる。血が出てくることも。あの悪い男三人に穴を開けてもらいたいって。血の出る穴」少し気分が悪そうだ。少年にとってはつらい話題だ。トビーは抱きしめようとして思いとどまる。彼が自らこの役割を引き受けたことを考えると、子ども扱いするのは憚られた。

「男が三人って言った?」トビーは訊ねる。「二人じゃなくて?」

「ビッグワンは三人いると言っています」ブラックビアードが答える。「三人のにおいを嗅いだって」

「やばいな」とゼブ。「連中、仲間を増やしたんだ」顔を曇らせてブラック・ライノに目配せする。

「予定が狂っちまう」ライノが言う。

「血が出るようにしてほしいって」ブラックビアードが言う。「三人に穴を開ける。血が出る」

「それを私たちに」トビーが続ける。「私たちにやってほしいのね」

「そう」ブラックビアードが答える。「皮膚が二つある人たちに」

「なら、どうして私たちに言わないの?」トビーが訊く。「どうしてあなたに話すの?」

ああ、と彼女は思う。当然よね。私たちは間抜けで、彼らの言葉を理解できない。だから、通訳が必要なのよ。

「ぼくらに話すほうが簡単なの」ブラックビアードがこともなげに言う。「それでね、あの悪い男三人を殺してくれたら、そのお返しに、二度と庭園のものは食べないそうです。それから、皆さんのことも食べないって」と真面目な顔で続ける。「たとえ皆さんが死んでも食べません。だから、自分たちには穴、ええと、血の出る穴を開けないでください。いやなにおいの骨のスープで煮込んだり、煙の中に吊るしたり、油で揚げたりして、その後で食べるのも、やめてください。もうだめですって」

「取り引き成立だと伝えてくれ」ゼブが言う。

「ハチとハチミツもね」とトビー。「その二つにも手を出さないでと言って」

「ねえ、教えて、トビー、〝取り引き〟って何?」ブラックビアードが訊く。

「取り引きというのは、私たちが彼らの言っていることを受け入れて、手伝うという意味」トビーが答える。「私たちは同じことを望んでいるの」

「それなら、彼らも喜びますね」とブラックビアード。「明日か、その次の日、悪い男たちを探しに行きたいそうです。棒を持っていかなくちゃだめだよ、穴を開けるために」

結論らしきものが出た。ピグーンは皆、耳を前向きに立て、鼻先を上に向け、ことばを嗅ぎ取るように立っていたが、きびすを返して西を向き、来た道を戻っていく。花に覆われた子ブタの死体は地面に置かれたままだ。

「待って」トビーはブラックビアードに注意する。「忘れているわ、彼らの……」〝彼らの坊や〟と言いそうになる。「子ブタを忘れているわよ」

「ああ、トビー、小さいピッグワンは皆さんにあげますって」ブラックビアードが言う。「贈りもの。もう死んでいます。悲しみは済ませましたって」

「でも、もう食べないって約束したのよ」とトビー。

「殺して食べる。それはだめ。でも、皆さんはあの子ブタを殺さなかっただろうって。だから、だいじょうぶ。でも、食べても食べなくてもいい。皆さんで決めてください。食べないなら、自分たちが食べますって」

変わった葬儀ね、とトビーは思う。愛する者を花で覆い、その死を悼み、そして遺体を食べる。徹底的なリサイクル。アダムや神の庭師たちだって、そこまではやらなかった。

長いおしゃべり

クレイカーの集団はブランコのほうに移動し、そこでクズのつるを食べながら、小声で何かを話している。地面に横たわる子ブタの死体にはハエがたかり、そのまわりでマッドアダムの仲間たちはあれこれ思案して話し合う。さながら検死審問のようだ。

「じゃあ、あの悪党どもが殺したっていうのか？」シャクルトンが訊く。

「たぶんね」とマナティー。「だけど、木に吊るされていなかったんだよね。普通はそうするでしょ、血抜きのために」

「子ブタは道に転がってたらしいぜ、おれの青いダチがブタ連中から聞いたところによると」クロージャーが言う。「すぐ目につくところに」

「われわれへのメッセージだろうか？」ザンザンシトが問う。

「挑戦みたいな感じかな」とシャクルトン。「おれらを誘い出そうっていうか」

「それでロープが使われたのかも。この前あいつらをロープで縛り上げたから」レンが言う。

「いやあ、ちがうだろ」と否定するのはクロージャー。「それなら、なんで子ブタを使うんだ？」

「たぶん〝次はおまえらがこうなる〟とか〝近くにいるから気をつけろ〟みたいな意味じゃないか？ 連中、ペインボールを三回も生き残ったんだろ？ あのゲームのやり方さ。ともかく相手を怖がらせる」とシャクルトン。

「そうだな」ライノが同意する。「奴ら、ここのものが欲しくてたまらないんだ。セルパックの電池だって切れかけてる頃だし、必死になってるはずだ」

「夜、忍び込んできそうだな」とシャクルトン。「見張りを倍にしたほうがいい」

「フェンスもチェックしなきゃな」ライノが言う。「急場しのぎに作ったままだから」

「あいつら、工具を持ってるかもしれない」とゼブ。「ナイフとかワイヤカッターとか。ホームセンターみたいな店にあるだろ」彼は話の輪を抜けると、ライノを従えて土壁ハウスの向こうに消える。

「殺したのはペインボーラーではない可能性もありますぞ。われわれの知らない人間かもしれない」アイボリー・ビルが言う。

「ひょっとしたら、クレイカーかもね」とジミー。「おう、もちろん冗談だよ。連中がそんなこと絶対にできないのは知ってるさ」

「いやあ、可能性がないとは言えません」と応じるアイボリー・ビル。「彼らの脳はクレイクが意図したよりもずっと柔軟に変化しますからな。われわれが開発に携わっていた時には想定しなかった行動をたびたびとっているわけですし」

「ここの誰かかも」スウィフト・フォックスが言う。「ソーセージが食べたかった誰か」

輪の中から後ろめたそうな気まずい笑いが起こる。そして、一瞬の沈黙。「さて、次はどうしますか？」アイボリー・ビルが問いかける。

「次はね、料理するかしないかって問題」レベッカが答える。「あの子ブタ。どうする？」

「ああ、私は無理」とレン。「まるで赤ちゃんを食べるみたい」アマンダが泣き始める。

「マイ・ディア・レディ、一体どうされましたか？」アイボリー・ビルが訊ねる。

「ごめんね」レンが謝る。「〝赤ちゃん〟なんて言うんじゃなかった」

「ほらほら、もういいから。洗いざらい話す時だよ」レベッカが言う。「アマンダの妊娠を知らない人はいる？　手を挙げて」

「どうやら、産婦人科系の情報に疎いのは私だけのようですな」とアイボリー・ビル。「女性の身体に関する話題は、私のような年寄りには聞かせるべきじゃないと判断されたのですかな」

「あなたが聞いてなかっただけかもしれないわ」とスウィフト・フォックス。

「さてと、そのことはみんなわかったから」レベッカが続ける。「ここで、教団の庭師たちの表現を使うなら、アマンダの仲間の輪を広げたいんだけどさ……レン、いいんだね？」

レンはひと息ついて「私も妊娠してるの」と言い、鼻をぐすぐすさせる。「あの検査スティックにおしっこをしたんだ。すると、ピンク色になってニコニコマークが出てきて……ああ、どうしよう」ローティス・ブルーがやさしくレンの身体をさする。クロージャーはそばに行きかけて、やめる。

「私も仲間よ」そう言うのはスウィフト・フォックス。「私も妊娠しているの。身ごもったはいいけど困ってたのよ。でも、揃ってお産して、仲良し三人ママになるのもいいわね」楽しそうなのがせめてもの救いだわ、とトビーは思う。でも一体、誰が仕込んだ子どもなの？

再び、一瞬の沈黙。「意味はないでしょうな」アイボリー・ビルが強く咎める口調で言う。「実父を確定すべく推測を重ねても……近々、誕生する新生児それぞれについてですが」

「意味なんかないわ、全然」スウィフト・フォックスが応じる。「少なくとも私に関してはね。遺伝進化の実験をしてたのよ、適者生存の。培養実験のシャーレの役割を買って出たわけ」

「無責任な行為に思えますね」とアイボリー・ビル。

「あなたに関係あることかしら」スウィフト・フォックスが反駁する。

「ちょっと！」たまらずレベッカが割って入る。「もう、どうしようもないんだからさ！」

「アマンダについて言うなら、クレイカーの子どもかもしれない」トビーが言う。「あの晩、いろいろあって……ほら、彼女を取り戻した夜……いちばん可能性がありそう。レンも同じかもしれない」

「ともかくペインボーラーじゃない」とレン。「私の場合はね。わかるから」

「わかるって、どうやって？」クロージャーが訊く。

「生々しいことを詳しく話したくない」とレン。「聞きたくなかったって、後で言うに決まってるんだから。女の子の話だよ。日数を数えるの。それでわかる」

「ペインボーラーじゃないことは断言できるわ」スウィフト・フォックスが言う。「私の場合よ。それから、男たち何人かも絶対にちがう」男連中は互いに目を合わせないようにする。クロージャーは笑いをかみ殺す。

「クレイカーも違うの？」感情を押し殺してトビーが訊く。候補者リストに誰が入ってるの？　クロージャーは絶対入ってる。でも、ほかに誰？　大勢いるのかしら？　ゼブもその一人かもしれない。だとしたら、間もなくゼブ二世が登場するかも。その時トビーはどうするだろう？　気がつかないふり？　ベビー服を編む？　むっつり不機嫌になる？　最初の二つのどちらかだといいけれど、うまくできるか心許ない。

「あの青くて大きいモノの人たちとも遊んだわ、一度か二度」スウィフト・フォックスは続ける。「誰も見ていない時に。でも、そんな機会はそうそうなかった。だって、ここはみんな詮索好きだから。ものすごく激しいセックスだったけど、いつもあれをやりたいかは疑問ね。前戯があまりないの。でもまあ、ピンクのニコニコマークはウソつかないから、じきに私も小さな命でお腹が大きくなるのよね。問題は小さな何の命かってこと」

「その時になれば、わかるさ」シャクルトンが言う。

ゼブとブラック・ライノがフェンスの点検から戻ってくる。「ここはとても砦とは言えないな」ゼブが言う。「問題はだな――おれたちが武器を持って例の悪党どもを捜しに出ると、土壁ハウス全体が無防備になるってことだ」

「それこそ連中が狙ってることかもしれない」とライノ。「正面のほうにおれたちをおびき寄せて、後ろから侵入する。そして、女を連れ去る」

「私たち、ただのかわい子ちゃんじゃないわ」スウィフト・フォックスが異を唱える。「反撃するわよ！　スプレーガンを何丁か置いていってちょうだい」

「そりゃ勇ましいな」ライノが言う。

「奴らの追跡に出る時は、ここの全員が一緒に移動しなきゃだめだ」そう言うのはクロージャー。「誰も置いていけない。モ・ヘアヒツジも移動させよう。全員まとまっていれば、連中も待ち伏せして襲ってくるのが難しくなるはずだし」

「いや、一斉に走って逃げなくちゃならない事態も考えられる」とゼブ。「その時、みんなどれだけ速く走れる？」

「私は走らないよ」レベッカが言う。「それにさ、言っとくけど、ここには身重の女が三人いるんだからね」

「三人？」ゼブが問い返す。

「レン、それにスウィフト・フォックスも」レベッカが答える。

「いつ、そんなことになったんだ？」

「あんたたちがフェンスをチェックしてる間にわかったことだよ」とレベッカ。

「人間じゃない連中とセックスして、ひと晩で腹ぼてになったんだってさ」

「ジミー、そういう言い方はよして」とローティス・ブルー。

「だからさ、身重の女が走るのはよくないんだよ」レベッカが言う。

「じゃあ、あいつらとの約束を守れないのか？　ブタ軍団と一緒に戦えないってこと？」とシャクルトン。「奴らだけで戦えっていうのか？」

「それは無理だよ」とジミー。「連中、殺傷能力はおそろしく高いけど、階段を上れない。つまり、ペインボーラーを街中まで追い詰めたとしても、上から撃たれておしまい。ピグーンの群れはほぼ全滅しちゃう」

「クロージャーの言うとおりね。私たち全員で移動すべきだわ」トビーが口を開く。「鍵のかかるドアがあって、もっと安全な場所に」

「たとえばどこ？」レベッカが訊く。

「アヌーユー・スパに戻る手もあるわ」とトビー。「私はあそこに何か月も籠もっていたのよ。最低限必要な食料はまだ残ってるわ」それに種もある、と彼女は思う。庭園のために種を持って帰ろう。それから銃弾も。少し残してきたから。

「本物のベッドもある」とレン。「それにタオルも」

「それから頑丈なドアもね」トビーが言う。

「それも一案だな」とゼブ。「挙手で決めるか？」

誰も反対の手を挙げない。

「じゃあ、すぐに準備しないとな」カツロが言う。

「でも、まず子ブタを埋葬しなくちゃ」トビーが意見する。「そうするべきよ。状況を考えれば」

そして、彼らはそのとおりにする。

退避

出発の準備を整えるのに丸一日かかった。持っていくものがたくさんあるのだ。基本の調理用具と食料、普段着用ベッドシーツの替え、粘着テープ、ロープ。懐中電灯にヘッドランプ。ほとんどの電池はまだ使える。もちろん、スプレーガン。トビーのライフル。それから、先の尖った工具すべて。ナイフやつるはしが敵の手に渡ったらたまらない。

「荷物は少なくしろよ」ゼブは仲間に告げる。「うまく行けば、数日で戻れるんだから」

「ここが焼け落ちてなければな」とライノ。

「だから、絶対に必要なものは持っていくこと」カツロが言う。

トビーはハチの巣箱を心配する。だいじょうぶかしら？　ハチを襲うとしたら何だろう？　最近クマは見かけないし、ピグーンはハチには手を出さない約束だ……まあ、それを信じるしかないのだけれど。ウルボッグはハチミツ好きだっけ？　ううん、肉食動物。ラカンクなら食べるかもしれないけど、興奮して怒ったハチには太刀打ちできないはず。

彼女は朝の日課でやるように、頭部を覆い、巣箱に向かって話しかける。「ハチの皆さん、こんにちは。皆さんと女王バチにお知らせがあります。明日からしばらく留守にするので、何日か皆さんとお話しできなくなります。私たちの巣が狙われているんです。危険な状態なの。だから、安全を脅かす相手をまずこちらから攻撃しなくてはなりません。こういう時、皆さんも同じことをするでしょう。皆さんはいつもどおり、できるだけたくさん花粉を集めて、必要とあらば巣を守ってください。このことをピラーに伝えて、彼女の強い〈霊〉の力で私たちを助けてくれるようお願いしてくださいね」

ハチは発泡スチロールのクーラーボックスの穴を出たり入ったりしている。庭園に置かれたこの巣箱が気に入っているらしい。数匹がトビーを探りに寄ってくる。花柄のベッドシーツを調べるが、本物の花ではないとわかり、顔のほうに移動する。そう、彼女を知っている。ハチは唇に触れ、ことばを記憶し、そのメッセージとともに飛び去り、闇の中に消えていく。そして、この世界とすぐ下にある不可視の世界を分かつ薄い膜を通り抜ける。と、そこにはおだやかな微笑みをたたえたピラーがいて、ぼんやりと光る廊下を歩いている。

ねえ、トビー、と自分に問いかける。話をするブタ、コミュニケーション可能な死者、そしてビール用の発泡スチロールのクーラーボックスに潜む〈黄泉の国〉。薬のせいではなく、病気でもない。どう説明するの？


クレイカーは皆、出発の準備を興味深そうに眺めている。子どもたちは調理場をうろうろして、レベッカを大きな緑色の瞳で見つめる。しかし、彼女お手製の脇腹肉のベーコン・ブロックやウルボッグ・ジャーキーには近寄らない。

クレイカーはマッドアダムが引っ越しする理由をよく理解していないようだが、ついてくるつもりであることは彼らの言動から明らかだ。

「スノーマン・ザ・ジミーを手伝います」と彼らは言う。それから、「ゼブを手伝います」「クロージャーを手伝います。彼は友だちだから、もっと上手におしっこできるように手伝わなくてはなりません」「トビーを手伝います。そうしたら、彼女は物語を話してくれます」「私たちがその場所に行くことをクレイクは望んでいます」とも。彼らは持ち物がないから、持っていくべきものは何もない。だが、持っていきたいものはある。「私はこれを持っていきます。ポット」「ぼくはこれ。手回しのラジオ。これは何に使うの?」「私はこの尖ったものを持っていきます。ナイフです」「これはトイレットペーパー。これを一つ持っていきます」

「私たちはスノーマン・ザ・ジミーを運びます」お世話係三人組が申し出るが、ジミーは歩けると言って断る。

ブラックビアードがトビーの個室にずかずか入ってくる。「ぼくは書いたものを持っていきます」と重々しく告げる。「それからペンも。ぼくらがむこうで使えるように持っていくんだ」

彼はトビーの日誌を二人の共有物とみなしている。それはいいんだけど、とトビーは思う。あの子の作文の上達具合を見ることができるから。だけど、トビーが何かを書き込みたい時、彼から日誌を取り上げるのが難しいことがたびたびある。そして、雨の日には日誌を外に置きっぱなしにしてはだめだと注意しなくてはならない。

これまでのところ、彼が書くのは名前がほとんどだが、〝ありがとう〟や、おやすみの挨拶を書くのも好きだ。〝クレク　おやしみ　よい　わるい　はなー　ゼブ　トビー　おりくす　ありがーと〟あたりが定番だ。そのうち、彼の心の動きについて何か新しい理解が得られるかもしれない。でも今のところ、驚くような発見はない。

翌日、日の出とともに土壁ハウスのある命の木小公園を出発する。大げさに言えば、文明、あるいはその名残りに別れを告げる大移動だ。

ピグーンが二匹、付き添い役としてやって来た。残りのピグーンとはアヌーユー・スパで合流する予定。ブラックビアードがそう伝える。時折少年は隊列から脇に外れ、使い方を覚えたトビーの双眼鏡を覗く。「カラス」と告げる。「ハゲワシ」クレイカーの女たちが優しく笑う。「あら、ブラックビアード、そんな細長い目を使わなくても、わかるのに」すると、彼も笑う。

ライノとカツロはピグーンとともに先頭を歩き、クロージャーとモ・ヘアヒツジの群れが続く。背中に荷物をくくり付けたヒツジの姿もある。ものを背負うのは初めてのはずだが、気にならないらしい。巻き毛やストレートの人毛で覆われた身体に不格好に膨らんだ積み荷が載っかると、ファッション最先端を行く脚のある帽子に見える。

シャクルトンは隊列の真ん中あたりで、レン、アマンダ、スウィフト・フォックスと一緒だ。彼らを取り囲むのは、妊娠への興味で集まってきたクレイカーの女たちほぼ全員。クークーというハトのような鳴き声を上げ、微笑んだり、笑ったり、三人の身体をやさしくポンポンたたいたり、撫でたりする。スウィフト・フォックスは鬱陶しく思っているようだが、アマンダは笑顔だ。

残りのマッドアダマイトは彼らの後ろを歩く。続いてクレイカーの男たち、そして最後尾はゼブ。

トビーはクレイカーの女たちの近くを歩き、いつでもライフルの引き金が引ける体勢をとっている。アマンダを探すため、レンと二人でこの道を歩いたのがずいぶん昔のことに思える。レンもあの時のことを思い出しているにちがいない。後方に下がってきてトビーと並び、ライフルを持っていないほうのトビーの腕に自分の腕を絡ませる。「私を入れてくれてありがとね」彼女は言う。「アヌーユー・スパでのこと。それからウジ虫も。手当てしてくれなかったら死んでたと思う。命の恩人だよ」

あなただって私の命の恩人、とトビーは思う。怪我をしたレンがよろけながらやって来なかったら、どうしていただろう？　アヌーユー・スパに籠もり、発狂するか、年老いて干からびるまで、ただひたすら待ち続けていたにちがいない。

ヘリテージ・パークを貫く道を北西に向かって進む。ピラーのニワトコの木には蝶とミツバチが群れている。モ・ヘアヒツジの一匹が通りがけに口いっぱいに葉をほおばる。

東門の守衛所——ピンク色のレトロなテックスメックス調——に到着。アヌーユーの敷地を囲む高い柵のそばだ。「前に来たよね」レンが言う。「男が中にいた。最低最悪のペインボーラー」

「そうね」トビーが答える。宿敵ブランコ。壊疽《えそ》になっていたが、それでも人殺しを続けようとしていた奴。

「殺したんでしょ?」レンが訊く。その時からわかっていたにちがいない。

「ええと、生命の別次元への移行を助けたって言いたいな」とトビー。庭師たちが使っていた表現だ。「どっちみち、じきに死んだはずよ。もっと苦しみながらね。ともかく、あれは都市流血制限《アーバン・ブラッドシェッド・リミテーション》の実践だったの」何より肝心なのは、自分の血を流さず、流血を最小限にすること。

ブランコにはテングタケとケシを調合した。あの男に苦しまない死なんてもったいなかったけど。その後、死体は野生動物への贈りものとして、白塗りの石で囲った植え込みに置いた。調合したテングタケ成分が強すぎて、あいつを食べた動物が毒にやられてしまっただろうか? そうでないことを願う。ハゲワシが無事でありますように。

錬鉄の重い門は開け放たれている。トビーがここを去る時、門扉を縛って閉じたロープは嚙み切られている。ピグーン二匹が門を小走りに通り抜け、鼻をクンクンさせながら守衛所に続く通路のにおいを嗅ぐ。いったん外に出て、ブラックビアードのところにトコトコ駆けてくる。低いうなり声、互いの目を合わせて見つめ合う。

「あの男たち三人がここにいたと言っています。でも、今はもういません」彼は伝える。

「たしかなの?」トビーが訊く。「ずいぶん前に、男が一人ここにいたのよ。悪い男。そいつのことじゃない？」

「ああ、ちがいます」とブラックビアード。「その男のことも知っています。花の上で死んでたって。最初、食べようとしたけど、身体に悪いキノコがあった。だから、食べなかったって」

トビーは花壇をチェックする。かつてはペチュニアの花で〝アヌーユーへようこそ〟と描かれていたが、今は草がぼうぼうに生い茂っている。茂みの中にあるのは片方のブーツ？　それ以上、確かめる気がしない。

ブランコのナイフも死体のそばに置いた。鋭くて、いいナイフだった。だけど、マッドアダマイトには自分たちのナイフがある。ともかくペインボーラーの男たちがあのナイフを持っていかなかったことを祈るだけ。でも、連中にだって自分たちのナイフはあるはずだ。


一行はアヌーユーの敷地内に入る。森の中を行く小径もあるが、車道を行く。以前、トビーとレンは日差しを避けるために小径を歩いた。そして、まさにそこでオーツを見つけたのだ。ペインボーラーの奴らに惨殺され、腎臓を抜き取られ、木に吊るされていた。

まだそのままのはず、とトビーは思う。遺体を見つけて、ロープを切って下ろし、相応しい埋葬をしてあげなくちゃ。オーツの兄二人、シャクルトンとクロージャーも喜ぶだろう。遺体を埋めたら、その上に木を植えて本格的な堆肥化をしよう。細い根にひんやりとした安らぎを得て、彼が静かに土に還るように。でも、今は埋葬してる場合じゃない。

森の奥のほうで、犬が数匹吠えている。立ち止まり、耳を澄ます。「あいつらがしっぽを振りながら近寄ってきたら、撃たなきゃだめだよ」ジミーが注意する。「ウルボッグってのは、どう猛なんだ」

「弾は割り当て制だぞ。補充が見つかるまで」ライノが告げる。

「今は襲ってこないだろう」そう言うのはカツロ。「おれたち大勢だし、ピグーンも二匹いるから」

「これまでに犬はほとんど殺したはずなのに」とシャクルトン。

黒焦げのジープ、そして焼かれたソーラーカーの傍らを通る。ぐしゃぐしゃに潰れたピンクのミニバンもある。アヌーユーのロゴ――ウィンクする目とキスマーク――がついている。

「中を見るな」すでにチェックしたゼブが警告する。「かなりひどいから」

そして、前方にスパが見える。ピンク一色に塗られた建物はそのまま残っている。誰も焼き討ちにしなかったのだ。

ピグーンの本隊は建物周辺をうろうろ歩き回る。じきに有機菜園――かつてスパの客に出すダイエットサラダの材料を栽培していた――を根こそぎ平らげてしまうだろう。トビーは〈洪水〉の後、一人っきりで菜園で過ごした時間を思い出す。生き延びるために、食用の作物を育てようとしていた。でも今やさんざん掘り返されて、地面はでこぼこだ。

ドアには鍵をかけずにおいたから、ともかく中には入れる。

暗がり、カビ。身体を持たない昔の自分が鏡のない廊下をさまよう。自分の姿が見えないように、鏡はタオルで覆っていた。

「さあ入って」彼女は全員に言う。「楽にしてちょうだい」

アヌーユー砦

クレイカーはアヌーユー・スパにすっかり夢中だ。廊下をそろそろと慎重に歩き、時々身をかがめては、よく磨かれたすべすべの床に触れる。トビーが鏡に掛けておいたピンクのタオルをめくり、人の姿が映っているのを見ると、鏡の後ろ側を覗く。映っているのが自分自身だと気づくと、髪を触り、微笑んで鏡の中の自分も微笑むのを確かめる。寝室ではベッドにおそるおそる腰を下ろし、そして立ち上がる。ジムでは、子どもたちがキャッキャッと笑いながら、トランポリンの上で飛び跳ねている。トイレに行けば、ピンクの石けんのにおいを嗅ぐ。ピンクの石けんはまだたくさん残っている。

「ここは〈卵〉ですか?」彼らは訊ねる。質問するのは若い世代だ。彼らには高い壁とすべすべの床の、似たような場所の記憶がうっすらとあるのだ。「ここはぼくたちが作られた〈卵〉なの?」「いや、〈卵〉と同じではないね」「〈卵〉は遠いです。ここよりもっと遠いです」「〈卵〉にはクレイクがいるし、〈卵〉にはオリクスもいる。でも、ここにはいない」「〈卵〉に行ける?」「今は〈卵〉に行きません。もう暗いから」「〈卵〉にもこんなピンクのものがある? 花のにおいがして、食べられるものがあるの?」「それは草じゃありません。石けんというの。石けんは食べられません」等々。

ともかく彼らは歌っていないわ、とトビーは思う。ここまでの移動中もあまり歌わなかった。あたりを見て、耳を澄ましていた。危険があることを彼らもわかっているらしい。

幸い、屋根の雨漏りはない。よかった、とトビーは思う。ベッドは多少カビ臭いかもしれないけれど、使える状態だってことだから。彼女は事実上の女主人として、部屋を各人に割り当てる。自分用にはカップルルームを選ぶ。スパに三室あるこのタイプは、夫婦や恋人のカップルが二人揃ってチェックインし、あまりないことだが、フェイシャルトリートメント、クレンジング、プチ整形、スクラブ等々の施術を一緒に受ける場合を想定している。だが、このプランは人気がなかった——少なくとも男女のカップルには不評だった。というのも、女性たちは通常、美容施術をこっそり受けた後、香り立つ繭から蝶が現れるように、あでやかな美しさで登場して万人を驚かせたいと思っていたから。トビーはかつて店の責任者だったから知っている。同時に、大金をはたいても見た目がさほどよくならないことで女たちが味わう落胆も知っている。

彼女は持ち物——たいしたものはない——をクローゼットにしまう。使い古した双眼鏡。土壁ハウスは見通しの利く立地ではないのでほとんど使わなかったが、ここでは必需品だ。ライフルと銃弾。スパに隠しておいた分があるから、補充ができる。それが尽きたら、弾薬を自分で作らないかぎりライフルは用なしになる。

歯ブラシを部屋のバスルームに置く。スパには歯ブラシ——ピンク一色——がまだたくさんあり、土壁ハウスからわざわざ持ってくる必要はなかった。備品室には、アヌーユー利用客用の小型の歯みがきチューブでいっぱいの棚もある。歯みがきは二種類。一つは微生物の働きでプラークを除去し、生分解が可能な〈チェリーブロッサム・オーガニック〉、もう一つは歯の色と輝きを一層鮮やかにする〈キス・イン・ザ・ダーク・クロマティック・スパークル・エンハンサー〉。

〈キス・イン・ザ・ダーク〉は暗闇で口全体が輝くのを売りにしていた。トビーは試さなかったが、愛用する女たちはいた。ゼブが身体から遊離した光り輝く口と対面したら、どんな反応をするだろう？　でも、今晩は確かめることができない。トビーは屋上で見張りに立つ予定だから。光る口は恰好の標的になってしまう。

古い日誌。尼僧のような改悛の気持ちから硬いマッサージ台で寝ていた部屋に置いたままになっていた日誌数冊をまとめる。日誌に使っていたのはアヌーユーの予約ノート。キスマークとウィンクする目のロゴがついている。記録したのは、庭師たちの生活、祝祭と祭り、月の相。ほかには、日々のできごと――ほとんど何もなかったけれど。書くことは正気を保つうえで大いに役立った。その後、再び時間が動き出し、生身の人間が登場し始めると、書くことをやめてしまった。今となれば、すべて過去のささやきだ。

それが書くということ？　自分の亡霊の声みたいなもの？　亡霊に声があればの話だけれど。なのに、なぜブラックビアードに書くことを教えているの？　クレイカーは書くことなど知らないほうが幸せだってわかっているのに。

化粧だんすの引き出しに日誌をそっと入れる。いつか読み返したくなるかもしれないが、今はそんな余裕がない。

便器にはまだ水があり、死んだハエがたくさん浮いている。トイレの水を流す。幸運なことに、屋上の雨水タンクがまだ機能しているようだ。花びらをプレス加工したピンクのトイレットペーパーはまだ大量に残っている。アヌーユーでは、植物成分の入ったトイレットペーパーを開発していたが、当初の試作品は想定外のアレルギー反応を引き起こすなどして、あまりうまくいかなかった。

ともあれ〝水は煮沸してから使うこと〟という注意書きを貼り出さなくちゃならない。蛇口から水が出てくることに舞い上がって、基本的な行動を忘れる者もいるだろうから。

トビーは顔を洗い、シーツ類の戸棚にあった清潔なピンクのつなぎを着ると、仲間に合流する。メインロビーでは激しい議論の最中だ。夜の間、モ・ヘアヒツジをどうする？　アヌーユーの広い芝生は、今や雑草が腿《もも》の高さまで伸びている。昼間、ヒツジを放牧するには問題ないが、ライオバムがいるかもしれないから、日が落ちた後は安全な場所に囲うか警護をつける必要がある。クロージャーはジムに集めるべきだと主張する。今の彼はヒツジたちに愛着が湧き、ひどく心配している。糞の問題はさておき、ジムの床はつるつるで、ヒツジがすべって骨折するかもしれない。そう指摘するのはマナティー。トビーは菜園を提案する。菜園の柵はほとんど壊れていない――ピグーンが侵入するために掘った穴はあるけれど、すぐに埋められる。それに、屋上の見張り番が群れの様子にも気を配って、異状な鳴き声が聞こえたら、すぐ皆に知らせればいい。

ところで、クレイカーはどこで眠るんだ？　連中は家の中で眠るのが好きじゃない。草っ原で眠りたがる。草がたっぷりあって、いつでも食べられるから。だが、ペインボーラーが野放しで、おそらく獲物を物色中だろうから、外で眠るなんてのは論外だ。

「屋上」とトビーが言う。「ちょっと草を食べたくなったら、プランターもあるし」こうして、一件落着する。

午後の雷雨は断続的に続く。ようやく嵐が収まるとピグーンはプールに行って水浴びをする。藻や水草が育ち、カエルがたくさん飛び跳ねていても平気だ。プールに入る方法も自分たちで考え出したらしい。彼らはプールサイドの椅子やテーブルを浅い端に押し込んで、水中にデッキチェアのスロープを作り、それをプールへの足がかりに利用している。若い連中はパシャパシャ水浴びして、キーキー歓声をあげる。より年長のピグーンはオスもメスも短時間だけ水に浸かり、その後は子ブタや赤ちゃんブタを優しく見守り、プールサイドでくつろぐ。ブタは日焼けしないのかしら、とトビーは思う。

夕食はあり合わせのものだが、メインダイニングで円卓にピンクのテーブルクロスを掛けた豪華なセッティングで出される。食料探し班が草原を総なめにする勢いで草を採ってきたから、野草サラダはたっぷりある。レベッカは未使用のオリーブオイルの小瓶を見つけ、昔ながらのフレンチドレッシングを作った。蒸したスベリヒユ、軽く茹でたゴボウ、ウルボッグ・ジャーキーにモ・ヘアミルク。キッチンには砂糖がひと瓶残っていたので、食後のデザートに一人一さじずつ食べる。トビーは長いこと砂糖を食べていないので、強い甘味が刃物のように頭に突き刺さる。

「知ってる?」レベッカがトビーに言う。二人で後片付けをしている時のことだ。「あの連中がカエルをつかまえたそうだよ。あんたのためにね。それを私に料理してくれって言うんだ」

「カエル?」トビーは問い返す。

「うん。魚は捕れなかったって」

「もう、最低」とトビー。クレイカーは夜の物語をせがむつもりなのだろう。彼らがうっかりスノーマンの赤い帽子を置いてきていたらラッキーなんだけど。

日がかげり、あわい光の夕暮れ時。コオロギが鳴き、鳥はねぐらに集まり、プールでは両生類がゲコゲコいう鳴き声やゴムバンドをはじくような音を出している。トビーは屋上が冷えるかもしれないと思い、見張りに立つ間に羽織るものを探す。

ピンクのベッドカバーを身体に巻き付けていると、ブラックビアードが部屋にそっと入ってくる。自分の姿を鏡の中に見つけてにこりと微笑み、手を振り、少し踊ってみせる。その後で、メッセージを伝える。「ピッグワンは悪い男三人があそこにいると言っています」

「あそこってどこ?」トビーの鼓動が速くなる。

「花の向こう。木の後ろ。においがするって」

「近寄り過ぎちゃだめよ」トビーが言う。「悪い男たちはスプレーガンを持っているかもしれない。あの穴を開ける棒のこと。穴から血が出てくる」

「ピッグワンはわかってるよ」ブラックビアードは答える。


トビーは階段を上って屋上に出る。双眼鏡を首からぶら下げ、ライフルは肩にかけていつでも構えられる状態。クレイカーはすでに大勢が屋上に上っていて、物語を今か今かと待っている。ゼブも一緒だ。彼は手すりにもたれかかっている。

「すげえピンクだな」彼は言う。「似合う色だ。シルエットもいい。ミシュランのタイヤマンか？」

「バカにしてる？」

「そんなつもりじゃない」彼は答える。「カラスがやけに騒いでるな」ちょうどまた一斉に大きく鳴き声を上げる。〝かぁかぁかぁ〟木立が始まるあたりだ。トビーは双眼鏡を覗くが、何も見えない。

「フクロウかも」

「ああ、そうだな」

「ピグーンはまだ言ってるの、男が三人いるって。二人じゃなくて」

「じゃあ、三人なんだろ」

「アダムの可能性もある？」トビーが訊く。

「おまえ、希望について自分が言ったことを覚えてるか？」とゼブ。「希望を持つことがいいとはかぎらないって言ったよな。だから、持たないようにしている」

枝の間で何かがきらっと光る。あれは顔？　だが、消えてしまう。

「最悪なのは」トビーが言う。「待つこと」

ブラックビアードが彼女のベッドカバーを引っ張る。「ねえ、トビー」と彼は言う。「来て！　トビーが物語を話して、ぼくらが聞く時間だよ。赤い帽子も持ってきてあるからね」

クライオジーニアス行きの列車

二つの卵とクレイクが考えたことの物語

ありがとう。赤い帽子を忘れずに持ってきてくれてよかったわ。

それから、魚をありがとうございます。正確には、魚ではなくてカエルですね。近くの水たまりでつかまえたのよね。ええ、ここは海からすごく離れています。魚を捕るためにわざわざ出かけるには遠すぎますね。きっとクレイクもわかってくれるでしょう。

料理もしてくれてありがとうございます。レベッカに頼んだのね。クレイクには全部食べなくてもいいと言われました。ちょっとつまむ程度で充分だって。

ほら、こんなふうに。

はい、このカエル……魚には骨があります。いやなにおいの骨。だから、吐き出しました。でも、今ここでいやなにおいの骨の話はしなくてもいいと思います。

明日はとても大切な日です。明日、皮膚が二つある私たちは全員でクレイクが始めた仕事――カオスを片付ける仕事――を終わらせなくてはなりません。クレイクの仕事というのは、〈大きな仕分け〉をして、〈大きな空白〉を作ることです。

でも、それはクレイクの仕事の一部にすぎません。いちばんの大仕事は、皆さんを作ったことですね。

海辺のサンゴ――骨のように白いけれど、いやなにおいはしません――から皆さんの骨を作りました。そして、皆さんの肉は甘くてやわらかいマンゴから作ったの。そういう仕事をしたのは、全部、あの巨大な〈卵〉の中です。何人か、クレイクを助ける人もいました。スノーマン・ザ・ジミーは友だちだったのよ――彼も〈卵〉の中にいました。

それから、オリクスもいました。彼女は皆さんと同じ緑色の眼をした女の人の姿の時と、フクロウの姿の時がありました。そして、巨大な〈卵〉の中で、小さいフクロウの卵を二つ産みました。卵の一つには動物や鳥や魚がたくさん入っていました――すべて彼女の〈子どもたち〉です。はい、ハチもいました。それから、蝶もね。あ、はいはい、アリも。そして、昆虫――いろんな昆虫がいましたよ。それから、ヘビ。そして、カエル。ウジ虫も。それから、ラカンク、ボブキティン、モ・ヘアヒツジ、ピグーンもいました。

ありがとう。でも、動物の名前をすべて言う必要はないと思うわ。それだけで一晩かかってしまいますから。

ここでは、オリクスが〈子どもたち〉をたくさん作ったとだけ言っておきましょう。〈子どもたち〉は皆、それぞれの美しさがありました。

はい、彼女が小さいフクロウの卵を産んで、その中に〈子どもたち〉を一人残らず作ってくれて本当によかったですね。ただ、蚊については、作ったのがよかったとは言えないかもしれません。

彼女が産んだもう一つの卵には、ことばがたくさん入ってました。この卵は動物の入った卵よりも早く孵《かえ》ったの。それで、皆さんがことばをたくさん食べてしまったんです。お腹が空いていたのね。だから、皆さんにはことばがあるのよ。クレイクは皆さんがことばをすべて食べてしまったから、動物たちは話せないと思いました。でもね、それは間違い。クレイクがいつも正しいとはかぎらないんですよ。

実は彼の見ていないところで、ことばのいくつかは卵から地面に落ち、いくつかは水に落ち、いくつかは風に吹かれて飛んでいきました。人間にはことばが全然見えなかったの。でも、動物や鳥や魚にはことばが見えたから、そのことばを食べたんです。でも、種類の違うことばだったから、人間には理解できない時があります。動物たちがことばをかみ砕いて小さくしすぎちゃったんです。

そして、ピグーン——ピッグワンのことよ——はそのことばをほかの動物よりもたくさん食べました。食べるのが大好きなのよね。皆さんも知っているでしょう？　それで、ピッグワンはことばを使って考えるのが得意なんです。

それから、オリクスは歌うという新しいことを作りました。そして、それを皆さんに授けました。彼女は鳥が大好きで、皆さんにも鳥のように歌ってほしいと思ったんです。でも、クレイクは皆さんに歌ってほしくなかった。心配だったんです。鳥のように歌い始めたら、人のように話すことを忘れるんじゃないかって。そして、彼を忘れて、彼の仕事——皆さんを作り出すためにやったことすべて——もわからなくなるんじゃないかと思ったの。

すると、オリクスは言いました。がまんするしかないわよって。だって、歌えないなら、ええと……空っぽになる、石みたいになっちゃうって。

〝がまんする〟については……また今度話しましょう。

これから話すのは、この物語の別の部分、クレイクがなぜ〈大きな空白〉を作ることにしたかです。

長いことクレイクは考えました。たくさん考えました。考えていることをスノーマン・ザ・ジミーに少し話して、ゼブにも少し、ピラーにも少し、オリクスにも少し話しましたが、その全部を話すことはありませんでした。

彼が考えていたのはこういうことです。

カオスの中の人間は学ぶことを知らない。自分たちが海や空や植物や動物に何をしているのか、わかっていない。そのすべてを殺していることも、しまいには自分たちを殺すことになるのもわかっていない。とても多くの人が、自分でわかっているかどうかは別にして、殺しに関わっている。やめるように言っても、耳を貸さない。

だからもう、できることは一つしかない。地球がまだ木、花、鳥、魚などの生きものとともにあるうちに、人間を消し去ること。そうしなければ、この世界からすべてが消えた時に人間も一緒に死ぬことになる。地球上からすべてがなくなれば、本当に何もかも消えてしまう。人間も誰一人いなくなる。けれども、人間にもう一度チャンスを与えるべきではないのか？　彼はそう自分に訊きました。答えはノー。だって、今までやり直すチャンスはあったのだから。何度もチャンスがあったのに。だから、もうやるしかない。

そこで、クレイクはとても美味しい小さな種を作りました。食べると、最初はすごくいい気持ちになるの。でもその後、種を食べた人はひどく重い病気になって、身体が溶けて死んでしまいます。彼はこの種を世界中にまき散らしました。

オリクスは種をまき散らすのを手伝いました。フクロウのように飛べましたからね。それから、鳥女、ヘビ女、花女も手伝いました。もっとも、彼女たちが知っていたのは、種でいい気持ちになることだけで、後で死ぬとは知りませんでした。なぜって、クレイクは考えたことをすべて話したわけではなかったからです。

それから〈大きな仕分け〉が始まりました。その後、オリクスとクレイクは〈卵〉を出て空へと飛んでいきました。でも、スノーマン・ザ・ジミーは残って、皆さんを見守り、悪いものを遠ざけ、そして、皆さんを助けながらクレイクの話をしてくれました。オリクスの話もしてくれたんですよね。

皆さん、歌うのは後でいいのよ。

これが二つの卵の物語です。

さあ、もう寝なくてはだめですよ。明日はとても早起きしますから。私たちはあの悪い男三人を探しに出かけます。ゼブが行きます。そして、ライノ、マナティーも、クロージャーやシャクルトンも。それから、スノーマン・ザ・ジミーも。はい、ピッグワンも一緒です。たくさん。でも、子どもたちとお母さんたちは行きません。

いいえ、皆さんはここに残ります。レベッカやアマンダやレンと一緒に。スウィフト・フォックスもね。それからローティス・ブルーも。ドアは閉めておくこと。誰も入れてはいけません、何を言われても。皆さんが知っている人じゃないかぎり。

怖がらないで、だいじょうぶよ。

ええ、私も悪い男三人を探しにいきます。ブラックビアードも一緒です。ピッグワンと話すのを手伝ってもらいます。

はい、戻ってきますよ。そう希望しています。

〝希望〟というのは、何かを強く願っているけれど、どうなるかはわからない、ということ。

では、皆さんおやすみなさい。

おやすみなさい。

サングラス

「ここであなたを待っていたの」トビーが言う。「あの〈水なし洪水〉の時。この屋上でね。今にもあの森から出てくるんじゃないかと思って」

まわりではクレイカーがおだやかな表情で眠っている。お人好しで何でも信じちゃう、とトビーは思う。彼らは本当の恐怖を知らない。たぶん理解できないのよ。

「おれが死んだと思わなかったのか？」

「信じてた」とトビー。「あの混乱を生き抜く人がいるとしたら、あなただって。でもね、あなたはもう死んでるって思う日もあった。それが「現実を直視すること」なんだって。でも、そんな日以外はいつも待ってた」

「待った甲斐はあったか？」とゼブ。暗闇の中、彼のにやけた顔は見えない。

「どうしたの、自信喪失してる？　わざわざ訊く？」

「まあ、そう言うなよ。おれは神からの授かり物だって、若い時はうぬぼれていたが、そんな自信は長続きしない。庭師たちの教団で会った時から、おまえがおれより賢いってことはわかってた。キノコとか、秘薬とか、すべてひっくるめてな」

「でも、あなたは策をめぐらすのが上手だわ」

「それは認める。だが、自分の悪だくみに足をすくわれちまう。で、何の話だっけ？」

「ヘビ女たちと暮らしてたって話」とトビー。「ウロコとシッポで。人とは交わらず、周囲に気をつけて、目立たないようにおとなしくしてたんでしょ」

「おう、そうだ」

ゼブの得た仕事は用心棒。おかげで都合よく正体を隠せた。頭はスキンヘッド、黒のスーツにサングラス、口の中で通信できる金歯。さらに、襟にはエナメル仕上げの洒落たピン。ヘビが自分の尻尾をくわえるデザインで、再生を意味する古代のモチーフなんだとアダムに言われたが、からかわれただけかもしれない。

無精ひげも当時のヘーミン地闇社会の用心棒が好んだスタイル――短く刈り、極細のかみそりで表面に格子状の切り込みを入れ、毛むくじゃらのワッフルに見せる――に整えた。アダムの助言に従って、耳を作り直したのもこの頃だ。あいつの話では、身元確認に耳を使うケースが増えていたらしい。だから、形を変えておけば、誰が調べようと、昔の耳の写真と一致しなくなるってわけだ。手術については、カトリナ・ウーウーの世話になった。彼女はトップクラスの美容整形外科医――肉と脂肪のアーティストたち――とコネがあった。希望は、上のほうが尖って、もっちりと耳たぶが垂れ下がった耳だった。

「見るなよ。今はもうちがうんだ」彼は言う。「その後、何度か手術したからな。だがしばらくの間、あそこじゃおちゃめなブッダだったんだぞ」

「今だってそう見えるわよ、私には」とトビー。

ゼブの仕事はバー・エリア近くであまり愛想よくせず、かといって、あまり威圧的にもならずに立っていること。つまり、何となくそこにいるのが仕事だった。パートナーは黒人の大男で、名前はジェベダイア。後にマッドアダムに加わりブラック・ライノと名乗るようになったが、ゼブの頭の中では、いつもゼブ&ジェブという二人組だった。

もっともウロコ・クラブでは、ゼブでもヘクター・ザ・ベクターでもなく、スモーキーという名前を使っていた。スモーキー・ザ・ベア、あるいはクマのスモーキー。森林局だかの古いマスコットと同じ名前で、用心棒にはぴったりだった。というのも、森林局のスローガンは「山火事を防ぐのはあなただったから。山火事を防ぐ――まさにそれが仕事だった。

客の間に不穏な空気が漂い始めたら、ゼブとジェブの出番だ。客同士がにらみ合ったり、しかめっ面をしたり、悪態をついたり、フロアショーの飾りやダンサーの衣装から羽やウロコや花びらをちぎったり剝がしたり、あるいはサルのように缶ビールを振って泡立て、缶の投げ合いや殴り合いをしたり、ボトルを叩き割ったり――そうなったら、おとなしく立っているだけの警備から、的確かつ高度な介入へと切り替える。目的は、店中が大騒動になる前に危ない客をそつなく速やかに放り出すこと。素早い行動が重要だが、相手を必要以上に怒らせることもしたくなかった。どういう事情であれ、殴られた客がリピーターになることは少ないだろうから。

加えて、その頃一流コーポレーション上層部の客が増えていた。彼らはヘーミン地のいかがわしい場所に出かけるのを楽しんだ。もちろん命にかかわる危険は冒さない。自分が少しだけワルでかっこよく、セックスも上手なのだと感じられれば、それで充分。ウロコとシッポは衛生管理が行き届き、泥酔して羽目をはずしても秘密を守ってくれる店との評判が定着しつつあり、商談をまとめるための手の込んだ賄賂攻勢の一環として、取引先を連れていっても表沙汰になる心配はなかった。

要するに、店内の争いごとはさりげなく解決するのが鉄則だった。ばかをやらかしそうな客には、親しいそぶりで肩に腕をまわし、ドスの利いた声で耳元に優しくささやく。「当店のスペシャルをどうぞ。お客様のために特別にご用意しました。お代は結構ですよ」 男は無料サービスを受けられるとあって大喜び。それまでにがぶ飲みしたドリンク類で、ナノサイズの脳がもう死にかけているのは間違いなく、舌をだらりと出して促されるがままに廊下を何度か曲がり、広い部屋に案内される。羽飾りに緑の絹のベッドカバー、隠しカメラもあるその部屋では、保険数理報告書でさえ激しいポルノ小説に思わせるすご腕のヘビ女二人が待っていて、愛撫するように服を脱がせる。少し離れた見えない位置にはゼブかジェブが控え、客が無茶をしないように見張るという段取りだ。

しばらくすると、緑色のプラスチック製ヘビを刺した緑色のチェリーが浮かぶオレンジかパープルかブルー――注文によって色は異なる――の毒々しいカクテルが出てくる。給仕するのは、かかとの超高いピンヒールを履いたラン、クチナシ、フラミンゴ、あるいは蛍光ブルーのとかげ。全身を覆うラメやLED豆電球、それに、ウロコや花びらや羽もちらちら光る女たちはおっぱいが特大で、色気たっぷりに笑いかける。〝コチョコチョしちゃうわよ〟とかなんとか、幻覚の中の女たちは男をむずむずさせることを言う。〝一口どうぞ!〟精力絶倫自慢のヒト科ヒト属のオスがどうして断れようか? 神秘の液体に乾杯! すると、〈ミスター大物気取り〉は楽しい夢の中へと誘われ、かくしてスタッフのおかげでトラブルは最小限で済む。

十時間後、この選ばれし男は目を覚まし、人生最高の時間を過ごしたと思い込む。実際、そうかもしれない――とゼブ。脳が記憶している経験は何であれ、すべて本物なんだろ? 三次元、つまりリアルな世界で何も起こらなくても。

この客対応はコーポレーションの幹部連中――うそやペテンが標準のヘーミン地で何でも信じるお人好し――にはぴったりだった。ゼブはこの手の男たちを〈浮き世〉地区でよく見かけた。スリルを求めて夜の盛り場に繰り出しては、何でもかんでもすごい体験だったと勘違いして終わる。彼らが日常を過ごすのは隔離されたコーポレーションの構内か、警備の整った裁判所や議事堂、あるいは教会など。塀の外では何でも簡単に信じてしまう。どんなホラ話も疑わず、バタンキューと寝床――正確には、緑の絹のカバーのかかったベッド――に倒れ込むや、すやすや眠り、実に機嫌良く目覚める。その様子は感動的ですらあった。

だがウロコ・クラブでは、新たな客層が存在感を高めつつあった。コーポレーション系の客よりも感じが悪く、怒りを抑えられない男たち。憎しみをエネルギーにして修羅場で揉まれ、殺戮と破壊に取り憑かれている。この連中にかかると事態が深刻になるから、あらゆることを想定して警戒する必要があった。

「ペインボーラーのことだ。想像はつくだろうが」ゼブが言う。「ペインボールが始まったばかりの頃の話だ」

その当時、ペインボールは闘鶏や絶滅危惧種を殺したり食べたりすることと並んで、法律でかたく禁じられていた。しかし、あらゆる違法行為の例に洩れず、競技は人目に付かない形で行われ、広まる一方だった。コーポレーション上層部のためには専用の観客席が用意されていた。技能とずる賢さ、残忍さ、さらに人食いまで一緒くたになったこの死闘を彼らが喜んで見物したのは、目の前の命がけの闘いが企業社会をそのまま映し出していたからだ。大きな賭けの対象として、ペインボール・アリーナでは大金も動いた。こうして、コーポレーションはペインボールのインフラや競技者の維持・管理を裏から支える存在になっていたが、トラブル発生時に逮捕され、処罰されるのは会場を提供し、競技を実施する業者のほうで、彼らは競合相手との縄張り争いで命を落とすこともあった。

この仕組みは、設立間もないコープセコーには都合がよかった。というのも、ペインボールでは、社会――そのシステムはまだ有効だと思われていた――の中心にいる連中をゆする材料がたっぷり入手できたからだ。

一般の刑務所に収監されている者にはペインボール出場のオプションがあった。ペインボールに出てほかの囚人と戦い、全員を殺せば、大きな特典――刑務所を出て自由の身になったり、ヘーミン地の裏社会で用心棒の職についたり――を得られた。もちろん、一度ペインボールに入ったら勝たなければ死ぬのが運命で、だからこそ誰もがあれほど楽しんで見物していたのだ。生き残るのは、ずる賢くだまし討ちが得意で、誰より残酷になれる連中。えぐり出した目を食べるのは人気のファンサービスという世界。早い話、親友を襲い、刃物でずたずたに切り刻むくらいの覚悟が必要だった。

ペインボールを無事に生き延びたペインボーラーはヘーミン地闇社会だけでなく、超エリート層の間でも、古代ローマの剣闘士のように高い地位を与えられた。コーポレーション幹部の奥方は彼らとセックスするためにお金を積み、夫のほうは連中を夕食に招いて友人たちをびっくりさせ、目の前でシャンパングラスが粉々になるのを見て興奮した。とはいえ、連中が手に負えなくなった時のために警備員は常に待機していた。そういう席でちょっとばかり暴れるのはOKだったが、行き過ぎた騒ぎは許されなかった。

ペインボール経験者は闇のセレブという地位に酔いしれ、王者ホルモンを全身にみなぎらせ、自分は無敵だと思い込み、チャンスがあれば大きくて強そうな用心棒――ちょうどクマのスモーキーことゼブのような――を殴る気満々だった。ペインボーラーにはけっして背を見せるな。ジェブからそう警告されていた。あいつらは腎臓を狙って強烈なパンチを浴びせてくる。かと思うと手近なものを使って頭蓋骨をバンバン打ちつけ、耳から目玉が出るくらい首を締め上げてくるぞ。

どうやって連中を見分けるか？　まずは顔の傷。それから、うつろな表情。ミラーニューロンの一部が欠けて、共感する能力がほぼだめになっている。たとえば、普通の人間は苦しむ子どもを見たら表情を曇らせるが、連中はにやりとする。ジェブに言われたのは、異常な気配には敏感になれってことだった。いかれたやつを相手にするなら、すぐに感づかないとだめだ。さもないと、〝首が折れる……〟と言いかけた時には、ダンサーの女はもうずたずたにされちまってるだろう。そうなると、かなり高くつく。観客のはるか上で、ブランコに片足でぶら下がったまま芸術的なストリップができるダンサーを育てるのにかかる金は半端じゃない。ついでに言うと、ニシキヘビには、客の首に巻きついて興奮させる窒息プレイをさせていた。だが、ペインボール経験者にとって、ニシキヘビの頭を食いちぎるのはアルファ・オスの力を示す絶好のチャンス。ヘビに食らいつく男たちを途中でやめさせることができたとしても、傷ついたニシキヘビの代わりを見つけるのはむずかしかった。

ウロコクラブでは、ペインボーラーの顔写真に耳の特徴まで入った個人情報のデータベースがあって、定期的にアップデートしていた。情報はどうやらカトリナ・ウーウーが裏から手を回して入手していたようだが、何を取り引き材料にしたのかはわからない。ともかく、ペインボール興行関係者の誰か——彼女が提供できる何らかの情報がほしいか、あるいは、彼女に何らかの情報を隠しておいてほしい人物——と知り合いだったにちがいない。見返りがあるかないか。ヘーミン地の闇社会では、それがあらゆる取り引きの基準だった。

「まず殴る、しかもこっぴどく殴る。それがペインボーラーを相手にする時のルールだった」とゼブが言う。「連中がそわそわし始めたら、すぐにだ。飲み物に薬を混ぜて終わることもあったが、永久に戻ってこないように始末することもあった。そうしないと復讐に戻ってくるからな。だが、死体の扱いには気をつけなきゃならない。仲間がいるかもしれなかったから」

「それで、死体はどうしたの?」トビーが訊く。

「ヘーミン地の闇市場では、いつも濃縮プロテインの需要があったとだけ言っておこうか。嗜好品として、儲かる商品として、あるいはペットフードとして需要があったんだ。といっても、当時はペインボールが始まったばかり。つまり、コープセコーが競技を合法化してTV観戦ができるようになる前のことで、手に負えないほど異常なペインボーラーはそれほど多くなかった。だから、頻繁に死体の処分をやっていたわけじゃない。時たま死人が出て、まあ、その場その場の思いつきで処分してただけだ」

「まるでお遊びみたいに言うのね」とトビー。「人間の命の問題よ。彼らが何をしたにしろ」

「ああ、わかってる。責められて当然だ。たしかに、ずいぶんひどいことをした。だが、そもそも大量殺人犯でもなければ、ペインボールなんかやらないぞ。

ともかく、この話の肝は、バーの用心棒だったおれたち――おれとジェブのことだ――が飲み物に何が入っているかに関心を持つのは珍しくなかったってことだ。時には俺たちがカクテルを作ることもあったしな」

キックテイル

この間ずっと、謎の錠剤六つが入った白のビショップは安全な場所に隠されたままだった。ゼブ、カトリナ・ウーウー、それにアダムだけがチェス駒の場所を知っていた。

隠し場所は、敢えて誰からも丸見えの場所にした。かつてゼブがスレイト・オブ・ハンドおやじから教わった策略で、要は、いつも目の前にあるものは目に入らないということ。バーカウンターの後ろにあるガラス棚には、裸の女の形をしたコルク抜き、くるみ割り、塩コショウ入れの珍しいコレクションが並び、どれにも斬新な仕掛けが組み込まれていた。女の両脚を開くと、コルク抜きが現れる。両脚を開き、クルミをはさんで脚を閉じると、クルミが割れる。あるいは、両脚を開き、頭部を回すと、塩やコショウが出てくる。使うと笑いが起こった。

白のビショップは、鉄の処女コレクションの塩入れ――エナメル加工のウロコをまとった緑のレディ――の中にしのばせた。ビショップが入っていても頭部は回転したし、股間から塩も出てきたが、バーテンダーには、この塩入れは壊れやすいのでほかのを使うように、と注意しておいた。セクシーな女体塩入れを使っている最中に頭が落ちるのは誰でも嫌だろ？　数は多くなかったが、つまみやビールに塩をふりたがる客はいた。

ゼブはビショップを入れたこの緑のウロコガールから目を離さなかった。ピラーのために絶対にやり通す覚悟だったが、それでも自分で選んだ隠し場所についてはびくびくしていた。持ち場を離れた隙に誰かがあの塩入れを手に取り、いじっているうちに錠剤を見つけたら？　そして、あのカラフルな楕円の薬を脳内麻薬キャンディだと思い込んで、一つ二つ呑んでしまったら？　薬が人体にどう作用するか、まったくわからなかったから、不安だった。

一方、アダムは驚くほど冷静だった。塩がなくならないかぎり、誰も塩入れの中なんか見ないというのが彼の考え。「あれ、何で今〝驚くほど〟なんて言ったんだ？　わかんねえな」とゼブ。「いつだって、あいつはイヤミなくらい冷静なやつだった」

「アダムもそこで暮らしていたの？」トビーが訊ねる。「ウロコとシッポで？」想像できなかった。扇情的な衣装を身につけたストリップダンサーに囲まれて、アダム一号は日がな一日何をしていたのだろう？　知り合ってからの彼――アダム一号になった後のこと――は、ことばにこそ出さなかったが、女性の見栄や派手好み、見せびらかし、服からのぞく胸の谷間やむき出しの脚に否定的だった。かといって、ウロコクラブの従業員に庭師たちの信仰を説き、簡素な生活を送るよう説得することも不可能だっただろう。第一、女たちは高価なマニキュアをしていたから、ウロコクラブに菜園スペースがあったとしても、土を掘ったり、ナメクジやカタツムリをつまんで処分したりすることに我慢できなかったはず。夜の女たちは昼間に草むしりなどしないものだ。

「いや、ウロコに住んでたわけじゃない」ゼブは答える。「ていうか、住んでたとは言えない。いたりいなかったりで、やつの隠れ家みたいな感じだった」

「外で何をしてたと思う？」

「情報収集」とゼブ。「懸案事項のフォローや、不穏な動きのチェック。不満分子の保護。説得して転向させたりとか。すでに大きなビジョンがあったみたいだ。どう言えばいいかわからんが――神が頭のてっぺんに稲妻みたいにメッセージを送り込んできたっていうか。〝私の愛する〈人類〉、私の心にかなう〈人類〉を救いなさい〟とか。あの無駄に長い説教。覚えてるだろ？　そんな神のメッセージ、おれには無縁だったが、アダムは受け取っていたらしい。

当時すでに、あいつは神の庭師たちをかなり集めていた。おれたちがレヴの口座からかすめ取った資金を使って、ヘーミン地スラムで平たい屋根の物件まで購入済みだった。エデンクリフ庭園を作るためだ。ピラーはヘルスワイザーの中から新人をこっそりリクルートしては彼のもとに送ってたんだ。そのうち自分もエデンクリフであいつと合流するつもりでな。そうしたことを、おれはまだ何も知らなかった」

「ピラーが？」トビーが声を上げる。「だけど、ピラーがイヴ一号ってあり得ない！　年を取りすぎてるわ！」イヴ一号が誰なのか、トビーにはずっと疑問だった。アダムはアダム一号、でもイヴについては聞いたことがない。

「ああ、彼女じゃなかった」ゼブが言う。

アダムがフォローしていた懸案事項の一つは二人の父親レヴの動向だった。石油教会《ペトロリアム》の資金横領が発覚したことに端を発する痛快な大騒動の後、ロックガーデンに埋められていた先妻フェネラ発見の悲劇や、後妻トゥルーディのスキャンダラスな暴露本出版などが続いたが、その後ぱたりと消息が途絶えていた。

たしかに裁判はあったが、証拠不充分。ともかく、陪審員はそう判断した。トゥルーディは回顧録の売上金を手にして、メキシコ系テキサス人の芝生整備エキスパートと一緒に――そういう噂があった――カリブ海の島へと休暇に出かけた。しかし、月明かりの下で興が乗って裸で泳ぎ、後日、波打ち際に浮いているのを発見される。引き波はとても危険なのだ、というのが地元警察の説明。海中に引き込まれ、岩に頭を打ちつけたにちがいない。旅のお供――誰であったにせよ――の姿はすでになかった。

当然と言えば当然。責任を追及される可能性もあったから。だが、その男に金が支払われていたという話もささやかれていた。

かくしてトゥルーディの出廷は不可能となる。彼女の証言なしで一体何が証明できる？　フェネラの骨はあまりに長く地中にあったから、埋めた人物を特定することなど無理な話だった。街の裕福な地区では、身元不詳の男たち――多くは移民――がショベル片手に歩きまわっている。機会があればいつだって、お人好しで世間知らずの園芸レディをつかまえて頭を殴りつけ、ガーデニング手袋で口を塞ぎ、くぐもった悲鳴もお構いなしに庭の収納小屋で強姦し、遺体を埋めた上にワタチョロギやシロミミナグサ、あるいはエケベリアのような乾燥に強い多肉植物を植えてしまうような連中だ。この手の危険があることは、戸建てに住む庭いじりが趣味の女たちの間ではよく知られていた。

大規模な横領事件については議論の余地がなかったが、レヴは安全で確実な事態収拾の方法を選んだ。まず、公の場で誘惑に負けたと告白する。次に、誘惑に抵抗できなかった自らの罪を悔いて言う。己が罪深さを発見することは古代の苦菜《にがな》を口にするような苦しみだったが、その屈辱を味わったおかげで救済された、と。仕上げに、ひれ伏して涙ながらに神と人間――とりわけ石油《ペトロリアム》教会の信者たち――に赦しを求めた。すると大成功。思惑どおりに赦され、みそぎを済ませたとみなされて、再出発の準備が整った。なぜって、これほど深く悔いている同朋をどうして赦さずにいられようか？

「彼は自由の身だよ」アダムが言う。「無罪放免で復帰した。石油系コーポレーションのオイルコープの仲間が逃がしたんだ」

「くそったれ！」とゼブ。「全員まとめてくそったれだ」

「ぼくらをつかまえようとするだろうね。今ならたっぷり金を使えるし。オイルコープが提供するはずだ。だから、警戒しないと」

「おお、ケイカイか」とゼブ。「警戒は軽快にな」古いジョークの一つだった。これでいつもアダムは笑った——少なくともにやりとしたものだが、この時は笑顔が一切なかった。

ある晩、ゼブは用心棒スモーキーによくマッチするサングラス、黒のスーツにヘビのピンというたちで、笑顔でもしかめ面でもなく、ウロコクラブ内をぶらぶら歩いていた。口の中のニセ金歯から聞こえる会話を何となしに聞いていたところ、入口の受付のことばに、背筋がぴくりとした。

ペインボーラー警報ではなかった。いや、まったく違う連絡だった。

「上得意様四名ご来店」その声は告げた。「三人はオイルコープ、一人は石油教会《ペトロリアム》、ニュースに出てた例の牧師だ」

ゼブはアドレナリンが全身をかけめぐるのを感じた。レヴにちがいなかった。ガキを殴り、女房を殺し、心のねじ曲がったあのサディストはゼブの正体を見破るだろうか？　万一の場合に備えて、手近にあって武器になりそうなものの位置を確認した。「そいつをつかまえろ」と叫ぶ声が上がり騒動になったら、カットグラスのデカンタをいくつか投げて、ともかく全力で走ろう。筋肉が緊張してビンビンと音がしそうだった。

そして、四人組が入ってきた。軽口や笑い声、背中をポンと叩く、いや、ためらいがちに触れるしぐさ——兄弟のような親密さを表すコーポレーション上層部特有のボディランゲージ——からして、皆上機嫌で祝杯でも上げそうな雰囲気だった。実際、シャンパンやつまみに加え、注文できるものは何でも注文した。イチモツを立たせてもらうためなら、チップもずいぶんはずんだことだろう。自己顕示欲を満たすのを手伝ってくれる人間にこれ見よがしに金を恵むことこそ金持ちの特権というもの。それができないなら、金を持っている意味などないではないか？

コーポレーション上層部の客はいつだってウロコクラブの雇われ警備員など存在しないかのようにそばを通り過ぎた――生け垣と目を合わせる必要がどこにある？――それがローマ皇帝の時代から続く態度なんだろう。ともかくゼブにはラッキーなことで、レヴは彼に目もくれなかった。たとえ目を向けたところで、ワッフル髭にサングラス、スキンヘッド、とんがった耳のゼブに気づくことはなかったはずだ。一方のゼブはレヴをしっかり見た。そして、見れば見るほど気分が悪くなった。

ミラーボールは回り続け、細かなふけのような光が客やダンサーに降り注いでいた。流れる音楽はレトロなタンゴ。ウロコガール五人が衣装のラメを光らせて空中ブランコ上で身体をねじり、おっぱいを下に向け、全身でCの字を作って片足を頭の上のほうに伸ばす。ブラックライトの中で笑顔が輝いた。ゼブはバーのガラス戸棚近くの持ち場に戻ると、股間にビショップを隠し持つ緑のレディをつかんで袖口に滑り込ませた。「小便だ」パートナーのジェブに告げる。「ちょっと頼む」

トイレに入ると、ビショップの頭を回して白、赤、黒、三色の小さな魔法の薬を取り出した。指先についた塩をなめ、錠剤をジャケットの前ポケットに入れると、持ち場に戻り、ガラス戸棚に緑のウロコレディをそっと戻す。彼女がしばらく不在だったことには誰も気づかなかったようだ。

レヴの四人連れはずいぶん楽しんでいた。何かの祝宴だとゼブは思った。おそらく、レヴの日常――あくまで連中の考える日常生活――への復帰を応援する一席だろう。くねくね動く美女たちが酒をさかんに勧め、頭上では空中ブランコダンサーが骨がないかのような、ひねりやねじりのポーズを見せていた。女たちは思わせぶりに身体をちらりと見せるが、すべてご開帳にすることはなかった。ウロコはお上品な店で、全部を見るには特別料金が必要だった。要するに、ショーを鑑賞しながら行儀よく性欲を示すのが店での作法。誰も痛みを感じていない見せかけの背徳アクロバットはレヴの趣味ではなかったが、さも楽しそうに振る舞っていた。笑うと、ボトックス注射で神経が麻痺したかのように顔がひきつった。

カトリナ・ウーウーがバーにやって来た。今日の彼女はランの花の装い。官能的な桃色にラベンダー色がアクセントだった。ニシキヘビのマーチが首にだらりと巻き付き、むき出しになった片方の肩まで伸びている。

「あの人たち、仲間の一人にハウススペシャルを注文したわ」彼女はバーテンダーに告げた。「テイスト・オブ・エデンでお願い」

「テキーラ多めで?」バーテンが訊ねる。

「何でも全部入れちゃって」カトリナが指示した。「女の子たちに言っておくわ」

ハウススペシャルをオーダーすると、羽根飾りと緑色のベッドカバーの個室で爬虫類ウロコガール三人が客のどんな要求にも応じるというのが決まりだった。〈テイスト・オブ・エデン〉はキックテイルと呼ばれる強烈なカクテルで、天にも昇る快感を味わえると折り紙付きだった。一口飲めば、自分だけの魔法の世界へと飛んでいける。ウロコクラブで、ゼブは客用の飲み物を試すこともあったが、〈テイスト・オブ・エデン〉には手を出さなかった。幻覚を見るのが怖かったのだ。

それが今カウンターにある。濃いオレンジ色でわずかに発泡し、プラスチックのヘビが絡みつくマドラーが砂糖漬けチェリーに刺さっている。ヘビは緑色でキラキラ光り、目が大きく、赤い口元は笑っていた。

ゼブは邪悪な衝動を抑えるべきだった。無茶なことをした——今ではそう思っている。だが人生は一度きり。そして、たぶんレヴはその一度をもう使い切っちまったんじゃないか。白、赤、黒、三錠のどれをカクテルに入れるか考えた。が、けちる必要がどこにある? 全部入れればいいじゃないか?

「ほらほら、乾杯だ!」「ワイルドな旅を楽しんでくれ!」「一気に飲めよ!」「やっちまえ!」仲間内で冷やかし、はやし立てる古くさい台詞がこういう場面でまだ使われるのか？　どうやら、そのようだった。身体をポンポンと叩かれ、訳知り顔の笑いに囲まれたレヴは、さらなるもてなしを受けるため、三人の愛らしいヘビガールに個室のほうへと案内されていく。四人ともくすくす笑っている。思い出すにつけ不気味な光景だった。

ゼブはバーを離れて、モニター室に忍び込みたくてうずうずしていた。その小部屋ではトラブル防止のため、セキュリティ担当者が数名で羽根飾りの個室をモニターでチェックしていた。あの錠剤がどう作用するか、わからない。ひどく具合が悪くなるのか？　だとしたら、どんな症状が出るんだ？　長期間にわたって少しずつ薬効があらわれて、一日、一週間、一か月くらいじゃ効き目はわからないのかもしれない。だが、即効性があるのだとしたら、絶対に見逃したくなかった。

とはいえ、へたに動くと犯人だと疑われかねない。だから、緊張しつつも平静を装い、耳をそばだてて待ちながら、小声で『ヤンキー・ドゥードゥル』の替え歌を口ずさんでいた。

ガキをぶつのが大好き父ちゃん
女とやるより大好きだった
今度はお前が血を流せ
ほら、ゲロも吐いちまえ

何度もこの替え歌を繰り返していると、歯が雑音を感知した。誰かがフロントのガードマンに話しかけている。長いようで、実は短かった時間が過ぎ、カトリナ・ウーウーが個室ゾーンから出てきた。何気ないふうを装っていたが、ヒールの音は緊急事態を告げていた。

「ステージ裏に来てちょうだい」耳元にそうささやく。

「バーの仕事がある」と気が進まないふりをする。

「フロントからモーディスを呼ぶわ。だから、代わってもらって。今すぐ来て！」

「女たちは無事なのか？」まだぐずぐずしていた。レヴに何か悪いことが起きているなら、しばらくそのままにしたかった。

「だいじょうぶ、怯えてるけど。ともかく非常事態なの！」

「男が暴れたのか？」と訊く。時々そういう客がいた。〈テイスト・オブ・エデン〉の人体への影響はなかなか予測がつかなかった。

「もっと悪いこと」と彼女。「ジェブも連れてきて」

ラズベリームース

羽根飾りの部屋はサイクロンが通り過ぎた後のようだった。こっちに靴下の片方、あっちには靴の片一方。そこら中に正体不明の汚物のしみがあり、ぐしょぐしょに濡れた羽が散らばる。部屋の隅のかたまりはおそらくレヴにちがいない。緑色の絹のベッドカバーをかぶせてあった。その下から流れ出る手のひらサイズの赤い泡は重病人の舌に見える。

「一体どうしたんだ?」ゼブは何食わぬ顔で訊ね、サングラスを外す。かけたままだと無実であるように見せるのはむずかしい――鏡の前で試してわかっていた。

「女の子たちはシャワーを浴びに行かせたわ」カトリナ・ウーウーが言う。「動揺しちゃって、たいへん! だって今の今まで……」

「エビの殻をむいてたのか」ゼブが言葉を引き取る。これはスタッフ間の隠語でペニスを服、特に下着から取り出すこと。何事もそうだけど、技が必要なのよ――ウロコガールは皆そう言っていた。まあ、技能と言ってもいいけど。ゆっくりボタンを外し、時間をかけて官能的にジッパーを下ろす。たっぷりと時間をかけるの。目の前にいる男は、なめておいしい《リッカリシャス》キャンディの箱だって考えるのよ。「リッカリシャス」ゼブは声に出したが、動揺していた。錠剤の効き目は予想よりもずっとひどいものだったから。レヴが実際に死ぬことを狙っていたわけではない。

「ええ、でもまだ始めたばかりでよかったわ。何しろ、モニター室のスタッフによると、あっという間に溶けちゃったらしいの。あんなの見たことないって。ラズベリーのムースみたいだったそうよ」

「ひでえ」ベッドカバーの端を持ち上げて、ジェブが言う。「吸引機が必要だな。この下、まるで悪い病気にかかったプールだぞ。何があったんだ?」

「女の子たちの話では、突然泡を吹き出したそうよ」カトリナ・ウーウーが説明する。「叫び声をあげながら。そして、羽の飾りをむしり出して——あれは全部処分しなくちゃね、もったいないけど。叫び声の次は、げぼげぼ喉を鳴らしたって。どうしよう、心配だわ!」言葉は控えめだが、ひどく怖がっている様子だ。

「メルトダウンだな。何か悪いものを食ったんだろ」とゼブ。冗談のつもりだった。というより、冗談として受けとめてほしかった。

カトリナは笑わない。「あら、そうは思わないわ。いえ、もしかしたら食べ物に何かが入っていたのかもしれない。でも、うちで出したものじゃない。あり得ないわ! 新しい細菌よ、きっと。食肉細菌みたいな。でも、ものすごいスピード! 人にうつったらどうしよう?」

「あいつはどこで感染したんだ?」ジェブが訊く。「店の子は誰も病気になんか、かかってないぞ」

「ドアノブか?」またも、つまらないジョークだった。ばか、黙ってろ。ゼブは自分を叱りつける。

「女の子たちが皆、バイオフィルムのボディーグローブを着ていてラッキーだったわ」カトリナが言う。「あれも燃やさなくちゃだめね。でも、あの子たちはあれ——ほら、あの溶けて出てきたもの——にはまったく触れてないわよ」

ゼブは歯に着信を感じる。アダムだった。あいつ、いつから歯の交信ができる身分になったんだ。

「事件があったんだね」とアダム。かちゃかちゃと金属的に響く声がかすかに聞こえる。

「おまえの声を口の中で聞くのはめちゃくちゃ気持ち悪いな」ゼブが応じる。「火星人みたいな声だ」

「そうだろうね」とアダム。「でも、今その問題は重要じゃないから。死んだ男はぼくらの父親だって聞いたけど」

「そうだ」ゼブは答える。「誰に聞いた?」会話が周囲に聞こえないように、部屋の隅に移動した。自分の歯と話している人間がいるのは、気に障るだろう。館内電話の通話機を手にしたカトリナは反対側の隅にいて、ウロコクラブ清掃チームを呼んでいる。汚物処理専門の連中もあの光景にはたじろぐはずだ。高齢者がハウススペシャルをオーダーして、問題が起きることはたまにあった——キックテイルは機能や能力の衰えた身体には刺激が強すぎる——が、今回は次元がまったく違う。いつもは心臓発作や脳卒中だ。こんなふうに泡と消えるのはかつてない事態だった。

「当然、カトリナが電話をくれたんだよ」アダムは答える。「いつも情報を流してくれるからね」

「彼女は知ってるのか?　やつがおれたちの……」

「詳しいことは話してない。彼女にはコーポレーション——特に石油系コーポレーション——の予約に関心があるって伝えてあったんだ。それで、四人組の予約を教えてくれたわけ。グループの一人にスペシャルサプライズのプレゼントが予約されたってこともね。彼らが店に来た時に、入口のカメラが自動撮影した顔写真を送ってくれてさ。すぐに彼だとわかったよ。近所にいたから、助けが必要ならばと思って店の入口まで来たんだ。今はバーのあたり、ガラス戸棚のすぐ横にいる。ほら、珍しいコルクスクリューや塩入れのコレクションが並んでる棚」

「おう」ゼブは答えて、「了解」と頼りない声で付け足した。

「どれを使ったの?」

「何のことだ?」ゼブは聞き返す。

「しらばっくれないで」とアダム。「数えたんだ。六引く三は三。白、赤、黒のどれを使った?」

「全部だ」ゼブが言う。一瞬の間。

「それはまずかったね」とアダム。「これで錠剤それぞれの成分が一層わかりにくくなった。もう少し計画的なアプローチが望ましかったな」

「どうしようもない大ばかの間抜け野郎って言わないのか?」とゼブ。「とんまで間抜けで最低なことをしでかした愚鈍って。おまえはどうせはっきり言わないんだろうが」

「思わずやっちゃったんでしょ」とアダム。「でも、もっとひどいことが起こったかもしれない。ともかく、見破られなくてよかった」

「おい、ちょっと待てよ」ゼブがことばをはさむ。「やつが店に入ってくるのを知ってたんだな?なのに、おれには何も言わなかったのか?」

「信頼してたからさ。状況に合わせて行動してくれるって」と答えるアダム。「そして、ぼくの信頼は間違ってなかった」

ゼブは憤慨した。兄貴面をしたこの姑息な野郎にはめられた。ちくしょう! だが、どんな騒動になってもうまく対処できると信頼してくれてもいた。だから、怒りだけでなく、心がほんわか温かくなり、報われたようにも感じた。ただし、〝ありがとう〟の台詞はピンとこなかったから、かわりにこう言う。

「おまえ、いつも偉そうだよな!」

「悪かった」アダムは続ける。「ほんとに申し訳なかったと思う。でも、敢えて言わせてもらうと、結果としてあの男とは永遠に縁が切れたんだ。そして、今重要なのはね、彼――つまり、彼の残存物――をできるだけたくさん集めること。クライオジーニアスのフラスケットっていうケースに入れてもらって――クライオジーニアスと契約している客のためにカトリナは手元にいくつか置いているはず。頭部用じゃなくて、全身型ケースがいい。ウロコクラブではそういう手配を済ませている中高年の顧客が多いんだ。それからもう一つ、クライオジーニアスでは今回のような「生命中断」と言われる事態が発生した場合、〝死〟ということばを使わない決まりだから注意して。もうすぐあそこのスタッフに化けてもらうからさ。生命中断になると、契約者はフラスケットの中で瞬間冷凍されて、クライオジーニアスに届けられる。そして、しかるべきバイオ技術が開発されたら蘇生されるってわけ」

「ブタも空を飛べる時代になったらってことだよな」ゼブが言う。「カトリナが巨大な製氷皿を持ってるといいが」

「必要ならバケツを使うといい」とアダム。「彼――つまり、あの液状のもの――を東海岸にいるピラーの秘密工作チームに届けなくちゃならない」

「ピラーの何だって?」

「秘密工作チーム。クリプトチームともいう。ぼくらの仲間だよ」アダムが説明する。「みんな、昼間はバイオ技術系コーポレーションで仕事をしてる。オーガンインクとか、ヘルスワイザー・セントラル、リジューブネサンス。クライオジーニアスの人もいる。でも、夜はぼくらに協力してくれてるんだ。〝クリプト〟って、生物学では擬態とかカモフラージュのこと。ほら、毛虫が目立たないように姿を変えるようにさ」

「おまえ、いつから毛虫とダチになったんだ?」ゼブが訊く。「マッドアダムのエクスティンクタソン、例の死に絶えた甲虫の名前を言えとかいう絶滅種ゲームのおばかサイトに潜んでた間に脳みそをどうにかされちまったのか?」アダムは相手にせず話を続ける。

「秘密工作チームが錠剤の成分が何だったのか、いや、何なのかを突き止める。空気感染しないといいけど。今のところ、それはなさそうだね。さもなければ、あの部屋にいた全員が感染してることになる。即効性があるようだから、感染していたらもう症状が出ているはずだ。現時点では接触感染だって、ぼくらは考えている。だから、あれ――あの残存物には絶対触らないように」

あのドロドロがついた指を自分のけつの穴に突っ込むなってことかよと思い、「そんな間抜けじゃねえぞ」と声に出す。
「その誓いを守ること。だいじょうぶだって信じてるけど」アダムが言う。「フラスケットを載せた密閉超高速列車で会おう」
「どこに行くんだ?」ゼブが訊ねる。「おまえも一緒に来るのか?」だがアダムはすでに通信を切っていた。あるいは受話器を置いたか、ログアウトした——歯の向こう側で何をしているのか、まるで見当がつかなかった。

プラスチック・フィルム防護服にマスク着用の清掃チームが吸引機でレヴを吸い取り、ほうろうのバケツに入れ、密閉・冷凍が可能な金属の保存容器に流し込む間、ゼブはその場を離れ、こざっぱりとした、少し優しげなバージョンのクマのスモーキーに変身した。黒服は焼却処分にするしかなかった。その後、高機能抗菌ソープ——ウロコガールズが使っていたのと同じもの——を使って手早くシャワーを浴びた。よく泡立てて顔やわきの下を洗い、尖った耳も綿棒できれいにした。

レヴの汚れを落とすんだ、洗い流すぞ頭から
なぜって死んでも赤いから、デッドでレッド
真っ赤っか、ベットベト、それはよかった、ベリーグー
だって父ちゃん、おしまいだ。おれは終わった、あんたも終わり
ア・ブビティ・ドゥプ・デ・ドゥプ・デ・ドゥプ・デ・ドゥ!

ゼブは軽くツーステップを踏み、腰も振ってみた。シャワーを浴びながら歌うのは好きだった。危険が迫っている時はなおさらだ。

〝越えるぞ、川をもう一つ〟清潔な黒のスーツを着ながら歌った。〝クロス・ザ・リバー、退屈の川！　汚れを取るぞ、奥歯から、フロス・ザ・奥歯〟

ゼブは仕事に戻り、カトリナ・ウーウー——今度のドレスは果物の盛り合わせで、りんごになった片方のおっぱいには魅力的な歯形が刺繍されていた——の後ろで見張りに立った。彼女はニシキヘビのマーチとともにオイルコープの幹部三人に痛ましいできごとを伝えるにあたり、まずフローズンダイキリを全員にサービスした。つまみは、〈サヤエンドウを使った本物そっくりホタテ貝〉のミニ・フライ——ラベルに〈底引き網不使用〉とあるのをキッチンでつまみ食いしたゼブは見た——、それに〈フライドポテトのチーズソースがけ〉と〈漁網不使用の小エビ〉——新種の培養エビ——のフライ。

「残念ながら、ご友人は生命が一時中断になりました」オイルコープ幹部に彼女は切り出した。「完璧な至福は身体機能に負担をかけることがございます。ところでご承知かと存じますが、あのお客様はクライオジーニアスと契約なさっていました。失礼いたしました、〝なさっています〟ですね。頭部だけではなく、全身冷凍保存のご契約です。万事つつがなく手配を済ませました。あらためまして、ご友人の生命中断に衷心よりお悔やみ申し上げます」

「知らなかったなあ」幹部の一人が言う。「クライオジーニアスか。契約者はブレスレットみたいなものを身につけるんだと思っていた。彼のは見なかったしな」

「生命中断措置の契約については、公表を望まない殿方もいらっしゃいます」カトリナはそつなく続ける。「そうした場合は、見えない場所にタトゥーを入れるのをお選びになります。私どもの業界ではもちろん、そうしたタトゥーを見逃すことはありません。通常のビジネスでのお付き合いですと、お気づきにならないかもしれませんが」一つ、彼女について感心するのは――リンゴのおっぱいを覗き込まないようにしながらゼブは思った――嘘の名人ってことだ。自分でもこれほどうまくは、やれなかっただろう。

「なるほどね」いちばん偉そうな幹部が言う。

「いずれにしましても、早めに契約の件がわかり、すぐに手配を整えることができました」カトリナは続ける。「ご存知のとおり、一連の作業はただちに始めなければ効果が得られません。幸い、当店はクライオジーニアスと特急のプラチナ特別協定を結んでおり、優先的に専門作業員を派遣してもらえます。ご友人はすでにフラスケットにお入りになっていて、間もなく東海岸のクライオジーニアス本部施設へと搬送されることになっております」

「彼と対面はできないÏ?」二番目の幹部が訊く。

「フラスケットを閉じて中が真空になると――今はその状態です――もう開けることはできません。本来の目的を達成できなくなりますので」カトリナはそう言って微笑む。「クライオジーニアスの正式な鑑定書をご用意することはできますよ。フローズンダイキリのおかわりはいかがでしょうか?」

「いやあ、まいったな」と三番目の幹部。「教会の頭のおかしい連中に何と言えばいいんだ? 〝かわいい子ちゃんを買って、ことの最中に昇天〟はまずいだろう」

「私もそう思います」カトリナはやや冷たい声で答える。彼女にはウロコクラブがそういう若い女を買う店より高級だというプライドがあった。ウェブサイトのキャッチコピーで謳っている通り、〝トータルな美の体験〟を提供する店なのだから。「ですが、ウロコとシッポは秘密を固く守る店として知られています。だからこそ、お客様のようなお目の高い紳士にお選びいただいているのです。当店ではお支払い額に見合った、いえ、それ以上のサービスを提供しております。秘密を守るためのストーリーを仕立てるのもその一つです」

「妙案はあるかね」二番目の幹部が訊く。〈漁網不使用〉の小エビをすべてたいらげ、今度はホタテ貝もどきを食べ始めていた。人が死ぬと空腹になる人間もいる。

「ヘーミン地スラムで恵まれない子どもたちのために活動している最中にウイルス性肺炎にかかったというストーリーが第一候補ですが、いかがでしょう?」とカトリナ。「広く好意的に受け入れられると存じます。もちろん、わが社の経験豊富なPR専門スタッフがお手伝いいたします」

「どうもありがとう、マダム」三番目の幹部が少し赤くなった目を細めて言う。「たいへん助かりました」

「どういたしまして」カトリナは優雅に微笑んで身体を前に倒し、握手のために腕を伸ばした。その後、上半身のいちばん魅力的な部分をこれみよがしに披露しながらも、けっして過度に露出することなく、指先にキスを受けていた。「いつでもどうぞ。お待ちしております」

「いやはや、すごい女だった」ゼブが言う。「あいつなら、親指一本で一流コーポレーションを難なく動かせたはずだ。朝飯前だったろう」

トビーはいつもの嫉妬のつる草が心臓に絡みつくのを感じる。「それで?」と訊く。

「それで何だ? ベイビー」

「彼女のウロコの下着にもぐり込んだの?」

「一生の不覚」とゼブ。「何もしなかった。試そうともしなかった。両手はポケットにしっかり入れたまま、拳を握りしめ、歯も食いしばってた。自分を抑えるのはたいへんだったが、軽いタッチさえしなかったのは、本当のことだ。ウィンクすらしなかった」

「どうして？」

「理由その一。ウロコで働いていた時は、彼女がボスだった。女性のボスと床でやりまくるってのはまずいだろ。女は混乱するからな」

「何よ、それ」トビーは言う。「まるっきり時代遅れ！」

「ああ、そうだ。どうせおれは性差別も人種差別も何でもありの、コテコテの差別主義者のブタだ。だが、ともかく本当だ。ホルモン過剰だとおかしなことになっちまう。実際に見てきたからたしかだ——たとえば、女性ボスが頭のいかれた絶倫男とセックスをするとしてだな。男の精力のおかげで二人とも理性を失い、脳天が吹っ飛び、盛りのついたラカンクのようになったり、死にかけたウサギのように叫んだりした直後に、お相手の絶倫男に命令を出す段になると、女性ボスはためらい、ぎこちなくなるって話だ。力関係が変わっちまう。「ねえ、私とやって、セックスしてよ、スピーチ原稿を書いてちょうだい、コーヒー持ってきて、あなたはクビ」ま、そんな感じだ」ひと息ついて続ける。「それに」

「それに何？」容姿であれ何であれ、カトリナ・ウーウーにぞっとするような特徴があればいいのに。もちろん会ったことはないし、九九・九九九パーセント死んでいるはずだが、ねたみやそねみに際限はない。X脚だったかもしれないし、口臭がひどかったかもしれない。音楽の趣味が超ダサかった可能性もある。ニキビが一つあっただけでも慰めになる。

「それにだな」ゼブは続ける。「アダムが恋してたんだ、彼女に。間違いない。やつの池の金魚に手は出せないよな。あいつは——やっぱり、兄貴なんだから。家族ってことだ。けじめってもんがある」

「うそでしょ！」トビーは驚く。「アダム一号が？　恋してた？　カトリナ・ウーウーに？」

「彼女がイヴ一号だった」とゼブが言う。

クライオジーニアス行きの列車

「信じがたいけど」トビーが言う。「どうしてわかったの？」

ゼブは何も言わない。つらい話なのだろうか？　おそらくそうだろう。どうすることもできないほど激しく過去が引き裂かれた今、過去について語ること自体が苦痛なのだ。

けれども、これは人類初のこととは言えない。どれだけの人間が同じ経験をしてきただろう？　誰もいなくなり、すべてが消えた後に取り残されるという経験。死体は立ち上る煙のように消え、大切に手入れをしてきたわが家は空っぽのアリ塚のように崩れ去る。死者の骨はカルシウムに還元され、その肉はバッタやネズミに姿を変え、夜の捕食動物が追いかける。

月が出ている。ほぼ満月だ。フクロウには幸運だが、ウサギには不運なこと。月が出るとウサギは頭がフェロモンでいっぱいになり、セックスに取り憑かれて危険を顧みずにはしゃぎ出す。微かに緑色の光を放つウサギが数匹、今も草原を飛びはねている。その昔、月には巨大なウサギがいると考える人たちがいて、ウサギの耳まで月面にはっきりと見ていた。ほかにも、微笑む顔を見る人たちや、かごを持った老婆を見る人たちもいた。クレイカーが天文学を学んだら、どういう結論を出すだろうか？　百年後あるいは十年後、それとも一年後の話？　そのうち学び始めるはずだ。いや、そんなことはあり得ないか。

月はこれから満ちていくのか、それとも欠けていくのか？　トビーの月齢感覚は庭師たちの教団にいた頃の鋭さをなくしてしまった。満月の夜、何度〈徹夜の祈禱〉を見守っただろう？　アダム一号がいるのに、イヴ一号がいないのはなぜか、話題にすらならないのはなぜか――時にそんなことに思いを巡らしながら。今、その答えが聞ける。

「考えてもみろ」ゼブが言う。「アダムとおれは三日間、密閉超高速列車で一緒だったんだ。レヴの銀行口座を空っぽにして別れてから、二人で会ったのはハッピーカッパの店とウロコクラブの奥の部屋、その二回だけだ。詳しい話をする暇などなかった。だから当然、やつにはいろいろ訊いた」

ワッフル状のひげは、いつも格子模様にカットする手間がたいへんだったものの、ゼブはそれなりに気に入り始めていた。だが、諦めざるを得ない。ワッフルをきれいに剃り落とし、あごひげだけが残った。派手なシャンパンブラウンに染めた髪の毛――付け毛だとすぐわかるモ・ヘア・コーポレーション初期の品――も装着した。

幸い、いかにも不自然な部分はクライオジーニアスのダサい帽子でごまかすことができた。この帽子、クライオジーニアスでは〈一時的不活性化お世話係〉――昔なら「葬儀屋助手」――と呼ばれるスタッフがかぶるもので、魔術師や魔神を思わせるターバンの形をしていた。色は赤系統で、前面は炎がモチーフのデザインだった。

「永遠に燃える命の炎ってことだ」ゼブが言う。「あの三流マジックショーみたいなボロいかぶり物を見せられた時、「冗談だろ！　おれは頭に茹でたトマトなんか載せないぞ！」って言ってやった。だが、あれのよさはすぐにわかった。ターバンを頭に載っけたあの制服姿――パジャマか空手着みたいな紫色の服で、胸にはクライオジーニアスのロゴが付いていた――を見れば、おれは図体だけでかくて、ほかの仕事には絶対ありつけないうすのろ間抜けだって、誰もが思ったはずだ。列車内でフラスケットのお守りをする仕事がせいぜい――哀れなもんだろ？「誰も予想できない場所にいれば透明人間になれる」って、あのスレイト・オブ・ハンドおやじがよく言ったもんだ」

アダムも同じ制服を着ていたが、やつのほうがよほど間抜けに見えて、それには多少慰められた。だが、一体誰に見られるっていうんだ？　フラスケット――内部を氷点下に保つため、特別な発電機に接続してあった――と一緒にクライオジーニアス専用車両にずっと籠もっていただけだ。クライオジーニアスは最高のセキュリティを提供するってのが自慢だった。というのも、炭素構造体たる自らの身体を愛する顧客たちの心配は、身体の一部だけでなく、ＤＮＡまで盗まれることだったから。連中の間では、アインシュタインの脳が盗まれた事件は忘れられていなかった。

こうした事情で、フラスケットの輸送にあたっては武装警備員が同行する決まりだった。クライオジーニアスの正規業務の場合、強大化しつつあったコープセコーのメンバーがスプレーガンで武装して警護につく。だが、今回の奇妙な業務はすべてがいんちきだったから、警備員としてついて来たのはモーディスというウロコクラブのマネジャー。彼はこの役柄にぴったりだった。屈強な身体、黒光りする甲虫のようにキラキラした目、そして笑顔は落石のように感情がなかった。

ただし、モーディスの手にある武器は本物ではなかった。秘密工作チームは制服をそれらしく仕立てることはできたが、可動部分に三重の安全装置がついた武器の複製は無理だった。もっとも、発泡スチロールに色づけした模造スプレーガンはうまくできていたから、殴り合いをするような距離に近寄らないかぎりまったく問題なかっただろう。

といって、一体誰が近寄ってくるんだ？　一般人には、遺体を高速移送する通常業務にしか見えなかったはずだ。いや、〝生命の一時中断措置対象者を舟に乗せ、生命の岸を出て、生命の岸に回帰する旅に付き添う作業〟とでも言うべきか。まったくもって長ったらしく、言いにくい名称だが、クライオジーニアスはこの手のばかばかしい言い回しが得意だった。事業内容を考えれば、当然だ。その売り上げは、人々の騙されやすさと根拠のない希望を当てにしていたのだから。

「あんな奇妙な旅をしたことはない」ゼブが言う。「アラジンみたいなかっこをして、鍵のかかった車両に兄貴と二人で座って。潰れたカボチャの半分を頭に載っけたおれら二人の間にあるのは、スープ状の親父が入ったフラスケット。スープには骨や歯も入ってたがな。ああいうものは溶けなかった。ウロコクラブでは骨についてちょっとした悶着があった——当時、ヘーミン地の闇社会では人間の骨にいい値段がついていた。人骨を彫ったアクセサリーが流行ってたんだ、ボーンブリンって名前で。だが、冷静で頭もまわるアダムとカトリナ、それと、はばかりながら不肖このおれさまは骨で儲けようと興奮する連中に反対した。煮沸しても微生物が残るかもしれなかったし、そもそも微生物の正体がわかっていなかったんだから」


〝ティスケット、タスケット、緑と黄色のフラスケット〟〔アメリカに伝わる童謡の替え歌〕ゼブは歌った。

アダムは小さなノートと鉛筆を取り出し、こう書きつけた。〝発言には気をつけて。おそらく盗聴されているから〟

書いたものを手で隠しながらゼブに見せた後、それを消してさらに書く。〝歌わないで。とてもイライラする〟

ゼブはその小さなノートをよこせと合図する。アダムは少しためらったが、手渡した。ゼブは〝ＦＵ＋ＰＯ〟と書き、その下に〝ばか野郎《ファック・ユー》＋やなこった《ピス・オフ》〟と付け加える。それから〝もうセックスできたか？〟と。

アダムは読んで赤くなった。彼が赤面するのを見るのは新鮮な驚きだった。そんな姿を一度も見たことがなかったから。アダムはもともと肌が蒼白く、毛細血管が見えそうなほどだった。こう書いてよこした。〝余計なお世話〟

ゼブ〝ははは、相手はKか？　金は払ったのか？〟　長いこと、アダムの恋心をうすうす感じていた。

アダム〝あの女性についてそんなふうに言うのは許さない。ぼくらの活動をずっと献身的に支えてくれた人だ〟

〝どんな活動だ？〟と応じるべきだった。そうすれば、もう少し情報を入手できたにちがいない。だが、こう書いた。〝ははは、図星かよ。ホールインワンでおれの勝ち　笑　少なくともゲイじゃないんだな！　笑笑〟

アダム〝下品以下だね〟

ゼブ〝おう、そうだ！　気にするな、おれだって真実の愛をリスペクトしてるんだ〟そして、ハートを描き、花も添えた。続けて〝彼女がえらく気取ったフェラチオ専門店の経営者だったとしてもな〟と書くところだったが、考え直した。アダムがかなりムカついている様子だったので、自制心を失って人生ではじめて殴りかかってくるかもしれない。液体と化した自分たちの父親の上で見苦しい喧嘩になれば、後味が悪くなるのはわかっていた。なぜかって、アダムを殴り倒すことなんかできないから——たぶん。そうすると、この青白い弱っちいチビに殴られるしかなくなるわけだ。

アダムは落ち着いたように見えた——あのハートと花が効いたのかもしれない——が、怒りはまだ収まっていなかった。書き込みのあるノートの頁をすべてくしゃくしゃにすると、びりびりに破いてトイレに行き——ゼブが思うには——線路上に流した。どこかのスパイ気取りのばかが紙片を拾い集めて何とか復元できたとしても、めぼしい情報は何ら見つからなかったはずだ。いかにもフラスケット付き添い人が顧客には聞こえないところで暇つぶしに話しそうな軽いノリの下品な話ばかりだった。

その後、二人はことばを交わすことなく旅は続いた。アダムは腕を組み、眉をしかめながらも、聖人ぶった表情を浮かべ、ゼブのほうは窓の外を大地が流れ去る間ずっと小声で歌っていた。

東海岸では、クライオジーニアス専用車両をピラーが出迎えた。彼女は遺体――いや、一時的に生命を中断した顧客というべきか――を気遣う親族を装っていた。秘密工作チームのメンバーと思われる者も三名いた。

「二人はおまえも知ってる」とゼブが言う。「カツロとマナティー。三人目は若い女で、その後クレイクが拉致したマッドアダマイトの一人だ。あいつがクレイカーを設計して、パラダイス・プロジェクトのために頭脳奴隷を集めていた頃の話。その女は逃げようとして高架橋から落ちて、最後は車にぐしゃぐしゃにされちまった。まあ、そうとしか考えようがない。だが、そんなことすべてが起きる前だった」

ピラーはうそ泣きをしてハンカチを目に当てる。ミニドローンやスパイウェアで監視されている可能性を考えてのことだ。少しして、車体の長い車にフラスケットを積み込む際、彼女は目立たぬように指示を出す。クライオジーニアスでは、この手の車両を「霊柩車」ではなく、「L2LS」――ライフ・トゥー・ライフ・シャトル――と呼んでいた。車のボディは茹でトマトの色、ドアには永遠に燃え尽きることのない力強い炎が描かれ、祝祭ムードを損なう暗い要素は一切なかった。

レヴの入ったフラスケットはL2LSに積まれ、警備が最高度に厳重なバイオサンプリング施設――クライオジーニアスにはサンプリングの設備がなかったので、ヘルスワイザー・セントラルの施設――に向かった。ピラーが同乗し、ゼブも付き添う。モーディスは着替えて、この地域のウロコとシッポクラブに向かったようだ。少しタフで強面のマネジャーを探しているとの話だった。

アダムも街着に着替えたが、ますます奇妙なスタイルだった。ともかく、ヘーミン地の闇社会で何やらやるべきことがあるらしく、そそくさと出ていった。出かける前に、塩入れガールから取り出した白のビショップをピラーに渡した。彼女のチームは感染の心配なく検査できる設備をようやく準備できたので、錠剤の成分を詳しく調べようとしていた。

ゼブには新たなIDが与えられた。ヘルスワイザー・セントラルに潜入する予定で、ピラーが事前に手配をしてくれていた。

「頼みがある」L2LS内を完全にチェックし、スパイウェアはないとピラーが告げると、ゼブは言う。「DNAを調べてくれ。レヴ――フラスケットの中のやつだ――とおれのDNAを」レヴは実の父親ではない。子ども時代のこの考えを、いまだに捨てられずにいた。そして今が事実を知る最後のチャンスだった。

お安いご用よ、とピラーは応じる。綿棒がなかったのでティッシュペーパーで間に合わせることにして、口の中をこすって手渡すと、彼女はそれを慎重にビニールの袋に入れた。袋には乾燥したエルフの耳のように見えるシワシワで、黄色いものが入っている。

「それは何だ?」彼は訊ねる。本当は「ファック、一体何なんだそれは?」と言いたかったが、ピラーの前では悪態をつくのがためらわれた。「宇宙から来たグレムリンか?」

「アンズタケ」と彼女。「キノコ、食用キノコの一つ。にせアンズタケと間違えちゃだめよ」

「じゃあ、DNA検査でおれはキノコって結果が出るのか?」

ピラーは笑う。「その可能性はかなり低いわね」

「わかった」とゼブ。「アダムにもそう言っといてくれ。おれはキノコじゃないって」

ただ、問題がある――夜になって彼は思った。殺風景だが、まずまず快適なヘルスワイザー・セントラルの寝室で眠りに落ちながら――そう、ひとつ大きな問題は、ピラーのDNA鑑定で、レヴとの間に親子関係不存在という結果が出たら、アダムは兄貴じゃなくなるってことだ。アダムとのつながりが切れてしまう。血縁ではなくなるのだ。

つまり、

フェネラ＋レヴ＝アダム。
トゥルーディ＋正体不明の精子ドナー＝ゼブ。
＝共通ＤＮＡの不在。

これが真実だとしたら、本当に知りたいだろうか？

ルミローズ

ゼブのヘルスワイザー・セントラルでの新しい肩書きは〈一級消毒員〉だった。渡された二着のどぎつい緑色のつなぎの胸には、ヘルスワイザーのロゴに加えて蛍光オレンジで〝D〟という消毒員《ディスインフェクター》の頭文字が入っていた。ほかに支給されたのは、頭皮からはがれ落ちる老廃物で上役のデスク周りを汚さないためにかぶるヘアネット、鼻を覆う円筒型フィルター——このノーズ・コーンをつけた顔はアニメのブタに見えた——に、液体をはじくナノバイオフォーム防水手袋と作業靴をありあまるほど。そして、これがいちばん重要なことだが、マスターキーも渡された。

ただし、入手できたのは事務管理棟の鍵だけで、別棟にある実験室には入れなかった。それでも、手先の器用な正義のハッカーなら、潜入先の秘密工作チームから渡された入力コード数行をもとに、管理の甘いコンピュータからすごい情報を盗み出せないともかぎらない。すべては善良なる市民たちが、不倫相手のベッドで熟睡する——ヘルスワイザーでは夫婦関係がいたってだらしなく、誰もがやりたい放題だった——深夜の作業になる。

その昔、消毒員というゼブの仕事は「清掃員」と呼ばれていた。その前は「用務員」、さらにその前は「掃除のおばさん」。それが二十一世紀になって、極小生命体を意識したネーミングになった。業務を行うにあたっては、厳しいセキュリティチェックを受けなくてはならない。というのも、敵対的なコーポレーション——おそらくは異国の——が必ずや泥棒兼ハッカーを下級職員に仕立てて送り込み、手当たり次第にものを盗ませるだろうから。

「消毒員」と認定されるには、ばい菌はどういう場所に潜むか、それをどうやって叩きのめすか等々、最新のミニ情報を詰め込んだ研修を受けることになっていた。むろんゼブは受講しなかったが、仕事を始める前にピラーが短期集中で特訓した。

ばい菌はトイレの便座、床、シンク、ドアノブという誰でも考えつく場所に付着していると言われていた。当たり前の話だ。さらに、エレベータのボタン、電話の受話器、コンピュータのキーボードにも。だから、こうしたものをすべて抗菌クロスで拭き、除菌光線を照射し、廊下の床拭きをする。さらに豪華仕様のオフィスでは、カーペットのほこりであれ何であれ、毎日のロボット清掃で除去しきれなかったものをすべて吸い取る必要がある。ロボット掃除機は常にそこらで稼働中で、壁のコンセントに戻って充電しては再出動し、人がつまずかないようビープ音を出しながら前後左右に動いていた。巨大なカニでいっぱいの海岸を注意しながら歩く、そんな感じだ。ゼブは廊下に一人でいる時、ロボット掃除機を遠くに蹴り飛ばしたり、ひっくり返してどれだけ早く起き上がれるか見て楽しんでいた。

制服だけでなく、名前もホレイシオと新しくなった。

「ホレイシオ?」トビーが訊く。

「ここは笑うところじゃないぞ」ゼブは釘を刺す。「国境の壁の下を通り抜けてきた半ば違法移民のメキシコ系テキサス人の一家が息子に功成り名を遂げてほしくてそんな名前をつけるんじゃないかって、誰かが考えたんだ。おれは少しそっち系だと見られてたからな。まあ、そのDNAの混じった混血かもしれなかったし。少し後で本当にそうだとわかったんだが」

「ああ」トビーが言う。「ピラーがDNA鑑定をしたのよね」

「そういうことだ」とゼブ。「だが、結果を聞くまで少し時間がかかった。彼女はおれと一緒のところを見られるわけにいかなかったから。だいたい、おれのことを知ってるはずがないだろ? ともかく、ちょっとした調整が必要だった。お互い、シフトも違ったし。それで、おれの細胞サンプルを渡した時に、連絡の手筈を決めておいたんだ。

それより前の話になるが、おれがクライオジーニアス行きの列車に乗ってる間に、ピラーはおれの〈消毒員〉用のIDを準備してコーポレーションのデータシステムに入力したから、おれが彼女のラボ前廊下にある女性トイレの担当だとわかってた。夜のシフトだった――男女一緒だと、お触りだの悲鳴だのが起きやすいっていう管理部門の判断で、夜間の消毒員は男だけ。だから、夜はおれの天下で何でもできる。そして、左から二番目の個室をチェックすることになった」

「メモをトイレのタンクに残すとか？」

「それだと見え見えだ。タンクは定期的に点検されてたし。あんなところに重要なものを隠すのはド素人のやることだ。情報の受け渡しは、個室にあるサニタリーポットとかいう四角いごみ箱を使った。ほら、トイレに流せないものを入れるやつ。メモは使わなかった。誰でも読めるからな」

「じゃあ、合図みたいなもの？」トビーはどんな合図だったのかと考える。一つなら喜び、二つは悲しみ？　だけど、一つ、二つって、何を使ったの？

「ああ、その場にあっておかしくないもの。だが、普通とも言えないものだ。そして、彼女はピットを選んだ」

「ピット？　どういうこと？」トビーはピットをいろいろ想像する。わきの下《アームピット》のピット？　地面のくぼみ？「ひょっとして、モモなんかの種《ピット》？」彼女は試しに言ってみる。

「そう、種だ。女たちがトイレでとる昼食の残りみたいな感じで。秘書らしき女たちに多かったな――やすらぎと静寂を求めて、個室に座って昼メシを食う。サニタリーポットの中には時々サンドイッチの残りが入ってた。ベーコンの切れっ端とか、チーズらしきもののかけらとかも。ヘルスワイザーじゃ、すべてが時間との勝負。下っ端になるほどプレッシャーが強くなるから、息抜きが必要だったんだろ」

「で、どんな種を使ったの？」トビーは訊ねる。「イエスの種とノーの種があったわけ？」ピラーが何を考えるか、いつも興味をそそられた。行き当たりばったりに果物の種を選んだはずがなかった。

「モモの種はノー。レヴとは血縁関係がない。ナツメヤシの種はイエス。レヴは残念ながら実の父親で、鑑定結果に泣けってことだ。つまり、おれは少なくとも半分サイコパスなんだから」

モモの選択にトビーは納得する。というのも、神の庭師たちの間では、モモはエデンの〈生命の果実〉だった可能性があるとして高く評価されていたからだ。もちろん、庭師たちがナツメヤシや化学肥料なしで育てられたほかの果実を軽んじていたわけではないが。

「ヘルスワイザーでは高価な果物が入手できたのね、きっと。当時、モモとリンゴの生産量は激減していたはずよ。ハチの大量死が起きていた頃だから。プラムの収穫も少なくなって。柑橘類も」

「ヘルスワイザーは大儲けしていた」ゼブが言う。「まさに荒稼ぎだった。ビタミン剤・医薬品部門が稼ぎ頭。そのおかげで、サイバー授粉された外国産の果実も購入することができたんだ。新鮮な果物が手に入るのはヘルスワイザーで働くメリットの一つだった。もっともお偉方限定だったが」

「ねえ、どっちだったの」トビーが訊く。「種のことだけど」

「モモ。二つあった。ノーの強調だ」

「どう思った？」

「高価な果物の種が必要以上に入ってたことか？」ゼブははぐらかし、気持ちを明かさない。

「お父さんが本当のお父さんじゃなかったことについては？」トビーは諦めずに訊く。「何か感じたはずよ」

「ああ。感じたのは〝やっぱりな〟ってこと」ゼブは答える。「いつだって自分が正しかったってわかるのはいいもんだ。誰だってそうだろ？　それに、罪悪感も少し和らいだ。何たって泡にして死なせたんだから」

「罪の意識があったの？」トビーが訊く。「実のお父さんだったとしても、あの人は……」

「ああ、わかってる。だが、それでもだ。血は血液よりも濃いんだろ。死なせたことが気にはなっていた、多少な。残念だったのはアダムとの関係。突然、あいつとの縁が切れちまった。遺伝子のつながりってことだが」

「彼には伝えた？」

「いいや。おれにとっちゃ、やっぱ兄貴だったから。頭でつながった双子。似ているところがたくさんあったし、経験や記憶も共有してたから」


「ベイビー、ここからはおまえにとってちょっといやな話になる」とゼブが言う。

「ルサーンの話？」トビーは訊ねる。ゼブはばかではない。庭師たちの教団での同棲相手ルサーンを彼女が嫌っているのではないか――ずいぶん前からそう感づいていたにちがいない。〈ザ・むかつく女〉ルサーン。全員参加の草むしりをさぼり、女たちの裁縫グループも欠席し、しょっちゅう頭痛を身勝手な言い訳として使い、ゼブを独占しても不満たらたらで、レンの育児を放棄するネグレクト・マザー。ITおたくのトップ技術者と結婚し、一時はヘルスワイザー・コーポレーションの住人だった官能的な女。ろくでなしのゼブと駆け落ちした恋愛ファンタジスタのルサーン。それというのも、美女のヒロインがそんな逃避行をする映画を見過ぎたせいだ。

ルサーンによれば、ゼブは激しい欲望に身を焦がし、狂ったように彼女を求めたという。アヌーユー・スパの庭師としてルミローズを植えていた時、彼はピンクのネグリジェ姿のルサーンを見て情欲のとりことなり、そのまま二人は朝露に濡れた芝の上で激しくセックスしたそうだ。教団で、トビーはルサーン本人からこの話を何度も聞かされ、聞くたびに嫌になった。今、柵から身を乗り出して芝につばを吐いたら、ゼブとルサーンがはじめて転げ回った場所にピタリと命中するかもしれない――少なくとも、かなり近くに。

「ああ、そうだ」とゼブ。「ルサーンについてだ。おれの人生で次のできごとと言えばあいつだからな。何ならこの部分は飛ばしてもいいぞ」

「ううん、平気」トビーは答える。「あなたの口から話を聞いたことがないし。ルサーンからはね、ルミローズの花びら散らしの話を聞いたわよ。どきどきして横たわる彼女の上に花びらをまき散らしたっていう話」うらやましさが声に出ないよう気をつけたが、むずかしい。トビーの身体にルミローズの花びらをまき散らした、あるいはそんなことを考えた男がこれまでにいただろうか？　答えはノーだ。花びら散らしみたいなことは彼女の性分に合わない。大切な瞬間をぶち壊しかねない――「何やってんの、その間抜けな花びらで？」あるいは、笑い飛ばして雰囲気を台無しにするかもしれない。今は口をつぐみ、意見も差し控えよう。さもないと、物語を聞き逃してしまう。

「ああ、あれか。花びらを散らすのはごく自然に出てきたことだ。ほら、マジックショーの世界にいたから」ゼブが釈明する。「注意を逸らすミスディレクション・テクの一つだ。ともかく、あいつは本当のことも少しは話したようだな」

だが、ゼブとルサーンが互いを見そめたのはアヌーユー・スパではなかった。出会いはゼブが清掃業務を割り当てられ――そして実際、掃除していた――女性トイレ。彼は金属製サニタリーポットに手を突っ込んで、モモであれナツメヤシであれ、種をあさっていた。種はなかった――ピラーはレヴの遺伝子鑑定の結果をまだ入手していないか、必要な種を集められずにいたのだろう。それで、そのまま左から二番目の個室から出てきた。その時、女性トイレに飛び込んできたのが他ならぬルサーンだった。

「真夜中だったんでしょ?」トビーが訊ねる。

「そうだ。この女、一体何をしてるんだ? おれもそう思った。こいつがおれみたいに秘密で活動する正義の闘士だとしたら、こんな場違いなところで見つかるのは能力不足だ。それとも、ヘルスワイザーの重役と一発やってたか。建物へのアクセスキーを渡されて、重役室のふかふか高級絨毯の上で男と転げ回る――その間、男は夜遅くまで残業、女はジムにいるってことにして。だが、それにしても遅すぎた」

「両方だったのかも」トビーが言う。「セックスと正義の両方」

「ああ、相性がいいよな。それぞれがもう一方の言い訳になる。〝ちがうのよ、盗みを働いてたんじゃないわ、旦那に内緒で浮気してただけ〟〝まさか、ちがうわ。浮気なんてしてない、ちょっとしたものをくすねていただけ〟ってな具合だ。だが、あれはどう見ても一番目のほうだった。状況からみて間違いなかった」

防水手袋に宇宙人のような円筒形マスクをつけたゼブが個室から飛び出てくるのを見て、ルサーンは叫び声を上げた。彼女が叫ぶのはその晩はじめてではない、というのがゼブの見立て。顔は紅潮し、息は上がり、髪も着衣もだらしなく乱れていた。ボタンだって外れていたかもしれない。洒落た言い方をするなら、しどけない姿ってところか。言うまでもないことだが、すごく魅力的に見えた。

ああ、言うまでもないこと、とトビーは思う。

「婦人用化粧室《レディーズ》で何をしているの?」ルサーンは咎めるように言った。まず相手を責めて先手を取る。

まずい現場で見つかった時の鉄則だ。あいつは婦人用化粧室《レディーズ》と言った。女性用トイレ《ウィメンズ》ではなく。それが一つの手がかりだった。

「何の手がかり?」トビーが訊く。

「彼女の性格。台座に祭り上げられて、皆に称賛されたい台座コンプレックスだってこと。婦人ってのは女性よりも格上に聞こえるしな」

ゼブは円筒形マスクをおでこのほうに押し上げた。すると今度は角がやや丸くなったサイに見えた。

「おれは消毒員だ」と言い、もったいぶって偉そうに「一級資格の」と付け足した。つい今しがたまで別の男とやってたにちがいない派手でいい女には、男を偉そうに振る舞わせる何かがある。自尊心が傷つけられる反動かもしれない。「で、あんたはここの建物で何をしてるんだ?」ゼブも咎めるように問い返す。結婚指輪に気がつき、ははん、と思った。かごの中の雌ライオンか。退屈から逃げ出す日が必要なんだな。

「仕上げなくちゃならない仕事があったの」ルサーンはもっともらしいうそをつく。「ここにいるのは百パーセント規則に適った正当なことよ。通行証もあるわ」ゼブは提示を求めてさらに追及することもできたが、こんな嘘っぱちの状況で〝正当〟なんていう表現を使える女に感心して、それ以上問い詰めることはしなかった。それに警備部門に連行したら、彼女の夫に端を発して調査が始まり、不愉快な騒ぎの影響は彼女の浮気相手にもおよんだはずだ――それに、考えてみれば――ゼブ自身がクビになる可能性もある。だから、そのまま逃がすことにした。

「OK、わかった。悪かったな」ゼブは適度に卑屈な様子を見せて謝った。

「わかってくれたところで、ここは〝婦人用〟なのよね。少し一人にしてほしいんだけど、ホレイシオ」彼女は名札の名前を指でなぞりながらこう言った。そして、彼の目の奥をのぞき込む。それは懇願の眼差しだった――〝私のことを告げ口しないで〟――と同時に、約束でもあった――〝いつの日か、私はあなたのもの〟約束を守るつもりがあるかはわからないが。
うまいもんだ――ゼブは思いながらトイレを出た。

その後、二人が再会した時――場所はヘリテージ・パークの真ん中に完成したばかりのアヌーユー・スパ、時は夜明け前、新しく芝を植えた庭で、裸足のルサーンは透け透けのネグリジェでかろうじて身体を覆い、ゼブのほうは男根を思わせる鋤と強い輝きを発するルミローズの株を手にしていた。そして、彼女はゼブに気がついた。以前は名前がホレイシオだったはず――だが、奇妙なことに今はアヌーユー・スパの庭師で、名札にはアタッシュと書かれている。

「ヘルスワイザーにいたわよね」彼女は話しかける。「でも、あの時は……」ことばが途切れたのは、彼がキスをしたからだ――激しい情熱に突き動かされるかのように。当然だ。話とキスを同時にはできない。

「当然、ね」トビーが言う。「誰になるつもりだったの？　〝アタッシュ〟って何？」

「イラン人。祖父母は移民。いいだろ？　二十世紀後半には移民が大勢いた。本物のイラン人と出くわして、そいつが家系や出身地を訊いてこないかぎりは安全だった。それでも万一のことを考えて、自分の生い立ちは暗記しておいた。よくできた話だったぞ――行方不明者や残虐行為の話題も盛り込んで、時間や場所の矛盾があっても説明できるようになってた」

「つまり、ルサーンはアタッシュと出会って、本当はホレイシオなんじゃないかって疑ったのね」とトビー。「あるいは、その逆かもって」つらい部分はさっさと切り上げたい。ひょっとしたら、ルサーンがトビーに幾度となく語った、ひりひりするような情熱的なセックス、それに花びら散らしの話も聞かずに済むかもしれない。

「そうだ。まずい展開だった。ヘルスワイザーからはすぐに姿を消さなくちゃならなかった。コンピューターの一台にアラームが設定されてたんだが、気づくのが遅すぎて、侵入が感知された。おれが使った時にアラームを作動させたんだろう。その時間帯に建物にいた人物を特定する調査が始まり、じきにおれだとわかっちまう。それで、マッドアダムのチャットルーム経由で緊急の支援要請をしたら、秘密工作チームがアダムに連絡した。おかげで、あいつの協力者がアヌーユー・スパの庭師の仕事を手配してくれたんだが、それは一時しのぎで、すぐに逃げ出す必要があった」

「つまり、彼女はあなたの素性がおかしいって知っていて、あなたは彼女が知ってることを知ってて、そして彼女は彼女が知ってることをあなたが知ってることを知ってたってこと」トビーが言う。「芝生で出会った時」

「そのとおり。選択肢は二つあった。殺すか、誘惑するか。好ましいほうを選んだわけだ」

「そうね」とトビー。「私も同じことをしたと思う」便宜上、誘惑しただけ。彼はそう聞こえるように話したが、二人ともそれだけではなかったことを知っている。ピンクの透け透けネグリジェ、それが理由だった。


ルサーンはある意味で疫病神だった、とゼブが言う。と同時に、幸運の女神でもあった。なんと言っても、やっぱりあの女は――

「そこは省いていいわ」トビーがさえぎる。

「OK。短縮バージョンだな。あの女はおれのタマを握ってた。そうだ、おれを支配してたんだ。だが、トイレで会ったことをおれがチクらなかったから、多少は恩返しする気になってたようだ。おれが優しく相手してるかぎりって話だが。そのうち、あいつはおれにつきまとうようになった。あとはおまえも知ってるだろう。初対面の時にブタの鼻をつけていた謎の男と駆け落ちする羽目になったわけだ。

しばらくは一緒にヘーミン地路地裏の闇を転々としていた。最初のうちはあいつもそれがロマンチックだと思ってたようだ。幸い、誰一人——コープセコーでってことだが——彼女が消えたことを問題視しなかった。あいつはデータの類を一切盗まなかったからな。退屈だって理由で構内から逃げ出す主婦は珍しくなかったし。コープセコーの下では個人の生活などないようなものだったが、この手の行方不明は個人の問題とみなされた。夫が騒ぎたてないかぎり、連中はほとんど気にもかけなかった。そして、ルサーンの旦那は騒がなかった。

困ったのは、ルサーンがレンを連れてきたことだ。かわいい子で、おれは好きだった。だが、ヘーミン地の路地裏はあまりに危険だった。ああいう子どもは通りを歩いているだけで、児童売春で商売している連中に誘拐される危険があった。大人と一緒にいたとしてもだ。ヘーミン地のドブネズミギャング同士の乱闘が始まり、シークレットバーガーのレッドソースが空中を飛び交い、スタンドだのソーラーカーだのがひっくり返り——騒ぎを起こして親の注意を逸らすミスディレクションだ——そして、ふと見ると子どもがいなくなってる。そんな危ない真似はできなかった」

ゼブは耳の形、指紋、虹彩をさらに修正し——ヘルスワイザーのコンピュータをのぞき見していたことが発覚して、連中は彼を探しているはずだった——そして……

「そして、三人で神の庭師たちの教団に現れたのよね」トビーが言う。「覚えてるわ。最初見た時から、何やってるんだろうって思った。ほかのみんなから完全に浮いていたから」

「つまり、もろもろの誓いを立てたり、生命の秘薬を飲んだりしてなかったって意味か？　神はあなたを愛し、そしてアブラムシも愛するとか？」

「まあ、そういうこと」

「たしかに、それまで教団っぽいことは何もしてなかった。だが、アダムはおれを受け入れざるを得なかった。そうだろ？　兄弟なんだから」

「その頃すでにアダムは、見世物小屋みたいなエコ狂いのグループを組織して、活動を始めていた」ゼブは話を続ける。「場所はエデンクリフ屋上庭園。おまえがいた。それから、カツロやレベッカ。ヌアラ――彼女はどうなったんだ？――それに、助産婦のマルシュカと他の連中も。そしてフィロ。あいつのことは残念だった」

「見世物小屋？」トビーは聞きとがめる。「それはひどいわ。神の庭師たちは絶対、それ以上のものだったわよ」

「ああ、そうだな」ゼブも同意する。「たしかにそうだ。だが、ヘーミン地のスラムの連中にとっちゃ、見世物小屋も同然だった。教団には好都合だったはずだぞ。無害で、頭がおかしくて、貧乏だと思われるってことは。その評判を変えるためにアダムは何もしなかった。それどころか、煽ってたくらいだ。やつは地味だが人目を引く衣装――まるで頭のおかしいリサイクル・マニアに見えた――を着込み、いかれた賛美歌を歌う聖歌隊を従え、ヘーミン地を練り歩き、シークレットバーガーの屋台の前でウシやその仲間への愛を説教した――ロボトミーの手術でも受けないかぎり、あんな行動はできっこない。それが街での評価だった」

「彼の活動がなかったら、今の私はないわ」トビーが言う。「通りで乱闘になった時に彼と庭師の子どもたちが助け出してくれたのよ。当時、私はシークレットバーガーで働いていた――というより、逃げ出せずにいたの。支配人につきまとわれてて」

「お前のまぶだちのブランコか」とゼブ。「ペインボールを三度生き残ったやつだったよな」

「そう。あいつに好かれた女の子はみんな死んじゃった。そして、次は私の番だった。すごく暴力をふるうようになっていて、もうじき殺されると思った。それがわかってた。だからアダム――私にとってはアダム一号だけど――にはものすごく恩義があるのよ。見世物小屋だろうが、何だろうが」弁解するように言う。

「誤解するなよ」ゼブは言う。「あいつはおれの兄貴。意見の対立もあったし、何をやるんでも、奴には奴の流儀があって、おれにはおれの流儀があったってだけだ。あいつをばかにしてるわけじゃない」

「ピラーのことは言わないのね」トビーは話をそらす。アダムの批判を聞くのは気詰まりだった。

「彼女もいたわ。エデンクリフに」

「ああ、とうとうヘルスワイザーに耐えられなくなったんだ。アダムにとってピラーが送ってよこす内部情報はすごく貴重だった――誰がコーポレーションを逃げ出して、善の世界、つまり自分の元に来そうか、知りたがってたからな。だが、彼女にはもう限界だった。名ばかりの法と秩序をコープセコーが牛耳るようになってからというもの、コーポレーションは思うがまま、何でもぶっつぶして、消滅させることができるようになった。連中の金儲け根性はひどいストレスになり、彼女のことばを借りれば、魂が蝕まれていたんだそうだ。

　秘密工作チームが彼女を手伝って、誰にも怪しまれずに逃げ出すためのお膳立てをした――不幸なことに、彼女は心臓発作で帰らぬ人となり、その遺体を入れたフラスケットはすぐにクライオジーニアスに送られたって話。だが、そのすぐ後にヘーミン地の場末にある共同住宅の屋上で、ずた袋みたいな服を着て秘薬を調合してたってわけだ」

「キノコの栽培もしていたわ。ウジ虫のことやハチの飼育についても教えてくれた。教えるのが本当に上手で」トビーはしょんぼりと言う。「人を説得する力があった。彼女に言われて私はハチに話しかけるようになったのよ。彼女の死をハチたちに伝えたのはこの私」

「ああ。よく覚えてる。彼女は口からでまかせを言ってたわけじゃないんだよな」とゼブ。「ある意味、すべて本気で信じてたわけだ。だから、ヘルスワイザーであんな危険を冒したんだ。グレンの親父がどうなったか覚えているだろ？　彼女だって高架橋から転落してたかもしれない。連中につかまってたら――ましてや錠剤が三つ入った白のビショップを持ってたら……」

「ピラーがずっと持ってたの？」トビーが訊く。「分析させるんだと思ってた。アダムから受け取った後」

「危険すぎるって判断したんだ」ゼブが答える。「錠剤の中身が何であれ、それを取り出すのはともかく危険だってな。その一方で、処分するにもその方法がわからなかった。だから、ヘルスワイザー・セントラルに彼女がいる間はずっとビショップも一緒だった。そして、出ていく時に自分で彫ったチェスセットの白ビショップにしのばせて持ち出した。おれたち、あのセットでチェスをしたよな、おれが怪我して、まだ復帰できずにいた時。アダムに指示されたヘーミン地での仕事でさんざん切りつけられた後のことだ」

トビーは思い浮かべる。もやのかかった午後、木陰のゼブ。彼の腕。死を運ぶ白のビショップを動かす彼女自身の手。あの時は何も知らなかった。

「あなたはいつも黒の後手を選んだわね」と彼女は言う。「ピラーが死んで、あのビショップはどうなったの？」

「遺言でチェスセットはグレンのものになった。手紙もついてた。あいつがまだ小さかった頃、ヘルスワイザー・ウェストでピラーにチェスを教わっていたからな。彼女が死んだ当時、あいつの母親はピートおじさんとかいう以前の浮気相手と再婚して、ヘルスワイザー・セントラル勤務に昇格していた。ピラーは秘密工作チームを通じてグレンとの連絡は絶やさなかったんだ。ガン検診もあいつが手配して、そのおかげで末期だとわかった」

「手紙には何て?」

「封がしてあった。ビショップの開け方が書いてあったんじゃないか。盗もうかとも思ったが、アダムががっちり管理していたから」

「じゃあ、アダムは全部渡しちゃったの? 錠剤入りの駒の混じったチェスセットをそのまま? グレン——つまり、クレイクに? まだ十代の子どもだったでしょ?」

「年の割に大人だって、ピラーは言ってた。そして、アダムはピラーの最後の望みをかなえてやるべきだと思ったようだ」

「それであなたは? 私がイヴになる前のことだけど、あなたはもう役員会のメンバーだった。役員会では重要な問題を議論したでしょう? あなたにも意見があったはずよ。あなたはアダム——アダム七号だったんだし」

「みんなアダム一号に賛成した。だが、おれはまずいと思った。あのガキがよくわかりもしないまま、あの錠剤を誰かに試したらどうする? そうだ、おれがやったように」

「試したのよね、しばらくして」トビーが言う。「自分の作った薬も加えて。それがブリスプラスのもとになったのよ、きっと。至福の快感後に起きる反応を試したんだわ」

「ああ」とゼブ。「おれもそう思う」

「ピラーはわかっていたのかしら? 微生物だかウイルスだか知らないけど、そういうものを彼が何に使おうとするか」彼女は尋ねる。「そのうち何をするつもりか」ピラーのしわくちゃの小さな顔、彼女のやさしさ、おだやかさ、強さを思い出す。同時に、心の奥深くに固い決意を秘めているのを感じていた。悪意や邪悪さとはちがう。諦念、いわば〈運命論〉。

「こう言ったらどうだ」ゼブが言う。「本物の神の庭師たちは、人類には滅亡が迫っていると信じていた。そして、いずれ滅亡するのなら、早いほうがいいかもしれない、と」

「だけど、あなたは本物の神の庭師じゃなかった」

「ピラーには本物だと思われていたぞ。おれのやった〈徹夜の祈禱〉のせいだ。アダム一号との約束の一つに教団の称号――アダム七号とかいうやつだ――を受け入れるってのがあった。あいつが言うには、それで必要な権威がつくってことだった。教団での地位強化だな。で、アダム何号かになるには〈徹夜の祈禱〉をやる必要があったんだ。そして、自分を象徴するスピリット・アニマルを確かめろって言われた」

「私、やったわよ」とトビー。「話をするトマトの木や、星占いの星座も全部見たわ」

「そうそう、そういうやつ。ピラー婆さんが瞑想強化剤に何を入れたのか知らないが、効き目はあった」

「何を見たの?」

一瞬の間。「クマ。バレンズ台地から出ていく時におれが殺して食った、あのクマだ」

「メッセージはあった?」トビーが訊く。彼女自身のスピリット・アニマルは謎めいていた。

「漠然としてた。だが、あのクマがおれの中で生き続けてることはわかった。怒ってもなかった。ずいぶんと親しげな感じだったぞ。いやあ、ニューロンがいかれると、すごい経験をするもんだ」

アダム七号になったゼブは神の庭師たちの正式なメンバーとして、ルサーンと幼いレンと一緒に敷地内に住むことが認められた。だが、教団にはなかなか馴染まない三人だった。レンは構内と父親を恋しがり、ルサーンは庭師になることよりマニキュアのほうが重大な関心事だった。野菜栽培への貢献度はゼロ、教団指定の服装――暗い色のぶかぶかドレスに胸当て付きロングエプロン――も大嫌い。じきに彼女がこんな生活に耐えられなくなることはゼブにもわかっていたはずだ。

ゼブ自身はナメクジやカタツムリの除去、石けんづくり、キッチン清掃にはまったく向かなかったから、教団での役割についてアダムと話し合った。そして、子どもたちにサバイバル術を教え、路上乱闘をより高度な視点で捉える都市流血制限《アーバン・ブラッドシェッド・リミテーション》クラスを開設することを決める。庭師たちがメンバーを募って教団組織を拡大し、他の都市に支部を作り始めると、ゼブは連絡係として各地を旅するようになる。背景には庭師たちが携帯電話やあらゆるハイテク技術の使用を拒んだという事情があった。とはいえ、ゼブは高機能に改造したコンピュータを一台隠し持ち、インストールしたスパイウェアでコープセコーの動きを監視していた。と同時に、ファイアウォールを何重にも張り巡らして自らを守っていた。

アダムの使いっ走りをするメリットもあった――家から離れている間はルサーンの愚痴を聞かずに済む――が、デメリットもあった――家から離れていることについてルサーンの愚痴が増える。彼女はいつも、ゼブが自分と深い関係になるのを避けていると非難した。一体なぜ、神の庭師たちの愛の契りの儀式をやろうとしないのか。

「庭師たちが取り囲む中、二人で焚き火の上を飛び越えて青葉の枝を交換して、その後で神聖な宴会を開くってやつだ」ゼブが語る。「彼女は本気でやりたがってた。あんなの、おれにとっては無意味で形だけの象徴にすぎないって言ったんだ。そうしたら、侮辱だとか言っておれをなじった」

「無意味だと思うなら、やってあげればよかったじゃない？」トビーが訊く。「それで満足したかもしれない。幸せな気分になって」

「いや、無理な相談」とゼブ。「ともかく、いやだった。無理強いされるのは嫌いだ」

「彼女の言うとおり、安定した関係を築けないのがあなたの問題だったのね」

「そうみたいだな。だが、ともかくあいつがおれを捨てたんだぞ。レンを連れて構内に戻っていった。その後、おれは庭師たちにもっと過激な活動をさせようとしたんだが、そこからすべてがばらばらになっちまった」

「その頃には私はもう教団を出ていたわ」とトビー。「ブランコがペインボールを出て私を追ってたから。それで、庭師たちのお荷物になってたのよ。私のＩＤを変えるのを手伝ってくれたわね」

「長年やってたことだからな」ため息をつく。「おまえが出ていった後、状況が厳しくなった。神の庭師たちの組織拡大はあまりにうまくいきすぎた。コープセコーには抵抗組織が動き出したように見えたんだろう。

アダムがエデンクリフ庭園をバイオ系コーポレーションから逃げてきた連中の隠れ家に使ってることも、だんだんとコープセコーの知るところとなった。それで、連中はヘーミン地ギャングに金を払っておれたちを襲わせたんだ。だが、平和主義者のアダム一号は教団の武装化に踏み切れない。せめておちゃのポテトガンを近距離用の榴散弾発射装置に改造してやると言ったんだが、聞こうとしなかった。聖人がやることじゃないってわけだ」

「ばかにしてる？」とトビー。

「事実を言ってるだけだ。どんな状況になっても、あいつは自分から攻撃を仕掛けられなかった。ほら、あいつは長男だろ？　だから、早くからレヴに支配されていた。あの残忍で最低最悪の親父が実はとんでもない詐欺野郎だって、あいつもおれも気づく前のことだ。アダムは善良であれと叩き込まれて、その教えから解放されることがなかった。神様が愛してくださるように、もっともっといい子になれって。あいつはレヴの教えを実行しようとした、それも教えどおり正しくやろうとしたんだ。レヴは善良なふりをしていただけだが、アダムはいつも本当に善良であろうとした。だが、そりゃ無理ってもんだ」

「あなたは教えから解放される必要がなかったのね」

「そうだな。問題児だったって言っただろ？ だから、善良であれっていうしばりとは無縁だった。アダムには、よい子でいることが存在証明。要するに、レヴをラズベリームースにするのは自分じゃできない。それで、その役目をおれに押しつけた。それでも、罪悪感は感じてたんだろ。何たってレヴは父親なんだし。親は大切にせよ、みたいな教えがあるだろ――その親がもう一人の親をロックガーデンに埋めていたにしてもだ。あいつは父親を許すべきだと思ってた。それで、アダムは自分を責めた。ずいぶん責めてたな。カトリナ・ウーウーがいなくなってから、その傾向はよりひどくなった」

「彼女、誰かと逃げちゃったの？」

「いや、そんな面白い話じゃない。コーポレーションはセックス産業を牛耳ろうとした。それだけ儲かるビジネスだったってことだ。政治家を買収して法律を整備し、セクスマートっていう組織を作って全事業者を加盟させた。最初カトリナはその話を受け入れたんだが、そのうち新たな制度が導入されて、それは受け入れ難いと感じたみたいだ。そう、「制度を導入する」ってのが連中の言い方だった。ともかく、態度をはっきりさせない彼女は望ましくない存在になる。で、ニシキヘビもろとも始末された」

「まあ」トビーが声を上げる。「かわいそうに」

「おれもひどいと思った」とゼブも言う。「アダムはそれどころじゃなかった。憔悴しきって、どんどん弱っていった。あいつの中で何かが消えちまった。あいつはカトリナを屋上庭園に住まわせたいと考えてたらしい。実現したとは思わないけどな。あまりにも場違いだったから」

「気の毒に」トビーが言う。

「ああ、そうだな。あいつの気持ちをもっとわかってやるべきだった。なのに、けんかを始めちまった」

「あなたがけんかをふっかけたの？」

「まあ、お互いにだな。遠慮なしの言い合いだった。あいつに言ったんだ、レヴとうり二つだって。靴下を裏返したみたいに正反対のそっくりだってな。要するに、二人とも自分以外には一切関心がない。いつだって、自分のやりたいことができるかどうか、それだけが問題だって。そしたら、おれには昔から犯罪性向があるだの、それで平和主義とか内面的なやすらぎが理解できないんだってぬかした。おれは言ってやった。てめえが何も行動しないってことは地球を破壊する権力者――特に石油系コーポレーションや石油教会《ペトロリアム》やなんかだ――と結託してることになるんだぞって。すると、やつはおれに信仰がないとなじり、時が来れば――おそらく間もなく――創造主が地球の問題を解決してくださるとか、神の世界を信じて〈創造〉を深く愛する者はけっして滅びないとかほざく。だから、それは独りよがりな言い草だって言い返した。すると、おれは世俗的な力に心を奪われて、自分が注目されたいだけだって言いやがる。子どもの頃、無茶なことをやらかしてたのと同じだってな」再び、ため息。

「それでどうしたの？」トビーが先を促す。

「それで……頭にきた。そして、言うべきじゃないことを言っちまった」一瞬の間。トビーは待つ。

「やつは本当の兄貴じゃないってな。遺伝学上、まったく血のつながりがないって」さらに、一瞬の間。

「最初あいつは信じなかった。だから詳しく説明したんだ。ピラーに頼んだ鑑定のこととか。すると、やつは打ちのめされちまった」

「まあ、あんまりだわ」

「ひどいことをしたと思ったが、もう取り返しがつかない。言っちまったんだから。その後、おれらは何もなかったように振る舞い、関係を元に戻そうとした。だが、わだかまりは消えなかった。それで、二人別々の道を行くことにしたんだ」

「カツロはあなたについていったのよね」トビーもそれは知っていた。「レベッカも。ブラック・ライノも。ほかにシャクルトン、クロージャー、オーツも」

「最初はアマンダもいた」ゼブが続ける。「だが、彼女はどこかに行っちまった。それからいろんな連中が入ってきた。アイボリー・ビル、ローティス・ブルー、それからホワイト・セッジも、みんなそうだ」

「スウィフト・フォックスも」とトビー。

「ああ、あいつもな。おれたちは皆、グレン——つまりクレイクが協力者だと思ってた。潜入先のコーポレーションから情報をマッドアダムのチャットルーム経由で送ってくれてるんだって。だが、実際にはパラダイス・ドームで人間の接合《スプライス》をするために、おれたちを騙して引っ張り込んだんだ。最初からそのつもりで」

「疫病のウイルス・ミックスを調合するのも?」

「いや、そうは聞いてない。あれはあいつが自分でやってた」

「完璧な世界をつくるために」トビーが言う。

「完璧とはちがうな」とゼブ。「あいつもそういうつもりはないだろう。いわば、再起動。あいつなりに成功したみたいだな。これまでのところは」

「ペインボーラーのことは予測してなかったのね」とトビー。

「ああ、考えとくべきだったよな。少なくともペインボーラーみたいな存在を」ゼブが言う。

森の中はとても静かだ。クレイカーの子どもの一人が眠りながら小声で歌っている。プールのまわりではピグーンが夢の中。タバコの煙を吐き出すように時折低いうなり声を上げる。遠くで何かの叫び声がする。ボブキティンだろうか？

かすかに吹く涼しい風。葉むらはいつものようにさらさら葉ずれの音を立てている。月は空を旅して、満ち欠けを進ませる。

「少し眠ったほうがいいぞ」ゼブが言う。

「あなたもね」トビーが答える。「体力が必要よ」

「休憩してこいよ──二時間おきに交代だ。ああ、二十歳若かったらなあ。ペインボーラーがみんな異様に元気だから言うんじゃないぞ。あいつら何を食ってるか、わかったもんじゃない」

「ピグーンも元気そうよ」とトビー。

「あいつらは引き金を引けない」とゼブ。一瞬の間を置いて続ける。「明日、おれたちがまだ生きていたら、あの焚き火の儀式とやらをやるか。葉っぱのついた枝を交換して」

トビーは笑う。「あら、無意味で形だけの象徴だって言ってなかった？」

「無意味で中身がスカスカの象徴的行為も時に何かを意味することがある」ゼブが応じる。「おれじゃだめか？」

「ううん。そうじゃない」とトビー。「なんでそんなこと訊くの？」

「最悪の事態を恐れてるから」

「最悪の事態？　私が断ることが？」

「無防備で傷つきやすくなってる男をいじめるなよ」

「本気で言ってるなんて信じがたいわ」とトビー。

ゼブのため息。「少し休め、ベイビー。また話そう。今夜はもう遅い」

卵の殻

招集

東のほうが桃色に霞んでいる。夜が明けてきたが、まだかなり涼しく、朝になりきらない微妙な時間帯だ。太陽も熱い光線にはなっていない。カラスの群れが空に広く散らばり、互いに合図を送り合う。〝かぁ！　かぁかぁ！　かぁ！〟何と言っているのだろう？〝よく見ろ！　気をつけろ！〟それとも〝パーティが始まるよ！〟戦争には屍肉愛好家のカラスがつきもの。戦の鳥で目玉が大好物の大ガラスもやって来る。さらには、古の聖なる鳥、年季の入った腐乱死体専門家のハゲワシも登場する。

不吉な独り言はもうやめるの。トビーは自分に言い聞かせる。今、必要なのはプラス思考。それが戦時に鳴り響くファンファーレの目的だった。太鼓や行進曲も同じ目的。音楽は兵士たちに告げたものだ。われらは無敵なり、と。そして、そんな嘘つき音楽を信じる必要があった。音楽もない中を、誰が死に向かって果敢に行進できるというのか？　クマの毛皮をまとった勇猛な兵士たちは戦いの前に幻覚作用のある北方産キノコを服用すると言われていた。〝ベニテングタケ〟たしか、ピラーが神の庭師たちの教団でそう教えてくれた。〝上級生限定　キノコ使用の歴史〟という講義で。

水のボトルにキノコでも混ぜようかしら、と考える。薬物で脳を麻痺させてから堂々と前進し、人を殺す。こっちが殺されるかもしれないけれど。

立ち上がり、ピンクのベッドカバーから自由になると、少し震える。朝露がおり、水滴が髪の毛やまつげを湿らせている。脚がしびれて感覚がない。ライフルは昨夜自分で置いた場所、手の届くところにある。双眼鏡も一緒だ。

ゼブはすでに起き出して、手すりにもたれている。「夕べは寝ちゃって」彼女が言う。「見張りの仕事はあまりできなかった。ごめんなさい」

「おれもそうだ」と答えるゼブ。「気にするな、何かあればピグーンが警報を出しただろうから」

「警報を出す?」彼女が少し笑う。

「面倒くさいやつだなあ。とにかくブーブー騒いだだろうって話。ブーちゃんはみんな寝ずに動き回っていたからな」

トビーは身を乗り出して、彼の視線を追って下のほうを見る。牧草地からスパ建物の周囲まで、丈のある草という草、茂みという茂みはすべて、ピグーンがなぎ倒して地ならしされている。大きいピグーン五匹がまだ作業中で、何であれ、くるぶしより上に来るものを踏みつけては、その上に寝転がる。

「こんな更地にされたんじゃ、誰もブタにこっそりと近づけない。それはたしかだ」とゼブが言う。

「利口な連中だぜ。敵が身を隠すってことをわかってるんだな」少し離れたところの草むらが一か所そのまま残されている。トビーは双眼鏡を覗いて眺める。おそらく彼女が殺した雄ブタの死骸が置いてあるのだろう。アヌーユー・スパの庭園をめぐってピグーン一派と縄張り争いをしていた頃のできごとだ。奇妙なことに、ピグーンは雄ブタの死体を食べた様子はない。子ブタが死んだ時はすぐに死体を食べたようなのに。ピグーン社会には死骸を食べる際の序列があるのだろうか? 雌ブタは自分の産んだ子ブタを食べるが、雄ブタについては畏れ多くて誰も食べないのか? 次は何だろう? 雄ブタ追悼の像を建てるとか?

「ルミローズが台無しになって残念だったわね」彼女が言う。

「ああ、昔おれが植えたんだが、また出てくるだろう。実は一度育っちまうと除去するほうが難しい。クズと同じくらい厄介だ」

「クレイカーは朝食に何を食べればいいのかしら?」とトビー。「葉っぱがなくなっちゃったでしょ。だからといって、森の近くをうろうろ歩かせることもできないし」

「ピグーンもそれを考えたらしいな」とゼブ。「プールサイドを見てみろ」

たしかに、新鮮な草の山ができている。ピグーンが自分たちで集めてきたにちがいない。そんなことをするのはほかに誰もいないのだから。

「よく考えたわね」トビーが言う。

「ああ、呆れるほど賢いよな」そう言って、ゼブは「おっと、噂をすれば」と遠くを指さす。

トビーは双眼鏡をそちらに向ける。中くらいの大きさのピグーンが三匹——ブチが二匹とほぼ真っ黒なのが一匹——北のほうから速足でこちらにやって来る。せっせと草をなぎ倒しては寝転がって地面をならしていた巨大ピグーン軍団は起き上がると、跳ねるように三匹を迎えにいく。ブーブー鳴いたり、互いの身体に鼻をこすりつけたり、どのピグーンも耳は前を向き、カールしたシッポは揺れている。怖がってもいないし、怒ってもいないしるしだ。

「何と言っているのかしら?」トビーは訊ねる。

「そのうちわかるだろ」ゼブが答える。「おれたちに話をする気になったらな。連中にとっちゃ、おれたちはただの歩兵だ。スプレーガンは使えるにしても、とんでもない大ばかだと思っているにちがいない。あっちは全員が将校か将軍。作戦だってよく練られてるはずだ」

レベッカはあちこち覗いて、いろいろなものを見つけてきたらしい。朝食に出たのはモ・ヘアミルクに浸して砂糖を加えたソイビッツ。そのわきには、特別サービスでアボカド・ボディバターが小さじ一杯分ほど添えてあった。アヌーユー・スパでは、チョコレートムース・フェイシャル、レモンメレンゲ・スクラブマスク、必須脂肪成分が豊富に含まれたボディバター各種等々、食べられる化粧品ラインに力を入れていた。

「これ、まだ残ってたの？」トビーが訊く。「全部食べちゃったと思ってたわ」

「キッチンにあったんだ。大きいスープ容器の中に隠してあったよ」レベッカが答える。「あんたが自分で入れて忘れちゃったんじゃない？　ほら、アララト貯蔵室を作ろうとしてただろ？　ここで仕事している時にさ」

「ええ、でも貯蔵室にしてたのは備品室」トビーが答える。「いろんなところに隠したのよ。大腸洗浄剤の大型パッケージの中とか。だけど、自分用のものはキッチンに置かなかった、絶対にね。誰かが見つけるかもしれないから。キッチンにあったのは、スタッフの一人が隠したんだと思う。昔はみんな、狙ってたのよ——アヌーユーの高級化粧品をくすねてヘーミン地のグレイマーケットで売るつもりで。でも、二週間ごとに備品をチェックしていたから、だいたい見つけたけれど」

不届き者をいつも上層部に報告していたわけではない。安月給で働く彼らの生活をわざわざぶち壊す必要なんてないじゃない？

朝食後の集合場所はメインロビー。かつてはここでピンクのフルーツ風味ウェルカムドリンク——アルコール入りとノンアルコールのものがあった——がスパの客に振る舞われていた。マッドアダマイトは全員集結。ほかには、神の庭師たちの元信者グループ、雄ブタが一匹、その近くには少年ブラックビアードもいる。残りのクレイカーはまだプールサイドにいて、朝食の葉っぱを盛んに食べている。ピグーンも同じく、葉っぱをムシャムシャ食べている。

「それで、と」ゼブが話し始める。「現状はこうだ。追跡は順調に進行中。敵は三人。二人じゃないぞ。ブタの連中――つまり、ピグーンのことだ――がそう言ってる。ただし、姿をはっきり見たわけじゃない。ブタの偵察隊は撃たれないようにかなり距離を取ってたからな。だが、三人の位置はわかってる」

「どのくらい遠くにいる?」ライノが問う。

「かなり離れてる。ずいぶん前に出ちまったたから。だが、有利なのは連中がそれほど速くは進めないってことだ。ピグーンによると、三人のうちの一人はノロノロ歩いているらしい。片足を引きずって。そうだよな?」訊かれたブラックビアードはうなずく。

「いやなにおいの足」と少年は言う。

「これは朗報だ。まずいのは、リジューブネサンスのほうに向かってるってことだ。おそらくパラダイス・ドームに行くつもりだろう」

「ファック、なんてこった」ジミーが声を出す。「スプレーガンの電池パック! あいつらが見つけちまう!」

「それが目的だと思うか?」ゼブが訊く。「いや、すまない、ばかな質問だった。何を企んでいるかなんて、わからないよな」

「単にうろついているだけじゃないなら、目指すところがあるんだろ」カツロが言う。「三人目の男――そいつが指図してるのかもしれない」

「追っ払わなきゃな」ライノが続ける。「絶対にドームに入れちゃだめだ。さもないと、やつらの武装が万全になっちまう。しかも、かなりの間持つはずだ」

「一方のおれたちはもうじき武装できなくなる」とシャクルトン。「電池は切れかけてるし」

「要するに」とゼブが言う。「問題は、誰が遠征に加わって、誰が残るかって話だ。何人かは決まってる。ライノ、カツロ、シャクルトン、クロージャー、マナティー、ザンザンシトは遠征組だ。それからもちろん、トビーも。身重の女は全員残る――レン、アマンダ、スウィフト・フォックス。ほかに腹ぼてはいるか……いるなら、言ってくれ」

「性別役割分担ってむかつくわ」スウィフト・フォックスが言う。なら、性別役割で行動するのをやめれば？　いまさら何よ、とトビーは思う。

「わかってる」ゼブは言う。「だが、現実は別だ。予測不能の陣痛だ何だの騒ぎは困る。殺し……ともかく、戦ってる時には困るんだ。ホワイト・セッジはどうだ？」

「平和主義者だから」不意にアマンダがことばを発する。「それからローティス・ブルーは、ほら、けいれんの発作がある」

「じゃあ残留組だな。ほかに心身に不安のあるやつは？」

「私も行きたい」レベッカが言う。「絶対に妊娠はないよ」

「ついてこれるか？」ゼブが訊く。「重要なことだ。正直に言ってくれ。本人だけじゃなく、仲間全員を危険にさらすことになるんだから。もとペインボーラーを甘く見てはだめだぞ。三人だけだが、あいつらは殺人兵器だ。この遠足はやわな人間には向いてない」

「わかった。やっぱりやめるよ。己を知れってことだね。たしかに体調はよくないんだ。根っからの怖がりだしさ。私は残るよ」

「おれも残る」ベルーガが言う。

「それから私も」とタマラウ。

「私も同様です」アイボリー・ビルも言う。「男の人生には、いかに頭が速く回っていても、形而下的な身体機能に限界が見える時がきますな。膝は言うまでもなく。それに……」

「わかった、わかった。ブラックビアードは来るんだよな。ピグーンの言うことがわかるらしいから、絶対に必要だ」

「だめよ」トビーは反対する。「まだ子どもなんだから、残るべきだわ」少年のブラックビアードが殺されたりしたら――それも、ペインボーラーにつかまって連中のいつものやり方で殺されたりしたら、なおさらのこと耐えられない。「だって、この子には人間に対する恐怖心がないの――ていうか、現実の恐怖がわかってないのよ。銃撃戦の真っ只中に飛び出していくかもしれない。捕虜にされちゃうとか。その後どうなると思う?」

「そりゃそうだが、どうすればいいんだ?」ゼブが答える。「ブタとの連絡係が務まるのはそいつしかいない。そして、ブタ情報だけが頼りだ。リスクは承知してるが、やらなきゃならん」

やりとりを聞いていたブラックビアードが「ああ、心配しないで、トビー」と言う。「一緒に行く必要があるって、ピッグワンも言ってるよ。オリクスが助けてくれます。それにファックも。もうファックを呼んだから、こっちに向かって飛んでるよ。もうじき来る」トビーには反論のすべがない。彼女にはオリクスや助けにくるファックが見えないし、ピグーンのこともわからない。ブラックビアードの世界では耳が聞こえず、目も見えないのだ。

「あの棒を向けられたら」と彼に言う。「あの男たちによ。そうしたら、地べたに横になるの。じゃなかったら、木の陰に隠れること。木があればね。なかったら、壁のうしろに隠れるのよ」

「はい、トビー。ありがとうございます」彼は丁寧に礼をする。どうやらすでに知っていたことのようだ。

「それじゃ」とゼブがまとめる。「これで決まりだな」

「ぼくも行く」ジミーが声を上げ、全員が彼のほうを見る。誰もが残留組だと思っていた。まだ小枝のように痩せていて、顔もホコリタケのように蒼白い。

「大丈夫なの？」トビーが訊く。「足の具合は？」

「平気さ。歩けるよ。行かなくちゃならない」

「賢明な判断かどうか疑問だな」とゼブ。

「賢明？」そう言ってジミーはにやりとする。「そのことばは知らないな。それに、パラダイス・ドームに行くつもりなら、絶対にぼくも行かなくちゃだめなんだ」

「どうしてだ？」ゼブが訊ねる。

「オリクスがいるからさ」気まずい沈黙が流れる。いよいよおかしくなってしまったのか。ジミーはきまり悪そうな笑みを浮かべて周囲を見回す。「大丈夫。狂ってないよ。彼女が死んだことはわかってる。でも、ぼくが必要だよ」と言う。

「なんで？」カツロが訊く。「無礼を承知で訊くんだが……」

「だって、ぼくは行ったことがあるからさ。〈水なし洪水〉の後に」ジミーが答える。

「それで？」ゼブは落ち着いた声で訊く。「懐かしいってことか？」トビーは落ち着いた声の意味を考える。このいかれたばか野郎をどうにかしてくれって言いたいのかしら？

ジミーは引かない。「だって、どこに何があるかがわかってるから。電池パックとか。それにスプレーガン。隠し場所があるんだよ」

ゼブはため息まじりに「ＯＫ」と言う。「だが、ついてこれなくなったら、送り返すぞ。その時、付き添うのは人間じゃないからな」

「あのオオカミ人間みたいなブタ?」とジミー。「連中のことはわかってる。ぼくのことはくだらないクズ野郎としか見ていない。だから付き添いはいらないよ。自分でなんとかする」

出撃

トビーはスパのスウェット上下に着替え、ピローケースを引き裂いて作った日除けカバーで頭を覆う。あいにくスウェットシャツのロゴはキスマークとウィンク――あまりミリタリ調ではない――で、色もたやすく標的になるピンクだ。だが、アヌーユーのスパ・ウェアにカーキ色はない。

ライフルをチェックして、予備の銃弾をピンクのスパ・トートバッグに詰め込む。うしろにポンポンのついたスパの綿ソックスも残っていたから、一足を履き、さらに一足をバッグに入れる。身なりについてゼブが何か言ったら、一発殴るつもりだ。

メインロビーでボトルに詰めた水を配る。レベッカがレン、アマンダと一緒に充分に煮沸しておいた水だ。アヌーユー・スパでは、ジムで運動する時によく水分補給するよう指導していたので、プラスチックボトルは充分にある。マッドアダマイトは土壁ハウスにあったジョルトバーのほか、冷めたクズ・フリッターも持ち寄る。「必要な栄養補給だけだぞ。食べ過ぎると、歩くのがつらくなる」ゼブが注意する。「少しは後のために残しておくこと」トビーに気づき、キスマークの目立つスウェットに目を遣る。

「オーディションでもあるのか?」ゼブが訊ねる。

「鮮やかだね」とジミー。

「ロックスターみたいだ」そう言うのはライノ。「そんな雰囲気」

「うまい変装だ」シャクルトンが言う。

「みんなハイビスカスだと思うよ」とクロージャー。
「あのね、これはライフル」とトビーが応じる。「撃ち方がわかってるのは、ここじゃ私だけ。だから、ガタガタくだらないこと言わないの」男たちはにやりとする。

そして、出発する。
ピグーン偵察隊の三匹が地面をくんくん嗅ぎながら先頭を行く。三匹の両側にはさらに二匹が先導役として付き添い、濡れた鼻のパラボラアンテナで空中のにおいを確かめる。におい検知器ね、とトビーは思う。私たちの鈍感なセンサーをすり抜ける何を検知するのだろう？　ハヤブサは視覚に優れているが、彼らが優れているのは嗅覚だ。
より若いピグーン六匹——ようやく子ブタの時期を過ぎたくらい——が偵察隊と先導と本隊の間の連絡係だ。身体の大きな年長組ピグーンで構成された本隊は武装車両で言うなら戦車連隊といったところか。だが、その巨体で意外なほど速く動くことができる。今のところは落ち着いたペースを保ち、体力を温存させている。足取りは、言うなれば短距離走ではなくマラソンだ。長時間、無言で行軍する兵士のように、ブウブウ、キイキイの声はほとんど聞こえない。シッポはくるりと巻いているが動かず、ピンクの耳は前向きに立っている。朝の光に照らされた姿はマンガに登場する愛らしくて抱き締めたくなるニコニコ顔のブタくん、バレンタインデーに見かける、赤いハート型のキャンディボックスを抱え、キューピッドのような羽まである、あのブタくんのようだ。〈このかわいいブーちゃんが飛べるなら、私の愛をあなたに届けてくれるんだけど！〉
だが、やはりブーちゃんとは違う。行軍中のブタに笑顔はない。戦旗を掲げるとしたら、とトビーは思う。絵柄は何かしら。

はじめのうち、隊列は順調に進む。草原の平地部分を横切って歩くと、疫病に倒れた者たちのブーツだのハンドバッグだの骨だのが今もまだ転がっている。雑草で覆われていたら躓いたかもしれないが、目に見えるので、避けるのは簡単だ。

モ・ヘアヒツジは野放しになって、牧草のまだ残る遠くのほうで草を食んでいる。若いピグーン五匹が見張り役として付き添う。だが、任務を真剣にとらえてはいないようだ。要するに、危険を感じないのだろう。三匹はあちこちで草木を掘り返し、一匹は泥の中で転がり、五匹目はなんと昼寝中だ。ライオバム一匹の攻撃にブタ五匹で対応する計算だろうか？　対応できるのは間違いない。ライオバムが二匹なら？　おそらく、それでも大丈夫。とはいえ、ライオバムが近くに来る前に、若いブタたちは群れをまとめて、さっさとスパに連れ帰るつもりなのだろう。

隊列は草原を後にして、アヌーユーの柵を見えなくするほど敷地近くに迫る森に入り、その中を突っ切る道路を北に進む。北の守衛所は無人で、通路でひなたぼっこをしている一匹のラカンクを除けば、周囲にもまるで生きものの気配がない。近づいていくとラカンクは立ち上がるが、わざわざ逃げ出しはしない。なんて人なつっこい動物なのだろう。もっと過酷な世界だったら、一匹残らず帽子になっているはずだ。

市街地に入ると、歩くのがより困難になる。壊れて打ち捨てられた車両が歩道を塞ぎ、割れたガラスやねじれた金属片が散らばる。クズのつるが伸びて、やわらかな若葉でがれきを覆い始めている。ピグーン軍団は脚を傷めぬよう注意深く歩を進め、人間たちは厚底の靴で足を守っているとはいえ、やはり足元を確かめながら慎重に歩く。

ブラックビアードが街で尖った破片や鋭い刃先で怪我をするのではないか、と出発前にトビーは懸念していた。たしかに、少年の足の皮膚は極厚で、砂や土、あるいは小石の上でも問題なく歩くことはできる。だが用心のため、トビーはマッドアダマイトが拾い集めた履き物の山を物色し、ブラックビアードに合うヘルメス・トリスメギストゥス・ブランドのトレーニング・シューズを選んだ。最初、少年は靴に足を入れることをひどく不安がった――痛くない？　足にくっついちゃうんじゃない？　本当に脱げる？　だが、トビーが履いたり脱いだりして見せて、尖ったもので足を傷つけたら、もうそれ以上みんなと一緒に歩けなくなる、そうしたら誰がピグーンの考えを私たちに伝えてくれるの？と問いかけると、自分で何度か練習をした後、靴を履いて歩くことに同意したのだった。シューズには緑色のフェルトの羽や、歩くと光を発するライト――電池はまだ切れていなかった――もついていて、今や彼のたいへんなお気に入りだ。

少年は本隊の先頭でピグーン偵察隊の報告に耳を傾けている。耳を傾けるというのが適切な表現かどうかはともかく、情報を受け取っている。どうやら後方に伝えるほど重要な情報はまだないようだ。彼は時々振り返り、ゼブ、それからトビーの位置を確認する。今もまた軽く手を振っている。それは〝万事ＯＫ〟の意味だろう。あるいは〝そこにいるね〟〝ぼくはここだよ〟だろうか。ひょっとしたら〝このカッコいい靴を見て！〟と言いたいのかもしれない。高音で澄んだ歌声も途切れ途切れに聞こえてくる。クレイカー社会のモールス信号だ。

少年と一緒にいるピグーンも時々首を回して人間の仲間たちを見上げるが、その考えは想像するしかない。彼らにくらべると、人間の歩みはずいぶんのろい。それでいらついているのだろうか？　心配なのか？　それとも、じれている？　銃による後方支援をありがたく思っている？　すべて正解なのは間違いない。なぜって、彼らの脳には人間の脳組織が使われ、複数の矛盾する情報を頭の中で同時に処理することができるのだから。

銃を携行する者にはそれぞれピグーン三匹の警護役がついているようだ。彼らは警護対象者にあまり密着せず、先導することなく、指令も出さないが、常に半径二ヤード〔約一・八メートル〕内にいて、耳を注意深くくるくる回している。スプレーガンを持たないマッドアダマイトには一人に一匹、ジミーには五匹が付き添う。病み上がりの彼の体調を案じているのだろうか？　今のところ、皆についてきてはいるが、汗が出始めている。

トビーはジミーの様子をチェックするために隊列の後ろに下がり、新しい水のボトルを手渡す。どうやら彼は自分の水をとっくに飲み干してしまったらしい。ピグーン八匹――彼女の警護役三匹と彼の五匹――は、それぞれの位置取りを調整して二人を取り囲む。

「〈ブタくんの長城〉だね」とジミーは言う。「ベーコン軍団。ハムの重装歩兵団」

「重装歩兵？」トビーが訊く。

「古代ギリシャのさ」とジミー。「市民で組織する軍隊みたいなやつ。盾を重ね合わせて壁を作るとか。本で読んだ」少し息切れしている。

「ていうか、ピグーンは儀仗兵なんじゃない？」とトビー。「大丈夫？」

「なんだかびびっちゃう」ジミーが答える。「連中、わざと変な道に連れ込んで、ぼくらを襲って臓物を食べようとするかもしれないだろ？」

「そうね」と応じるトビー。「でも、その可能性は小さいと思うわ。これまでにそうするチャンスはあったわけだし」

「オッカムの剃刀」そう言って、ジミーは咳き込む。

「え、何?」トビーが訊ねる。

「クレイクが言ってたこと」ジミーは悲しげだ。「二つの可能性があったとして、単純なほうを選べって話。クレイクなら「エレガントなほう」って言ったはず。あの嫌味なばか野郎」

「オッカムって誰?」と訊くトビー。少し足を引きずってる?

「修道士みたいなおっさん」ジミーは答える。「司教かな。いや、賢いブタか。ほら、オック・ハム」と笑う。「ごめん、ごめん。だじゃれにしてもひどいね」

二人は通りを一本、二本と越える間、押し黙ったまま歩く。やおらジミーが言う。「剃刀の刃を滑り降りる、それが人生」

「え、何?」トビーが訊く。額に触れて確かめたい。熱が出ているのかしら?

「古いことわざさ」とジミー。「要するに、ギリギリのところにいるって意味。それに、タマタマも切り落とされるかもしれないってこと」足を引きずるのが目立ってきた。

「足は大丈夫?」トビーは問いかける。答えない。黙ったまま、重い足取りで歩き続ける。「戻ったほうがいいんじゃない?」トビーが訊く。

「ぜったいに、いやだ」とジミー。


前方が、倒れかけた集合住宅の瓦礫で塞がっている。建物内で火災があったのだ——おそらく電気系統がショートしたんだろ、とゼブは言う。ピグーン偵察隊が別のルートを調べる間、彼は隊列を止める。何かが焼けたにおいがまだ残っている。ピグーンはこのにおいが好きではなく、何匹かは不快そうに鼻を鳴らす。

ジミーは地面に座り込む。

「どうした？」ゼブはトビーに訊く。

「また、足がね」トビーは答える。「たぶん」

「ってことは、スパに戻す必要があるな」

「戻らないそうよ」とトビー。

ジミーに付き添うピグーン五匹は彼のにおいを嗅ごうとするが、遠慮してそれなりの距離を取っている。一匹が足のにおいを嗅ぐために前に出る。今度は二匹がジミーの両脇から鼻を押し当てる。

「あっち行けよ！」ジミーが言う。「何なんだよ？」

「ブラックビアード、お願い」トビーは手招きして少年を呼ぶ。彼はピグーンに身体をくっつける。

無言でのやり取り、そして少年の短い歌声が続く。

「スノーマン・ザ・ジミーは乗らなくてはだめです」ブラックビアードが言う。「彼の……」トビーには理解不能なことばがある。ブウブウ、ゴロゴロと、うなるような音にしか聞こえない。「彼のその部分は強い。真ん中は強い、でも足は弱い。そう言っています。だから、担いで運びます」

あまり大柄ではない雌のピグーンが前に出て、ジミーの傍らに身をかがめる。

「どうしろっていうの？」ジミーが言う。

「お願いです。スノーマン・ザ・ジミー」ブラックビアードが懇願する。「背中の上で腹ばいになって、耳をつかんでくださいと言っています。落ちないように、両側を二匹が歩きます」

「ばかばかしい」と拒むジミー。「滑り落ちるに決まってる！」

「それしかないぞ」ゼブが言い聞かせる。「ブタに乗る。じゃなかったら、ここに残る」

ひとたびジミーが姿勢を整えると、ゼブが言う。「ロープか何かないか？　ちょっとは助けになるだろ」

ジミーはピグーンの背中に荷物のようにくくりつけられ、隊列はふたたび動き始める。「それで、名前はダンサーかい？　それともプランサー？〔ダンサー、プランサーともサンタクロースのトナカイの名前〕」とジミーが訊く。「軽く叩いてやったほうがいいの？」

「はい、お願いします、スノーマン・ザ・ジミー。ありがとうございます」ブラックビアードが言う。「耳の後ろをこするのがいいって、ピッグワンから聞いています」

スノーマン・ザ・ジミーを乗せたピグーンは風のように空を飛んだ――後年この物語を語る時、トビーはよくそう話した。斃れた戦友は、かく語られるべき。とりわけ、重要な任務――トビーの命が救われたのは偶然ではなく、まさにそのピグーンがいたおかげだ――を全うした戦士の物語ならなおさらだ。ともかく、スノーマン・ザ・ジミーがピグーンに運ばれることがなかったなら、トビーは今宵クレイカーとともに座り、赤い帽子をかぶってこの物語を語ることができただろうか？　いや、できなかっただろう。おそらく、ニワトコの木の根元で肥料になり、まったく違う姿になっているはず。彼女は秘かにそう考える。

だから彼女の物語では、そのピグーンは風のように飛んだことになっている。

ただ、物語を語ること自体はそう簡単ではなかった。というのも、空飛ぶピグーンの名前はうなり声にしか聞こえず、彼女にはどう頑張っても発音できなかったから。けれども、聴衆のクレイカーはそんな彼女の様子を見て少し笑うが、誰も気にしないようだった。子どもたちは空飛ぶピグーンごっこをして遊んだ。一人が風のように飛ぶヒーロー、ピグーンになって毅然たる表情を作ると、スノーマン・ザ・ジミー役の小柄な子がこちらも毅然たる表情でその背中にしがみつくといった具合。

正確には〝彼女〟の背中だ。ピグーンも人間と同じ生きものだ。そこはちゃんとしなくてはならない。

リスペクトの問題だ。

もっとも、実際の様子はやや違っていた。ジミーを乗せたピグーンの歩みはのろく、丸い背中はすべりやすかった。ジミーは上下に揺さぶられ、右に左に振り落とされそうになる。危なくなると、両側に控えるピグーンが脇の下に鼻を押しつけてぐいっと身体を押し上げる。そのたびに彼はくすぐったがって、奇妙な叫び声を上げる。

「まったくもう。静かにさせられないのか?」ゼブが言う。「バグパイプを鳴らしているみたいだぞ」

「しょうがないのよ」トビーがとりなす。「反射的に声が出ちゃうんだから」

「反射的に、やつの頭を殴ってやろうか」

「ねえ、連中は私たちが来るのはわかっているんじゃないかしら」トビーが言う。「偵察隊を見たかもしれないし」

隊列を先導するのはピグーンだが、言葉でおおよその説明をするのはジミーだ。「このへんはまだへーミン地だよ。あ、ここ、覚えてる」それから「もうじきノーマンズ・ランドになる。構内前の更地にした無人地帯のこと」

それからまた「もうすぐ正面付近の警戒ゾーン」しばらくすると、「ほら、あそこ。クライオジーニアスだ。次はジニー・ノーム。すごい、ジニーの看板がライトアップされてる!ソーラーパネルがまだ動いてるんだね」

それから「このあたりからビッグな企業が続くよ。ほら、リジューブネサンス構内」塀の上にはカラスがとまっている。四羽、いや五羽いる。カラスが一羽いたら悲しみの印。ピラーはよくそう言っていた。たくさんいたら、あなたを守るか騙すか、どうなるかは自分次第。二羽が飛び立ち、上空で旋回しながら一行の観察を始める。

リジューブ構内のゲートは開いている。中に入ると、無人の家、無人のモール、無人のラボ等々、生命のない廃墟だ。布きれやソーラーカーの残骸があたりに散らばっている。

「ブタくんたちのおかげだね」ジミーは言う。「彼らがいなかったら、迷子になっちまう。まるで迷宮だ」

ピグーンの歩みは自信に満ちている。力強い足取りで前進し、迷うところがない。この角を曲がり、また次の角を曲がる。

「ほら、見えてきた」とジミー。「この先のあそこ。パラダイスのゲートだよ」

卵の殻

パラダイス・プロジェクトは事業も施設もすべてクレイク自身が計画したものだった。ドームはリジューブの防御壁に囲まれ、さらにその外側は厳重な警戒ゾーンだった。壁の内側は庭園で、微気候を調整するさまざまな熱帯性接合種——豪雨にも干ばつにも強い——が植えられていた。中央にそびえるのがパラダイス・ドーム。その姿はまるで卵の殼。温度・湿度の調節装置やエアロックを完備し、侵入者を寄せ付けないこのドームは、クレイクの研究成果にして大切な宝物、素晴らしき新人類、クレイカーを保護する場所でもあった。そのクレイカー——クレイクの考える完璧な存在——が誕生し、生命体として呼吸を始めたのも、ドームの中心に作られた人工生態系でのことだった。

隊列はパラダイスのゲートまで来たが、偵察のために立ち止まる。ピグーンによると、守衛所はどこも無人だとのこと。動かない尻尾と耳もそう告げている。

ゼブは休憩の合図を出す。栄養補給して元気をつける必要がある。人間は水のボトルに手を伸ばし、各々ジョルトバー半分を口にする。アボマンゴの木を見つけたピグーンたちは落ちた果実をがつがつと食べている。オレンジ色で楕円形の熟れた実を強いあごで押し潰し、脂肪の多い種も嚙み砕く。発酵したような甘い香りがあたりに漂う。

酔っ払わなきゃいいけど、とトビーは案じる。酔っ払ったピグーン、それはまずいわ。「調子はどう?」とジミーに話しかける。

「ここはよく覚えてる」ジミーが言う。「細かいとこまで全部。くそ。いやになる」

道路は前方の森の中へと続き、路上は日差しが作る光の回廊だ。剪定されない木の枝が道路に届くほど伸び、どこにでもはびこる日和見主義の雑草が道端から侵食し、反逆者のつる植物がその上を覆う。大きな泡のように膨張する草木の海原から、ドームの丸みを帯びた外壁が姿を現す。鎮静剤を打たれた患者が目を剝いているようだ。あのドーム、かつては明るく輝いていたのだろう。まさに中秋の名月、あるいは希望溢れる日の出——ただし熱い光線なしの——を思わせたはずだ。今は廃墟にしかみえない。というより、罠が仕掛けられている気配がある。何が隠されているのか、何が隠れているのか、まったくわからない。

でも、いろいろ知ってるからそう感じるだけのこと、とトビーは考える。風景そのものを無邪気に眺めれば、死を感じさせるものは何もない。

「ねえ、トビー！」ブラックビアードが言う。「見て！　あの〈卵〉です！　クレイクがぼくらを作った〈卵〉だよ」

「覚えてるの？」訊ねるトビー。

「わからない」とブラックビアード。「よく覚えてない。中には木が生えていた。雨が降って。でも、雷はなかった。毎日オリクスがぼくらに会いにきて、いろんなことを教えてくれたんだ。みんな幸せだったよ」

「今はずいぶん変わっているんじゃないかしら」トビーが言う。

「オリクスはいません」ブラックビアードは続ける。「スノーマン・ザ・ジミーが病気になった時、助けるために飛んでいっちゃったから。そうでしょう？」

「そうね。そうだと思うわ」とトビーは答える。

道路脇での待ち伏せがないかを調べるために、若手のピグーン偵察隊が前方に送られる。そして、枯れ葉の散る舗装道を急ぎ戻ってくる。耳は後ろに寝て、シッポはピンとまっすぐだ。警戒すべき何かを察知したのだ。

年長組のピグーンがアボマンゴの木の下で落ちた実をあさるグループを抜けてやって来る。ブラックビアードも駆けつけ、急ぎの密談が始まる。マッドアダマイトの面々も周囲に集まる。「どうした？」ゼブが訊く。

「悪い人たちが〈卵〉の近くにいると言っています」ブラックビアードが告げる。「三人います。一人はロープで縛られているって。顔に白い羽がついています」

「何を着ているの？」トビーが問いかける。たとえばカフタンみたいなものかしら？　アダム一号がいつも着ていたような。でも、どう訊けばいい？　そして、こう言い換えてみる。「その人には二番目の皮膚がある？」

「やばい」ジミーが声を上げる。「やつらを備蓄倉庫に近づけちゃだめだよ！　スプレーガンを全部持っていかれちゃう。そうなったらおしまいだ！」

「はい、二番目の皮膚があります。トビーみたいに」ブラックビアードが答える。「でも、ピンクじゃない。ちがう色。汚れています。足には一つだけこれがあります。そう、靴」

「どうする？」ライノが問いかける。「おれたちはそんなに速く進めないぞ」

「ブタを先に行かせよう」ゼブが言う。「足の速いのを何匹か。森の中を走っていけるだろ」

「それでどうなる？」ライノが訊く。「ブタじゃ正面扉を押さえきれないだろ。悪党どもにはスプレーガンがあるんだし。連中の電池パックがどのくらい残ってるのかもわからない」

「無防備なピグーンがむざむざ撃ち殺されるなんて、許されないわ」トビーは反発する。「ねえ、ジミー、パラダイスの入口を入ったとして、倉庫はどこにあるの？」

「建物には扉が二つある。エアロックのついたドアとその内側のドア。両方とも開いてるよ。開けてきたから。で、廊下を左に行って、右に曲がる、それから左に。ブタくんたちは倉庫に入って中からドアを押さえなくちゃならない」

「了解。だが、連中にどう説明するんだ？」ゼブは訊く。「トビー？」

「左や右というのは難しいかも」トビーは答える。「クレイカーにはわからないと思うわ」

「何か考えてくれ」ゼブがせかす。「もう時間がない」

「ブラックビアード、いい？」トビーが声をかける。「これは〈卵〉の絵です。いちばん上まで行って、下を見たところ」彼女は棒を使って地面に丸い輪を描く。「わかる？」

ブラックビアードはそれを見て頷くが、心許ない様子だ。うわ、大丈夫かしら。だが、トビーは「ああ、よかった」と安堵したふりをする。「ピッグワンに言ってくれる？　ものすごく速く走らなくてはだめだって。五匹が木の間を走るの。悪い男たちを追い越して、そのまま〈卵〉の中に入る。それから、ここに行かなくちゃならないの」――棒で経路をたどる――「そして、中に入る。そうよね？」ジミーに訊く。

「うん、間違いない」答えるジミー。

「ドアを閉めなくてはだめ。そして、ドアにもたれかかるの。悪い男たちがその部屋に入ってこないように」トビーが言う。「これを全部ピッグワンに伝えてくれる？」

ブラックビアードは戸惑いの表情を浮かべる。「どうしてその人たちは〈卵〉の中に入ろうとするの？」と訊く。「〈卵〉は作るところ。その人たちはもう作られたのに」

「殺すためのものがほしいのよ」トビーが答える。「穴を開ける棒」

「でも、〈卵〉はよいもの、善良なんだよ。殺すためのものなんかないよ」

「今はあるんです」とトビー。「急がなくてはならないの。ピッグワンに言ってくれる?」

「やってみます」そう言って、ブラックビアードは地面に膝をつく。巨体のピグーンが二匹、少年の顔の両側でその大きな頭を低くする。白い牙が少年の首元にあたる。トビーは身震いする。少年はトビーの棒を手に、彼女が地面に描いた線をなぞりながら歌い始める。ピグーンはその線のにおいを嗅ぐ。

ああ、だめだとトビーは思う。うまくいかない。食べるものだと思っているんだわ。

だが、その後ピグーンは鼻を上げ、仲間に合流する。低いうなり声、落ち着きのない尻尾。決めかねているのかしら?

並みの大きさの五匹が集団を離れ、駆け足で出発する。二匹が道の左側、三匹が右側を行く。その身体は雑草の海に飲み込まれる。

「わかったみたいだな」ライノが言う。ゼブがにやりとする。

「よくやった」とトビーをねぎらう。「おまえならできるとわかってた」

「五匹は〈卵〉に行きます」ブラックビアードが伝える。「男たちには近づきすぎないようにするって。あの棒にも気をつけるそうです。血が出てくる棒」

「無事に着くといいな」ゼブが言う。「さあ、おれたちも出発するぞ」

「もうすぐだよ」ジミーが言う。「ともかく窓から撃たれることはないよ。窓がないんだから」そして、力なく笑う。

「ゼブ?」隊列が道沿いに移動を始めると、トビーが声をかける。「三番目の男のこと。よくわからないけど。でも、アダム一号じゃないかしら」

「ああ、そうだな」とゼブ。「おれもそう思ってた」

「連れ戻すにはどうしたらいい？」

「連中は取り引きしようとするだろうな」ゼブは言う。

「取り引きって？」

「スプレーガンと交換するとか。ブタが侵入を防いでいるとしての話だが。ほかのものかもな」

「たとえば何？」

「たとえばだな、おまえと交換するとか」と答えるゼブ。「おれならそう提案する」

たしかに、とトビーは思う。復讐したいわよね。


パラダイス・ドームが目の前にある。すべては静寂の中だ。エアロックの扉は開いている。子ブタが三匹、中に入り、そして出てくる。

「中にいます。あの男の人たち」ブラックビアードがそう報告する。「でも、ずっと奥の方。扉の近くじゃないって」

「最初に入らせて」ジミーが言う。「ちょっとでいいから」トビーはすぐ後ろからついていく。

エアロックの内側にはかなり傷んだ人骨が二体分転がっている。骨は齧られ、粉々だ。動物の仕業にちがいない。カビの生えた布きれ、それにピンクと赤の小さなサンダル。

ジミーは膝からくずおれ、両手で顔を覆う。トビーが肩に手を置く。「もう行かなくちゃ」と促すが、彼は言う。「ほっといて、一人にしてくれ！」

頭蓋骨の一つに残る長い黒髪には、汚れたピンクのリボンが結ばれている。髪の毛の腐敗には時間がかかる。庭師たちがいつも言っていたことだ。ジミーはリボンをほどき、指に絡める。「オリクス。ああ、なんてひどい」さらに続ける。「クレイクのばか野郎！　殺す必要なんてなかったんだ！」

ゼブがトビーの横に来る。そして「すでに病気だったのかもしれない」とジミーに言う。「それに、あいつは彼女なしでは何もできなかったのかもしれないし。ほら、中に入るぞ」

「ファック、何だよ、まったく。ありきたりなことを言うのはやめてくれ！　何もわかってないくせに」ジミーは反発する。

「とりあえず、彼を置いていってもだいじょうぶだと思うわ。中に入りましょう」とトビー。「ともかく連中が倉庫に入ってないことを確かめなくちゃ」

隊列のほかのメンバー――マッドアダマイト、ピグーン本隊――は入口のすぐ外にいる。「どうしたんだ？」ライノが訊く。

少年ブラックビアードが彼女の手を取って言う。「お願い、トビー、教えてください。〝ありきたりなこと〟って何？」

自分が何と答えているのか、トビーにはほとんどわからない。なぜって、真実――オリクスとクレイクは今やこの骸骨二体だという真実――が少年を直撃しているのだから。ジミーが言うのを聞いて、少年の記憶に残ったのだ。彼は怯えた顔を彼女に向ける。そこに見えるのは突然の転落、崩壊、ダメージ。

「ねえ、トビー、これはオリクスなの？　これはクレイク？」彼は訊ねる。「スノーマン・ザ・ジミーがそう言ったよ！　でも、これはいやなにおいの骨、たくさんのいやなにおいの骨だ！　オリクスとクレイクは美しくなくてはだめです！　物語はそうでしょ！　いやなにおいの骨だなんて、ちがうよ！」胸も張り裂けんばかりに泣き出す。

トビーはひざまずき、少年に腕を回して強く抱き締める。何と言えばいい？　どう慰めたらいいの？　決して癒やされることのないこの悲しみを前にして。

戦いの物語

今晩、トビーは物語を話すことができません。死んだ人たちのせいで悲しすぎるからです。戦いで死んだ人になった人たちのことです。それで、これからぼくが皆さんにその話をしようと思います。なるべく正しい方法で話しますね。

最初にこの赤い帽子を頭にかぶります。スノーマン・ザ・ジミーの帽子です。帽子についている印——ほら、見て、これは声なんです。こっちは「レッド」と言っています。それから、こっちは「ソックス」と言っています。

「ソックス」はクレイクの特別なことばです。意味はわかりません。トビーもわからないんだって。もしかしたら、後でわかるかもしれません。

でも、ほら——赤い帽子は頭の上にあるけれど、痛くありません。別の皮膚もできていません。ぼくの皮膚、同じ皮膚のままです。帽子を脱ぐこともできるし、もう一度かぶることもできます。頭にくっついていないんです。

では、魚を食べますね。ぼくらは魚を食べないし、いやなにおいの骨も食べません。ぼくらの食べるものではない。だから、むずかしいの、魚を食べるのは。でも、ぼくはやらなくちゃいけない。クレイクは人の姿でこの地球にいた時、むずかしいことをたくさんやってくれました。ぼくらのためにカオスを片付けたり、それから……

あ、歌わなくていいですよ。

……それから、ほかにもむずかしいことをたくさんやってくれたから、ぼくも、このいやなにおいの骨の魚を食べるというむずかしいことをやってみます。料理してありますね。とても小さい。口の中に入れて、すぐに出すだけで充分。たぶんクレイクはそう思うでしょう。

ほら、こんなふうに。

病気の人の音を出しちゃって、ごめんなさい。

この魚を森に捨ててきてください。きっとアリが喜びます。ウジ虫も喜びます。ハゲワシも喜びます。はい、とても悪い味です。いやなにおいの骨のにおいみたいな味、死んだ人のにおいみたいな味がします。味を消すために葉っぱをたくさん噛みます。でも、この悪い味のむずかしいことをやらないと、クレイクの話す物語を聞くことができないし、それを皆さんに話すこともできません。スノーマン・ザ・ジミーはそうやっていたし、トビーも同じようにやっています。魚を、そう、いやなにおいの骨の味がする魚を食べるというむずかしいこと――これをやらなくてはいけない。最初にいやなこと、それから物語なんです。

喉を鳴らしてくれてありがとう。もうそんなに気持ち悪くありません。

これは〈戦いの物語〉です。ゼブとトビーとスノーマン・ザ・ジミーとそのほかの二つの皮膚の人たちとたくさんのピッグワンが悪い男たちをどうやって片付けたか――ぼくらが住みやすい、安全な場所をつくるために、クレイクがカオスの時に人間を片付けたように――という物語です。

ええとそれで、トビーとゼブとスノーマン・ザ・ジミーと二つの皮膚の人たちとピッグワンのみんなは悪い男たちを片付ける必要がありました。なぜなら、そうしないと、ぼくらの場所は決して安全にならないからです。悪い男たちはピッグワンの赤ちゃんを殺したように、きっとぼくらを殺すでしょう、ナイフで。それか、当たると穴が開いて血が出る棒を使うかもしれない。そう、だから片付けないといけなかったんです。

トビーがこの理由を話してくれました。よい理由ですね。

ええと、それから、ピッグワンが手伝ってくれました。自分たちの赤ちゃんがもうこれ以上ナイフで殺されるのがいやだったからです。ナイフじゃなくて、あの棒で殺されるかもしれない。それか、ほかのもの、ロープみたいなもので。

ピッグワンはにおいを嗅ぐのが誰よりも上手です。ぼくらは皮膚が二つある人たちよりもにおいがわかるけど、ピッグワンはぼくらよりももっとにおいがわかる。それで、悪い男たちの足跡のにおいから、どこへ行ったか教えてくれて、男たちを追いかけるのを手伝ってくれました。

ぼくもそこにいました。ピッグワンの言うことをほかの人たちに伝えるためです。足には靴を履いていたんだよ。ほら、ここにあるこの靴です。ライトと、それに翼もついてる。これはクレイクがくれた特別なもので、ぼくはとてもうれしいです。だから、〝ありがとう〟って言います。でもね、危険がないなら、そして、片付けなくちゃならない悪い人たちがいないなら、履く必要はないの。だから今、ぼくの足に靴はありません。でも、横に置いてあります。これも物語の一部だからね。

その時は足に靴を履いて、長いこと歩きました。ビルがたくさんあるところまで行きました。いつもは、ビルが倒れそうだから行かないところです。でもその時は、そこまで行って、いろんなものを見ました。カオスが残したものを見ました、たくさん。空っぽのビルも、たくさん。空っぽの皮膚も、たくさん。それから金属やガラスみたいなものも、たくさん。そして、ピッグワンがスノーマン・ザ・ジミーを運びました。

ピッグワンは鼻を使って悪い男たちのにおいを追いかけて、それでどこへ行ったかがわかりました。

ええと、悪い男たちは〈卵〉に行ったんです。〈卵〉は作るところで、殺すところじゃないはずなんだけど。そして、ピッグワンも何匹か〈卵〉の中に入って、殺すためのものがある部屋に行きました。悪い男たちがそれを持っていかないようにね。悪い男たちは走っていって、〈卵〉の中に、〈卵〉の中の廊下に隠れていました。それで、最初のうちは姿が見えませんでした。

〈卵〉は暗くて、昔のように明るくはなかった。だけど、〈卵〉の中ではものが見えた。だから、ぼくが言っているのはそういう暗さじゃありません。〈卵〉は暗い感じだったの。暗いにおいがしていた。

そして、最初にスノーマン・ザ・ジミーが〈卵〉に入って、入口で見つけたんだ。積み重なって山になったいやなにおいの骨、それから、いやなにおいの骨の山がもう一つあって、全部ごちゃごちゃに混ざっていました。彼はとても悲しんで、がっくりと膝をついて、泣きました。それで、トビーは喉を鳴らしてあげようとしたんだけれど、彼はこう言いました。「ほっといて、一人にしてくれ!」って。

それから、片方のいやなにおいの骨の山にあった髪の毛からピンクのねじれたものを取って、こう言ったんです。「オリクス。ああ、なんてひどい」そして、こうも言いました。「クレイクのばか野郎! 殺す必要なんてなかったんだ!」

トビーとゼブもそこにいました。そして、ゼブが言いました。「すでに病気だったのかもしれない。それに、あいつは彼女なしでは何もできなかったのかもしれないし」って。するとスノーマン・ザ・ジミーはこう言った。「ファック、何だよ、まったく。ありきたりなことを言うのはやめてくれ! 何もわかってないくせに」

それで、ぼくはトビーに訊きました。「〝ありきたりなこと〟って何?」って。そしたら、トビーはこう答えました。すごく困っていて、もう何も考えられない人が、問題を乗り越えるのを助けることばだって。だから、ファックができるだけ早く飛んできて、スノーマン・ザ・ジミーを助けてくれるといいなと思いました。彼はとても困っていたからね。

それから、ぼくもとても困っていました。というのは、骨の山はオリクスとクレイクだとスノーマン・ザ・ジミーが言ったからです。それで、ものすごく気分が悪くなって、怖かった。ぼくは訊きました。「ねえ、トビー、これはオリクスなの？　これはクレイク？　でも、これはいやなにおいの骨、たくさんのいやなにおいの骨だ！　オリクスとクレイクは美しくなくてはだめです！　物語はそうでしょ！　いやなにおいの骨だなんて、ちがうよ！」そして、泣きました。だって、二人は死んだ人になっていたから。

でも、トビーはこう言ったんだ。骨の山はもう本当のオリクスとクレイクじゃありませんって。抜け殻にすぎないって、卵の殻みたいな。

それから、〈卵〉も物語で聞いている本当の〈卵〉じゃなかった。卵の殻しかなかったんだ。鳥が卵から出てきた後に残る殻みたいな。そう、ぼくらも鳥と同じで、割れた卵の殻はもういらない。そうでしょ？

だから、オリクスとクレイクは前とは違う姿になっていたんです。死んではいないの。二人は善良で親切です。そして、美しい。ぼくらが物語で知っているとおりなんだ。

それで、気分は少しよくなりました。

あ、まだ歌わないでください。

そしてその後、ぼくらは〈卵〉の奥のほうまで入っていきました。中は明るくなかったけれど、暗くもなかった。太陽の光が殻を通して入っていたからです。でも、暗い感じはずっと空中にあったの。そして、戦いになりました。〝戦い〟というのはね、ある人たちがほかの誰かを片付けたいと思っていて、その誰かの方でもその人たちを片付けたいと思っていること。その時、戦いになります。

ぼくらは戦いません。魚を食べません。いやなにおいの骨を食べません。クレイクがぼくらをそういうふうに作ったからです。はい、善良で親切なクレイクです。

でも、クレイクが二つの皮膚の人たちを作った時、戦うように作りました。ピッグワンも戦うように作りました。ピッグワンは牙を使って戦います。二つの皮膚の人たちは穴を開けると血が出てくる棒を使います。そういうふうに作られたんです。

どうしてクレイクがそんなふうに作ったのかはわかりません。

ピッグワンは悪い男たちを追いかけました。廊下で追いかけて、それから〈卵〉の真ん中まで追いかけていきました。そこには枯れた木がいっぱいありました。ぼくらが作られた時とは違ったんです。あの頃は木には葉っぱがたくさんついていて、美しい水があって、雨も降って、それから空には星が輝いていました。でも、もう星はなくて、あるのは天井だけでした。

悪い男たちを追いかけていった場所のことは、ピッグワンが後で全部話してくれました。その時は、トビーからピッグワンと一緒に行ってはだめと言われたんです。血の出る穴を開けられるかもしれないし、それに悪い人たちにつかまったら、もっとひどいことになるって。だから、何が起きたのか全部を見ることはできなかったけど、どなり声やピッグワンの叫び声も聞こえて、耳が痛くなりました。ピッグワンの悲鳴はとても、とても大きな声なんだ。

それから、走る音や靴を履いた人たちの足音が聞こえました。そして静かになった。その時は、みんなが考えるということをしてたんです。ええと、悪い人たちが考えて、ピッグワンも考えて、それからゼブ、トビー、ライノも考えていた。本当はね、ピッグワンに悪い男たちを追いかけてもらって、自分たちのいる方に来させて、棒で悪い男たちに穴を開けようと考えていたけれど、そうはなりませんでした。〈卵〉の中にはたくさん、たくさん廊下があったからです。

それからピッグワンの一匹がやって来て、ぼくに言いました。廊下で追いかけているのは悪い男の二人だけだって。でも、〈卵〉に入ったのは三人。それで、三人目はぼくらの上にいる。においでわかるって。でも、上にいるんだけど、どこかはわからないって。

それで、ゼブとトビーにそう伝えたら、ゼブが言いました。「連中はアダムを二階のどこかに隠したんだ。階段はどこだ?」 そしたら、スノーマン・ザ・ジミーは非常階段が四か所あると答えました。今度はトビーが訊きました。「そこに案内してくれる?」 すると、スノーマン・ザ・ジミーは言ったんです。「それだとさ、階段の一つを上っている間に、あいつらは別の階段を下りて逃げちゃうよ。どうするの?」って。ゼブは「くそ」と言いました。

廊下で悪い男たちを追いかけている時、ピッグワン三匹が怪我をしました。一匹は倒れた後、もう起き上がりませんでした。スノーマン・ザ・ジミーを運んだ一匹です。ぼくは戦いのその部分を見て、病気の人の音を出しました。そして、泣きました。

それから、悪い男二人が階段の一つを走って上りました。〝階段〟っていうのは——ええと、階段についてては後で説明しますね。でも、ピッグワンは階段を上れないんです。だから、悪い人たちが上に行ってしまったら、もう何もわからなくなりました。

そして、ゼブとトビーと二つの皮膚の人たちがぼくに言いました。ピッグワンにほかの階段がどこにあるか見つけるように頼んでほしいって。それから、悪い人たちが下りてこようとしたら、大声で叫ぶようにって。その後、みんなで外から木を持ってきて、火をおこすと、煙が出ました。煙は階段をつたって上に行きました。そして、布を顔にあてて、男たちが駆け上がった階段の下で待っていると、煙がいっぱいになって――すごくいっぱいの煙を見たよ、そして咳が出た！――悪い男二人が階段の上に現れて、三人目の男を前に押し出したんです。その人の腕を二人が両側からつかんで。男の人の手にはロープが巻かれていました。それから、靴は一つだけ。片足にだけ履いていた。でも、翼もライトもついてなかった。ここにある靴、その時ぼくが履いていた靴とは違いました。

ええと、そしたら、トビーが言ったんだ。「アダム！」って。

それでね、その人は何かを言いかけたんだけれど、悪い人の一人、短い羽が顔にある人がその人を殴った。そして、長い羽のある悪い人がこう言いました。「ここを通せ。さもないと、こいつがひどい目にあうぞ」でも、何にあうのか、ぼくにはわかりませんでした。

そしたら、ゼブが答えました。「わかった。通っていいが、その男をこっちに渡せ」って。すると、もう一人の悪い男はこう言ったんだ。「女をよこせ。スプレーガンももらう。それから、忌々しいブタどもをどけろ！」

でも、手にロープを巻かれたアダムという人は首を横に振りました。それはだめっていう意味なんだよ。それから、男たちの腕を振りほどいて前に飛び出したら倒れて、そのまま階段を転がり落ちたんだ。そしてその時、悪い男の一人が棒を使って彼に穴を開けたんです。

すぐにゼブはアダムに駆け寄りました。トビーは銃っていうのを持ち上げて、男たちに向けて、そうしたら音がしたんだ。すると、アダムに棒で穴を開けた悪い男は自分の棒を落として、足を押さえて大声を上げながら倒れました。

ええと、その時、階段の下ではトビーがアダムという人を抱えるゼブを手伝うために走り出そうとしたけど、スノーマン・ザ・ジミーがトビーのピンクの二番目の皮膚を引っ張って止めたんだ。そして、スノーマン・ザ・ジミーはぼくを自分の後ろに押しやったんだけど、それでも見ることはできました。もう一人の悪い男は壁の後ろに隠れていたけれど、頭と腕だけ外に出して、今度はその男が棒をトビーに向けました。でも、それを見たスノーマン・ザ・ジミーがものすごい速さでトビーの前に出て、代わりに穴を開けられちゃったんです。それで、彼も倒れて、ええと、血が出てきて、起き上がりませんでした。

そして今度はゼブが棒のやつを使った。そしたら、もう一人の悪い男が自分の棒のやつを落として、腕を押さえて、叫び声もあげました。痛いことがたくさんあったから、ぼくは両手で耳を押さえました。すごく痛かったんです。

それから、ライノとシャクルトンと二つの皮膚の人たちは階段を上って、悪い二人をつかまえて、ロープで縛って、引きずり下ろしました。でも、ゼブとトビーはアダムと、それからスノーマン・ザ・ジミーのそばにいました。そう、二人はとても悲しんでいた。

それから、ぼくらは〈卵〉の外に出ました。〈卵〉からは煙が出て、炎も上がっていた。それで、急いでそこから離れたんです。その時、中でものすごく大きい音がしました。

ええと、それで、ゼブがアダムを運びました。アダムはとても痩せていて、白く見えました。その時はまだ息をしていたんだ。そして、ゼブは言いました。「おれがついてるぞ、相棒。安心しろ」でも、顔はぐしゃぐしゃに濡れていました。

すると、アダムが言いました。「大丈夫だよ。ぼくのために祈ってね」それからゼブに微笑んで、こう言ったの。「心配しないで。どうせ、もう長くはなかったんだ。よい木を植えて、頼んだよ」

それで、ぼくはトビーに聞いたんだ。「ねえ、トビー、〝相棒〟って誰ですか？　この人はアダム。それが名前だって言ったよね」

するとトビーは教えてくれました。相棒というのは〝兄弟〟の別の言い方だって。アダムはゼブのお兄さんだったんです。

でもその後、アダムという人は息をしなくなりました。

それから夕方になって、ぼくらはゆっくりと歩いて戻りました。悪い男たちはピッグワンが運びました。穴が開いていて、それにロープで縛られていたからです。ピッグワンは仲間が死んだことをすごく怒っていて、男たちに牙を突き刺して、転がして、踏みつけようとしたんだけれど、ゼブは今はだめだと言って止めました。

スノーマン・ザ・ジミーとアダムもピッグワンが運びました。それから、死んだピッグワンも。その後、夜になってから、子どもたちとそのお母さんと、モ・ヘアヒツジと、ピッグワンのお母さんと赤ちゃんと、二つの皮膚の人たち――レンやアマンダやスウィフト・フォックスやアイボリー・ビルやレベッカと、残っていたほかの人たち――の待つ建物に着きました。すると、みんながぼくらを出迎えて、いっぱいいろんなことを言いました。「すごく心配した」とか「何があったの?」とか「なんてこと!」とか。

そしてぼくら、〈クレイクの子どもたち〉のぼくらは一緒に歌いました。

その夜はそこで寝て、それから食事もしました。ええと、戦いに行った人はすごく疲れていました。みんな低い声で話して、死んだ人になったアダムをじっと見ながら、こう言っていました。アダムが死んだのは、クレイクが作ったカオスを片付ける種のせいじゃなくて、血の出る穴のせいだって。それから、ともかくクレイクのあの種で死ななかったのは幸いだって。

後でトビーに〝幸い〟が何かを聞こうと思います。今、彼女はとても疲れて、眠っています。

そして、ええと、みんなでアダムという人をピンクのベッドシーツで包んで、頭の下にピンクの枕を置きました。誰もが静かで、悲しそうでした。それから、ピッグワンの何匹かはプールに泳ぎにいきました。ピッグワンは泳ぐのが大好きだからね。

そして、その次の日、ここ土壁ハウスに歩いて戻ってきました。ピッグワンが枝の上にアダムを乗せて、花も一緒に乗せて運びました。それから、死んだピッグワンも運んだけれど、アダムより大きくて重いから担ぐのがたいへんでした。

スノーマン・ザ・ジミーも同じように運びました。でも、死んでなかったんです、ぼくらが歩き始めた時は。そして、レンはスノーマン・ザ・ジミーの手を取って、泣きながら横を歩きました。二人は友だちだったからね。そして、クロージャーもレンの反対側を一緒に歩いて、彼女を助けていました。

でも、スノーマン・ザ・ジミーは頭の中で旅をしていました。遠い、とても遠いところに。前にもそんな旅をしたように。ハンモックに寝ていて、ぼくらが喉を鳴らした時のことです。だけど、今度はとても遠くに行ってしまって、戻ってくることができませんでした。

でも、そこにはオリクスがいて、スノーマン・ザ・ジミーを助けていました。だって、彼女に話しかけているのを聞いたからね。遠くに行きすぎて、見えなくなって、息をしなくなる少し前のことです。だから、今はオリクスと一緒にいます。それから、クレイクも一緒です。

これが〈戦いの物語〉

さあ皆さん、歌ってもいいですよ。

月の暦

裁判

翌朝、裁判が開かれる。

関係者全員、食卓を囲む——とはいえ、椅子に座るのはマッドアダマイトと神の庭師たちの面々だけだ。ピグーンは芝や小石の上にばらばらに寝そべり、クレイカーはその近くで葉っぱを食べながらみんなの様子を眺めている。

囚人たちは欠席。そもそも出てくる必要がない。彼らが何をしたかはもう問題ではないのだから。裁判は評決を下すためのものだ。

「ここで、やつらの運命を決めるわけだ」ゼブが言う。「あいにく、騒ぎの最中に始末することができなかった。ぶっ殺さなかったからには、ここは冷静に連中の処遇を決めなくちゃならない。今すぐ採決するか？　それとも議論すべきことがあるか？」

トビーが口火を切る。「あの男たちは通常の囚人？　それとも戦争捕虜？　それによって処遇も違ってくるわけでしょう？」連中のために何か言うべきだと思って発言したが、なぜそんなことをするのか自分でもよくわからない。単に弁護人がいないからだろうか？

「死にぞこないのクズだってことでいいだろ？」とレベッカ。

「私たちと同じ人間よ」ホワイト・セッジは言う。「それが弁明になるわけじゃないのはわかっているけど」

「おれたちの弟を殺したんだぞ」シャクルトンが声を上げる。

「ごみ溜めを這い回る脳たりん」とクロージャー。

「強姦魔で人殺し」そう言うのはアマンダ。

「ジミーを撃ったんだよ」レンは泣き出す。アマンダが肩に腕を回して抱きしめる。彼女自身は泣いていないが、木彫り彫刻のような硬く険しい目つきだ。よい処刑人になるだろうとトビーは思う。

「何でもいいだろ」ライノが言う。「〝人間〟っていうんじゃなければ、何と呼ぼうがかまわない」

連中をひと言で説明するのはむずかしい。トビーはそう考える。あの悪名高きペインボール・アリーナで三回も戦ううちに、形容詞はすべてそぎ取られて一つも残っていない。ペインボールを三回生き延びると、もう人間とは呼べないような存在になる。

「おれは全部に賛成」ゼブが言う。「話を先に進めるぞ」

ホワイト・セッジはあまり気乗りしない様子ながらも寛大な処置を嘆願する。「一方的な判断はよくないわ」と言う。「彼らが凶暴なのは、人生の早い時期に受けた仕打ちのせいだと思う。脳の可塑性や、過酷な体験が及ぼした影響を考えると、彼らが自分の行動をコントロールできたか、わからないでしょう？」

「おまえ本気でそんなアホなこと言ってるの？」シャクルトンが言う。「弟の腎臓を食ったんだぞ！殺して、解体して！モ・ヘアヒツジみたいに！歯を全部抜いてやりたいくらいだ！けつの穴から手を突っ込んで」言わなくてもいいようなことまで付け足す。

「あまり熱くなるな」ゼブが言う。「少し落ち着け。全員に言い分がある。思い入れの強弱はあるにしてもな」年を取ったみたい、とトビーは思う。老けた感じで、表情も険しい。アダムを見つけたのに、すぐにまた喪って、すっかり気落ちしてしまったのだ。誰もが悲しんでいる。ピグーンたちもシッポをだらりと垂らし、耳にハリがない。互いに慰め合うかのように身体を寄せて鼻を押しつけあう。

「純粋に理性的かつ現実的な決断を下すべきことがらについて、言い争いをするのはよくありませんな」アイボリー・ビルが言う。「問題はまず、犯罪者の矯正を監督できる施設があるかどうかです。と同時に、理論的に評決の正当性が……」

「高尚な議論をしている場合じゃない」ゼブがさえぎる。

「どういう状況であれ、人の命を奪うのはよくないことよ」ホワイト・セッジが言う。「私たちの倫理基準を下げるべきではないと思う、単に――」

「単に人類がほぼ全員死んじまって、生き残ったおれたちは電球をつけるためのソーラー電力にも不自由してるからって？」シャクルトンが言う。「それであの人間のカス二人に脳みそが飛び散るほど殴られてもいいってのか？」

「どうして、そこまで敵視するのかわからないわ」とホワイト・セッジ。「アダム一号なら赦しを説いていたはず」

「彼は間違っていたのかもしれない」そう言うのはアマンダ。「あんたは、私たちが何をされたか見てないでしょ。私とレンがどんな目にあったか。あいつらのこともわかってない」

「そうは言っても、本物の人間はごく少数しか残っていませんから」とアイボリー・ビルがまた口を開く。「ますます希少になるヒトDNAをムダにするべきではないでしょう。たとえ処刑するにしても、もしかして彼らの……その……生殖のための体液を、たとえばスポイトのようなもので吸い出すといったことをすれば、遺伝子の多様性に貢献することになるのではないですかな。近親交配で遺伝子プールを閉鎖的にするのは避けるべきですからね」

「あなたが勝手に避ければいいでしょ」スウィフト・フォックスが言う。「あんな能なしのクズ二人の腐ったDNAを採取するためだけにセックスする？ 考えただけで、ぞっとするわ」

「いや、セックスをする必要はありませんよ」アイボリー・ビルが言う。「人工授精をすればよいのです」

「自分でやってみたらどうなの？」スウィフト・フォックスはきつい調子で言い放つ。「男っていつも、女たちが子宮《ユータラシズ》をどう使うべきか、指示するのよね。あら、失礼、子宮《ユータラス》の複数形って、正しくは子宮《ユータライ》だったわね」

「二度とあいつらの腐れ精液を近寄せないで。絶対にいや。それくらいなら、手首を切ったほうがまし」アマンダが言う。「もう充分ひどい状況なのに。私のお腹にあいつらの子どもがいるかもしれないんだよ」

「あんなイカレ遺伝子を受け継いだ子どもは怪物になるに決まってる」レンが言う。「母親だって愛せないよ、自分が産んだ子でも。ああ、ごめんなさい」アマンダに謝る。

「いいのよ」とアマンダ。「あいつらの子だったら、ホワイト・セッジにあげるわ。彼女なら愛せるんでしょ。じゃなかったら、ピグーンが食べればいい。感謝されるわ、きっと」

「リハビリを試したらどうかしら」ホワイト・セッジは諦めない。「コミュニティの一員として受け入れるようにするの。夜は安全な場所に隔離してね。何か手伝わせるのよ。何かの役に立っていると感じると、人は本当に変わることも……」

「ちょっとは考えろ」ゼブがさえぎる。「ここにソーシャルワーカーが一人でもいるか？ 刑務所があるのか？」

「役に立つって、何？」アマンダが訊く。「デイケアの担当にでもするつもり？」

「おれたち全員が危険にさらされる」カツロが言う。

「地面に埋める以外、やつらを安全に隔離する場所なんてないぞ」シャクルトンが言う。

「さあ、採決だ」ゼブが言う。

投票には石を使う。黒は死刑、白は赦免。太古の昔からの採決方法。今なお古い象徴体系の中で生きる私たち。ジミーの赤い帽子に小石を集めながらトビーはそんなことを考える。白い石は一つだけだ。ピグーンは集団で一票を投じる。リーダーが通訳のブラックビアードを介して採決に参加する。「全員〝死ぬこと〟と言っています」少年はトビーに告げる。「でも、あの人たちを食べないそうです。あの男たちが自分たちの身体の一部になるのはいやだって」

残りのクレイカーは皆、戸惑っている。明らかに〝採決〟の意味を理解していない。あるいは〝裁判〟も、それからスノーマン・ザ・ジミーの帽子になぜ小石を入れるのかも。トビーはクレイクの決めたことだと説明する。

〈裁判〉の物語

夜になると、悪い男二人は部屋に入れられました。ロープで縛られていました。男たちはロープが痛くて、悲しくて、怒ってもいました。それがわかりました。でも、前のようにロープをほどきませんでした。ほどくと殺すことがもっと増えるからだめ。トビーがそう言ったんです。それから、悪い人たちが嚙み付くかもしれないから、子どもたちには近づきすぎないように言いました。

それから、男たちにスープが出されました。いやなにおいの骨のスープです。

朝、〈裁判〉がありました。皆さんも見ましたね。食卓で開かれました。いろんなことばが言われました。ピッグワンも〈裁判〉に来ていました。

もっと時間が経ったら、もしかしたら、わかるかもしれません。この〈裁判〉のことが。

〈裁判〉の後、ピッグワンは全員で海のほうに行きました。それから、トビーも一緒に行きました。あの銃というもの——ぼくらは触っちゃいけないんだよね——を持っていました。それから、ゼブも行きました。アマンダも、レンも行きました。それから、クロージャーとシャクルトンも。でも、〈クレイクの子どもたち〉のぼくらは行かなかった。トビーがぼくらにはつらすぎるだろうと言ったからです。

それからしばらくして、みんな戻ってきました。でも、二人の悪い人はいなかった。みんな疲れているようでした。でも、前より穏やかな感じでした。

悪人がいなくなって、ぼくらは安全になったとトビーは言いました。ピッグワンも赤ちゃんが安全になったと言いました。それから、こんなことも言いました。〈戦い〉は終わったけれど、トビーとゼブと約束したことをこれからも守るって。だから、二つの皮膚の人たちを追いかけて食べないし、菜園を掘り返さない。ハチが集めるハチミツも食べないって。

すると、トビーは彼らに伝えることばをぼくに言いました。私たちも約束を守ります。皆さんと、皆さんの子ども、そして子どもの子どもたちは誰もスープのいやなにおいの骨になりません。そして、ハムにもならない、と続けました。それから、ベーコンにもならないって。

そうしたら、レベッカが言いました。〈残念だ〉

今度はクロージャーが訊きました。〈何を話してる？　ファック、何が起きているんだ？〉でも、トビーがこう言ったんだ。〈言葉遣いに気をつけなさい。この子が混乱するでしょ？〉

それで、ぼくは言いました。クロージャーは今ファックを呼ぶ必要がない。だって、今はもう誰も困っていないから、ファックの助けはいらないって。そしたら、トビーも言ったんです。〈そうね、つまらないことでいちいち呼び出されるのはいやでしょうね〉すると、ゼブが咳をしました。

ピッグワンがいなくなると、トビーはぼくらにこう言いました。悪い男二人は海の向こうに流されたって。クレイクがカオスを流してしまったように、彼らも流されたんです。だから、すべてが前よりもずっときれいになりました。

はい、善良で親切なクレイクです。

ああ、歌わないでください。

皆さんが歌うと、クレイクの話すことばが聞こえなくなって、皆さんに伝えることがわからなくなっちゃうの。それに、皆さんがクレイクのために歌っている間、彼は物語のことばをぼくに言えないんです。だって、歌を聴かなくてはならないからね。

ええと、そう、これが〈裁判の物語〉です。〈裁判〉っていうのはクレイクが作ったことの一つ。ぼくらは〈裁判〉をしません。皮膚が二つの人たちとピッグワンだけが〈裁判〉をするんです。

そして、それでいいんです。ぼくは〈裁判〉が好きではなかったからね。

ありがとう。おやすみなさい。

儀礼

刺胞動物の祝祭について、トビーが記す。上弦の月と満月の間。

刺胞動物門に属するのは、たとえばクラゲ、サンゴ、イソギンチャク、ヒドラの類だ。神の庭師たちは生物分類の門や属を念入りに調べ、一つ残らず祝祭や祭りのリストに入れようとした。そのおかげで、ずいぶん珍妙な祝賀行事もあった。たとえば、腸内寄生虫の祭りは皆の記憶に強く残ったが、楽しく素敵な行事とはとても言えないしろものだった。

その一方で、刺胞動物の祝祭は格別に美しかった。紙で作ったクラゲのランタンや、大型ごみ箱で見つけたもので作ったたくさんの飾り。使用済みのふうせんや膨らませたゴム手袋に細い紐を垂らして飾りにするような工夫もあった。食器洗いの丸いブラシはイソギンチャクに、そして、サンドイッチ用の透明ビニール袋はヒドラになった。

子どもたちはひらひらするリボン飾りをつけ、腕をゆっくりと動かして、小さなクラゲのダンスを踊った。クラゲの一生――ほとんど何も起こらない退屈なもの――をテーマにした芝居を延々と演じた年もあった。〝最初は卵でした、それからどんどん成長して、クラゲになりました、緑にピンクに青〟だが、電気クラゲが登場すると、がぜん劇的な展開になる。〝こちらに流され、あちらに流され、私の触手は細くて見えない、でも、私に絡まないで、さもなきゃ息の根、止めるわよ〟

レンがこの芝居づくりを手伝ったのだろうか、とトビーは思う。アマンダかしら？　歌の内容といい、幼い子どもに魚を演じさせ、それを一刺しで殺す展開といい、アマンダの演出としか思えない。というか、街の掟に通じたヘーミン地ドブネズミ時代のアマンダの。そのアマンダは、ペインボーラーの悪党二人を処分した後、生まれ変わって昔の彼女に戻ったようだった。

「ペインボーラーの悪党二人を処分した後」と彼女は書く。〝処分〟というと、ごみ処分を思い出し、連中がごみのように聞こえる。こんな悪意ある言葉遣いはかつてのイブ六号という立場に相応しいだろうか。相応しくないとは思ったが、そのまま残す。

「ペインボーラーの悪党二人を処分した後、レン、シャクルトン、アマンダ、クロージャー、そして私はアヌーユー・スパの森の道を戻り、かわいそうにオーツがペインボーラーの悪党どもに喉を切られ、吊るされていた木のところに来た。

遺体はもうあまり残っていなかった――カラスが消化吸収しただけでなく、ほかにも自分の血肉にした動物がたくさんいたにちがいない――が、シャクルトンは木によじ登り、ロープを切り、クロージャーと一緒に弟の骨を集めてベッドシーツに包んだ。

その後、堆肥化を行う。ピグーンは私たちとの友情と異種間協力のしるしとして、アダムとジミーを堆肥作りの場に運ぶと申し出た。そして、草と花をたくさん集め、遺体を覆ってくれる。それから全員でその場まで並んで歩いた。クレイカーは道中ずっと歌っていて」

彼女は、「……それが神経にさわった」と続ける。だが、ブラックビアードは文章を書く能力がどんどん上達しているので、そのうち彼女が書いたものを読むかもしれないと考え、それを消す。

「短い話し合いの後、ピグーンは私たちの意向――私たちはアダムとジミーを食べるつもりはなく、ピグーンにも食べてほしくない――を理解し、同意した。こうした問題に関する彼らのルールは複雑なようだった。死んだ子ブタは妊娠中の雌ブタが食べる。お腹の胎児にタンパク質を与えるためだ。一方、成長したブタ、特に尊敬される大人のブタの死体は、広く生態系に捧げられる。ブタ以外の生きものについては、食べ放題だ。

アマンダは、ジミーの一生のなかにピグーンの糞になる段階があるのはとても受け入れられない、とも言った。だが、ブラックビアードはこの発言を通訳しなかった。オーツについては、残った部分が少なくて問題にならない。

三人ともピラーの近くに埋葬し、それぞれの上に木を植えた。ジミーの木は、レン、アマンダ、ローティス・ブルーが植物園に行き、〈世界の果実〉区画──フルーツ好きで、区画の場所をよく知るピグーンに案内してもらった──で、ケンタッキーコーヒーの木を選んだ。その葉はハート型で、果実はコーヒーの代用品になる。みんな喜んでくれるだろう。野草の根を焙煎したコーヒーがそろそろ切れかけているから。

オーツには、クロージャーとシャクルトンがオークの木を選んだ。発音が似ていて、弟を連想するからというのが選択の理由。後でドングリが食べられるため、ピグーンはうれしそうだった。

アダム一号の木を決めたのは近親者のゼブ。選んだのは野生リンゴの木だ。聖書と少し関係があり──と彼は言う──アダムに相応しかったから。この木は果実で美味しいゼリーができるという利点もあり、アダムも納得したにちがいない。神の庭師たちは象徴についていつもとやかく言っていたが、その一方で、しごく実際的でもあった。

ピグーンには彼らなりの葬儀のやり方があった。死んだピグーンを埋めることはせず、公園のテーブルそばの空き地に置いた。死体の上にはたくさんの花や枝が積み上げられ、ピグーンたちはシッポをだらりと垂らしたまま、静かに立っていた。そして、クレイカーたちが歌った」

「ねえ、トビー、何を書いているの？」ブラックビアードが訊ねる。土壁ハウスの彼女の小部屋に——いつものように前触れもなく——入ってきて、トビーのすぐそばに立っている。その大きく、緑色に光る異様な瞳で彼女の顔をのぞき込む。

クレイクはどうやってこの眼を考え出したのだろう？ どんなふうに内側から光を放っているのだろう？ 光るように見せているだけなのだろうか？ 深海生物の発光性物質が使われているにちがいない。彼女はよくそんな思いにとらわれる。

「物語を書いているの」彼女は答える。「あなたと、それから、私とピグーンとみんなの物語。どうやってスノーマン・ザ・ジミーとアダム一号——そしてオーツもね——を土の中に置いたかという物語。オリクスが彼らを木の姿に変えてくれるように土の中に置いたのよね。それは幸せなことでしょう？」

「はい、幸せなことですね。ねえ、トビー、眼をどうしましたか？ 泣いているの？」ブラックビアードは訊ね、彼女の眉に触れる。

「ちょっと疲れているだけ」答えるトビー。「眼も疲れているのよ。書き物をすると眼が疲れるの」

「喉を鳴らしてあげましょう」ブラックビアードが言う。

クレイカーの幼い子どもたちは喉を鳴らさない。ブラックビアードはぐんぐん成長している——ほんと、クレイカーの子どもたちは成長が早いのよね——が、喉を鳴らせるほど大きくなったのかしら？ どうもそうらしい。彼は両手を彼女の額に当てて、クレイカーが喉を鳴らす時の小型モーターのような音があたりに広がる。喉を鳴らしてもらうのははじめてだが、たしかにかなり癒やされる感じがする。

「どうですか？」ブラックビアードが言う。「物語を話すのはむずかしいけれど、書くのはもっとむずかしいんですね。ねえ、トビー、疲れすぎたら、次はぼくが物語を書きますよ。トビーを助ける人、トビーのヘルパーになるよ」

「ありがとう」とトビーが言う。「とても助かるわ」

ブラックビアードは夜明けのような笑顔を見せる。

月の暦

ブライオフィタ・ザ・モスの祭り。欠けていく三日月。

ぼくはブラックビアード。これはぼくの声です。トビーを手伝うためにぼくの声を書きます。書いたものを見れば、皆さんは頭の中で、ぼく(ブラックボードです)が話しているのが聞けます。それが書くということです。でも、ピッグワンは書くことをしないでそれができます。クレイクの子どもたちのぼくらも時々できます。皮膚が二つの人たちはできません。

今日、トビーはブライオフィタ〔蘇苔類〕というのは苔《モス》のことだと言いました。苔ならば、〝モス〟と書かないといけない、とぼくは言いました。トビーは名前が二つあるのだと言います、スノーマン・ザ・ジミーみたいに。だから、ブライオフィタ・ザ・モスと書きます。こんなふうに。

今日、ぼくらはスノーマン・ザ・ジミーの絵を作りました。それから、アダムの絵も作りました。ぼくらはアダムを知らなかったけれど、ゼブとトビーと、アダムを知っていた人たちのために作りました。スノーマン・ザ・ジミーの絵には、浜辺から持ってきたモップを使いました。瓶のふたや小石や、ほかのものも使いました。でも、赤い帽子は使わなかった。物語のためにぼくらが持っていなくてはならないからです。

布の皮膚を見つけたので、アダムの絵には腕の二つあるその布の皮膚を使いました。頭には白いプラスチックの袋を使いました。カモメからもらった羽と、浜辺で拾った青いガラスも使いました。彼の目は青かったからです。

スノーマン・ザ・ジミーの絵を前に一度作ったことがあります。彼を呼び戻すためでした。そして本当に呼び戻すことができました。でも、今度はスノーマン・ザ・ジミーやアダムを呼び戻すのではなくて、ゼブやトビーやレンやアマンダの気持ちをよくするための絵です。そのために、ぼくらは絵を作りました。みんな絵が好きなんです。

ありがとう。おやすみなさい。

聖モード・バーロウと水の祝祭。新月。

ゼブはアダムの死から立ち直りつつある。今は仲間と一緒に土壁ハウスの拡張工事に励んでいる。間もなく保育室が必要になるからだ。妊娠の進行が通常よりも早いので、女たちの多くが子どもは三人ともクレイカーとのハイブリッドだろうと思っている。

庭園でも植物が成長している。モ・ヘアヒツジは数が増えた――青毛、赤毛、ブロンドが一匹ずつ、あらたに加わった――が、子羊の一匹がライオバムの犠牲になる。ライオバムも増えつつあるようだ。

「クレイカーの一人が言うには、クマらしきものを見たらしい」とトビーは書く。「驚くようなことではない。だが、ハチの巣箱に見張りを立てたほうがよいのだろうか？　ハチの巣をもう一つ見つけたので、巣箱は今二つある。

シカは急増している。入手可能な動物性タンパク質源の一つで、豚肉ほど美味しくはないが、脂肪分はずっと少ない。シカ肉はあまりよいベーコンにはならない。だが、よりヘルシーだとレベッカは言う」

ジムノスパームの祭り。満月。

トビーが仲間たちに今日は神の庭師たちの祭りの一つ、裸子植物《ジムノスパーム》の祭りだと告げたのは失敗だった。体操選手《ジムナスト》と精液《スパーム》、はては男のクレイカーについての悪い冗談が飛び交った。ただ、ゼブも冗談を一つ言ったのはよい兆候だ。喪の期間がもうすぐ明けるのかもしれない。

正常に機能するソーラー発電装置が三台追加された。今まであったのが一つ動かなくなっていた。バイオレット・バイオトイレの一つが故障がち。シャクルトンとクロージャーは炭作りを試しているが、うまくいったりいかなかったりだ。ライノ、カツロ、マナティーはしばしば浜まで下りて魚釣りをする。アイボリー・ビルはコラクル舟〔樹皮や枝を編んで作る円形の小舟〕を設計中だ。

子ブタの時期を過ぎたばかりの若いピグーン二匹が庭園のフェンスの下を掘って、根菜——おもにニンジンとビート——を食べているのが見つかった。マッドアダマイトは例の合意が守られるだろうと考え、ピグーンの監視を緩めたところだった。たしかに、大人のピグーンは合意を守っていたが、若い世代というのは種を問わず、無茶をするものだ。

会議が招集された。ピグーンは三匹を代表として送り込んだ。三匹とも若者に恥をかかされた大人の常として、ばつが悪そうで、怒っているようにも見えた。ブラックビアードが通訳として同席する。

こういうことは二度と起きないようにする、とピグーンは言った。またやったら問答無用でベーコンやスープの骨にするという脅しは、規則を破った若いピグーンに効き目があったようだ。

鹿の聖人ゲイクリ・ババの祭り。新月。

ハチはさかんに蜜を集め、最初のハチミツ採取が行われた。ホワイト・セッジは〈音楽と瞑想〉グループの活動を始め、多くのクレイカーがとても楽しんでいる。ベルーガが助手を務める。タマラウはヒツジのチーズ作り――ハードタイプとソフトタイプの両方――とヨーグルト作りに挑戦中だ。保育室の工事は出産にちょうど間に合うタイミングで終了した。予定では、もうじき三人の赤ちゃんが産まれる。ただし、スウィフト・フォックスは双子が産まれると言い張っている。ゆりかごを作るかどうかを検討中だ。

「ブラックビアードは自分の日記をつけるようになった」トビーは書く。「専用のペンと鉛筆をあげた。何を書いているのか知りたいが、のぞき見するような真似はしたくない。今ではクロージャーと同じくらいの背丈がある。あの青くなる特徴も出始めている。間もなく大人になってしまう。寂しい気持ちになるのはなぜだろう?」

庭の聖人フィアクルの祝祭。

皆さんが頭の中で聞いているのは、ぼくの声、ブラックビアードの声です。これを〝読むこと〟といいます。そして、これはぼくの本、トビーが書くのではなく、ぼくが書く、新しい自分の本です。

今日、トビーとゼブは変なことをしました。二人で小さな焚き火の上を飛んで、トビーがゼブに緑の葉のついた枝をあげて、ゼブもトビーに枝をあげました。それから、二人はキスをしました。それで、皮膚の二つある人たちは皆それを見ていて、大きな声で喜びました。

そして、ぼく（ブラックビアード）は言いました。「ねえ、トビー、どうしてそんなことをするの？」

すると、トビーが答えました。「昔からやっていることなの。私たち二人が愛し合っているってことを見せるのよ」

それで、ぼく（ブラックバード）は言いました。「でも、そんなことをしなくても、愛し合っているでしょ」

そうしたら、トビーが言いました。「説明するのはむずかしい」って。それから、アマンダが言いました。「それをやると二人は幸せになるからよ」ブラックビアード（ぼくがブラックビアードブラックビアード）はなぜだかわかりません。でも、何かで二人が幸せになるとか、ならないとかいうのは変です。

ブラックビアードはもうすぐはじめての交尾ができるようになります。次に女の人が青くなったら、彼もとても青くなって、花を集めて、そして選ばれるかもしれません。彼（ぼく、ブラックビアード）はトビーに訊きました。ぼくらは選ばれるために女の人に花をあげて、その後で歌います。緑の枝はぼくらの花のようなものですかって。すると、彼女はそうね、だいたいそういうことですって答えました。

それで、少しわかりました。

ありがとう。おやすみなさい。

ブナ科コナラ属の祭り。ピグーンの祝祭。満月。

「私の一存で、神の庭師たちの標準版の祝祭暦にピグーンの祝祭を加えることにした」とトビーは書く。「ピグーンの名前を冠した記念日があってしかるべきだ。ブナ科コナラ属の祭り、いわゆるオーク・ツリーの日を彼らの祝祭の日に決めた。ドングリのなる木だから相応しいと考えた」

動物たちの女王、アルテミスの祝祭。満月。

この二週間で予定されていた三つのお産すべてが無事に終わった。生まれたのは四人。スウィフト・フォックスが男の子と女の子の双子を出産したためだ。二人ともクレイカーの緑色の眼をしていて、これにはトビーも安堵した。ゼブ・ジュニアの存在に耐える必要がなくなったわけだから。彼女は花柄のベッドシーツで赤ちゃん用の日除け帽子を四つ作った。クレイカーの女たちにはこれがおかしくてたまらない。この帽子は何のため？　クレイカーの赤ちゃんは日焼けしないのだ。

幸い、アマンダの子どもはペインボーラーではなくクレイカーの系統だった。大きな緑色の瞳は間違えようがない。難産で、トビーとレベッカが会陰切開をしなくてはならなかった。トビーは新生児への影響を心配して、ケシをあまり使おうとしなかったので痛みを伴う出産になった。アマンダが子どもを拒絶するのではないかというトビーの心配は杞憂に終わり、彼女は赤ちゃんをずいぶんと気に入っているようだ。

レンの子どもも緑色の眼をしたクレイカーとのハイブリッドだった。

ほかにどんな特徴を受け継いでいるのだろう？　虫除け機能はすでに備わっているのだろうか？　あの独特の発声構造を持ち、クレイカーのように喉を鳴らしたり、歌ったりできるのだろうか？　性的な周期もクレイカーと同じなのだろうか？　マッドアダマイトはこうした問題を食卓でよく議論する。

母親三人とその子どもたち四人は全員元気で、クレイカーの女たちが始終つきまとい、喉を鳴らしたり、世話を焼いたり、贈り物を持ってきたりする。贈り物といっても、クズの葉や浜辺で拾った光るガラスだが、彼女たちの心のこもったものだ。

現在ローティス・ブルーが妊娠中だが、子どもの父親はクレイカーではないと言う。選んだ相手はマナティーだった。彼は海釣りやシカ狩りに出かけないかぎり、彼女ローティス・ブルーのことをよく気遣っている。

クロージャーとレンは二人でレンの子どもを育てるつもりらしい。シャクルトンはアマンダを支え、アイボリー・ビルはスウィフト・フォックスの双子の子育てを手伝う父親役を買って出た。「全員が協力する必要があります」と彼は言う。「何しろ、人類の未来のことなんですから」

「せいぜいがんばって」スウィフト・フォックスはそう言いながらも、彼の手助けを受け入れている。

「ゼブ、ライノ、私の三人は危険を押してドラッグストアまで出かけた」とトビーは書く。「使い捨ての紙おむつを何袋か集めることができた。でも、本当に必要なのだろうか？　クレイカーの赤ちゃんはそんなものを使わない」

カンノン・ザ・オリクスとリゾーム・ザ・ルーツの祝祭。満月。

観音《カンノン》はオリクスに似ている。トビーはそう言います。リゾーム〔地下茎〕は根《ルーツ》のようなものだと言います。

それで、ぼく（ブラックビアード）はそういうふうに名前を並べて書きました。

次は、生まれた赤ちゃんの名前です。

レンの子どもはジマダムといいます。スノーマン・ザ・ジミーの名前に似ていて、アダムの名前にも似ています。レンはジミーの名前がこの世界でまだ呼ばれて、ジミーが生きているような名前が欲しかったと言います。そして、アダムの名前にも同じことを望みました。

アマンダの子どもの名前はピラレンといいます。ピラーの名前に似ています。ピラーは、ハチと一緒にニワトコの木に住んでいます。そして、レンの名前にも似ています。レンはアマンダのとても仲のよい友だちで、ヘルパーです――あらゆる苦楽をともにしてきた仲なんだ、とアマンダは言いました。ぼく(ブラックビアード)は後で〝あらゆる苦楽〟の意味をトビーに聞こうと思います。

スウィフト・フォックスの子どもはメダラとオブロンガタといいます。メダラは女の子で、オブロンガタは男の子です。スウィフト・フォックスはこの名前にした理由はむずかしいと言います。頭の中の何かと関係があるそうです。

赤ちゃんは皆、ぼくらをとても幸せにします。

ぼく(ブラックビアード)は、はじめての交尾をしました。相手はサラ・レイシーで、彼女が彼の花を選んだので、彼は誰よりも幸せです。間もなく赤ちゃんがもう一人産まれるとサラ・レイシーがぼくらに言いました。というのも、彼(ブラックビアード)とほかの三人の父親四人組は皆、交尾のダンスをとても上手に踊ったからです。

それから、歌も上手でした。

ありがとう。おやすみなさい。

本

本

はい、これがトビーがぼくらと一緒に暮らしていた時に作った〈本〉です。ほら、これです。彼女はたくさんのことばを〝ページ〟の上に作りました。ページは〝紙〟でできています。彼女は〝書くこと〟で、ことばを作ったんです。〝書く〟というのは、〝ペン〟という棒と〝インク〟という黒い液体でしるしをつけること。そして、そういう〝ページ〟を集めて、片側をくっつけて、〝本〟にします。ほらね、わかるでしょう？　これがその〈本〉、〈ページ〉があって、これが〈書いたもの〉です。

トビーはどうやってページの上に、ペンでことばを作るのかを、ぼく、ブラックビアードに教えてくれました。ぼくが小さい時にね。それから、ページにつけたしるしをどうやって声に戻すのかも教えてくれました。だから、ページを見て、ことばを読めばトビーの声が聞こえます。そして、そのことばを声に出すと、皆さんにもトビーの声が聞こえるんです。

あ、歌わないでください。

それで、彼女はこの〈本〉に〈クレイクのことば〉を書きました。〈オリクスのことば〉や、どうやって二人がぼくらを作って、ぼくらのためにこの安全で美しい〈世界〉を作ったかについての〈ことば〉も書きました。

それから、この〈本〉には、〈ゼブのことば〉や、ゼブのお兄さんの〈アダムのことば〉もあります。〈ゼブがクマを食べた〉という〈ことば〉、どうして彼がぼくらの〈守りびと〉になって、人を傷つける残酷な悪人から守ってくれたのかという〈ことば〉もあるし、〈ゼブのヘルパー〉——ピラー、ライノ、カトリナ・ウーウーとヘビのマーチ——や、マッドアダマイト全員の〈ことば〉もある。それに、クレイクがぼくらを作ったはじまりの時からずっと一緒で、ぼくらを〈卵〉から外に出して、より暮らしやすいこの場所に連れてきてくれた〈スノーマン・ザ・ジミーのことば〉もあります。

それから、〈ファックのことば〉もあるけれど、これはあまり長くない。ほら、ファックについては一ページだけです。

はい、ぼくらが困っている時に飛んできて助けてくれますね。クレイクが彼を送ってくれます。だから、クレイクに感謝してファックの名前を言うんです。でも、この書いたものの中に、彼の〈ことば〉はあまりありません。

まだ歌わないでくださいね。

それから、トビーはアマンダとレンとスウィフト・フォックス——ぼくらの〈愛しいオリクス・マザー〉三人——についても〈ことば〉を残しました。三人は教えてくれました。ぼくらも二つの皮膚の人たちも人として同じで、みんなヘルパーだってことを。でも、それぞれ生まれつきの取り得は違っていて、だから青くなる人とならない人がいるってことも。

それで、トビーはこう言いました。ぼくらは相手に敬意を持って、礼儀正しくしなくてはいけないって。だから、青いことが問題になる時は、女の人が本当に青いのか、青のにおいがしているだけなのか、最初に訊かなくてはならないんです。

それから、トビーはプラスチックのペンがなくなって、そして鉛筆もなくなったらどうするかを教えてくれました。彼女は未来を見通すことができて、ペンや鉛筆や紙――昔はカオスの街の建物の中に生えていました――がなくなる時が来るとわかっていたからです。

それで、鳥の羽根でペンを作る方法を教えてくれました。それから、壊れた傘の骨でもペンを作りました。

〝傘〟はカオスの時のものです。身体に雨がかからないように使っていたんですよ。なぜそんなことをしていたのか、ぼくにはわかりません。

それから、トビーはクルミの殻に酢と塩を混ぜて作ったインクで黒いしるしをつける方法を教えてくれました。このインクは茶色ですね。果物の実から、いろいろな色のインクを作ることもできます。ピラーの〈霊〉の入ったニワトコの実からは紫色のインクを作って、そのインクで〈ピラーのことば〉を書きました。トビーは植物から紙をもっとたくさん作る方法も教えてくれました。

そして、トビーはぼくらが書くこの〈本〉について、いくつかの注意をしました。彼女は言いました。紙を濡らしてはいけないって。濡れると、〈ことば〉が溶けてなくなって、もう声が聞こえなくなるんです。それから、紙にカビができると、黒くなってばらばらに崩れてしまう、だから、〈本〉をもう一つ作っておくべきだって。最初の〈本〉と同じ書いたものでね。そして、誰かが書くことや、紙やペンやインクのことや、それから読むことを学んだら、その人も同じ〈本〉を作るの。そう、最初の〈本〉と書いたものが同じ〈本〉。そうすれば、〈本〉がいつもそばにあって、ぼくらはいつでも読めるからね。

それから、〈本〉の最後には新しいページを作って、付け加えるべきだとも言っていました。それでそこには、トビーがいなくなった後に何が起きたかを書くんです。そうすると〈ことば〉が全部わかるようになりますからね。クレイクやオリクスの〈ことば〉や、ぼくらの〈守りびと〉ゼブや彼のお兄さんのアダムの〈ことば〉、それからトビー、ピラー、三人の〈愛しいオリクス・マザー〉の〈ことば〉の全部が。そうして、ぼくら自身のことや、最初にぼくらが生まれた〈卵〉についての〈ことば〉も全部わかるようになります。

そういうわけで、〈本〉や紙や書くことについて、ジマダムとピラレンとメダラとオブロンガタ——ぼくらの〈愛しいオリクス・マザー〉三人、レンとアマンダとスウィフト・フォックスが産んだ子どもたち——に、そのすべてを教えました。

むずかしくてたいへんだったけれど、子どもたちも学びたいと言いました。四人が力を合わせてみんなを助けるために学んだんです。そして、トビーがいつかそうなると言ったように、ぼくがもうみんなと一緒ではなくなって、トビーやゼブが行った場所に行ってしまったら、その時は、ジマダムやピラレンやメダラやオブロンガタがこういうことを次の若い人たちに教えるの。

それで、ぼくはトビーが〈書くこと〉をやめて、それを〈本〉に加えることもやめてしまった後に起きたことを書いて〈本〉に加えました。こうやって付け加えたから、ぼくらはみんな、彼女のことや、ぼくらがどんなふうに生まれたのかがわかるんですよ。

そして、ぼくが作ったこの新しい〈ことば〉は〈トビーの物語〉といいます。

トビーの物語

では、スノーマン・ザ・ジミーの赤い帽子をかぶります。ほら、頭の上にあります。それから、魚はもう口の中に入れて、取り出しました。これからは聞く時間です。ぼくがこの〈本〉のおしまいに書き加えた〈トビーの物語〉を読む間、皆さんは聞いていていてくださいね。

ある日、ゼブは南への旅に出た。その方角に行ったのは、シカ狩りをしていた時に高く上る煙を見たからだ。そして、それは森が火事になった時の煙ではなく、もっと薄い煙だった。それから数日間、彼は注意して見ていたが、煙は大きくも小さくもならず、同じ状態が続いた。けれどもある日、煙は近づいた。そして、次の日にはもっと近くなった。

それで、ゼブはぼくらに言った。人――カオスの前の人たち、つまりクレイクがカオスをきれいに片付ける前の人たち――がまだほかにいるのかもしれない。でも、いい人たちなのか？　それとも、ぼくらを痛めつける残酷で悪い人たちなのか？　まったく見当がつかない。その答えがはっきりするまで、ゼブはその人たちをぼくらにあまり近寄らせたくないと思った。いい人たちだとわかったら、ぼくらは彼らのヘルパーになって、彼らもぼくらのヘルパーになるだろう。でも、よくない人たちだったら、ぼくらに近づかせず、ぼくらを傷つけるようなこともさせず、彼らを片付けよう。そう彼は言った。

それで、エイブラハム・リンカーンとアルバート・アインシュタインとソジャーナ・トゥルースとナポレオンは手伝うために一緒に行こうとした。そして、ぼく、ブラックビアードも一緒に行くつもりだった。というのも、ぼくはもう子どもではなく、青いしるしや強さもある大人の男になっていたからだ。でも、ぼくらには過酷すぎることが起きるかもしれない。ゼブはそう言って反対した。〝過酷〟の意味がよくわからなかった。するとトビーも言った。ぼくらがその意味をずっと知らずに済むよう願っていると。それから、ゼブは言った。〈戦い〉になるかもしれないから、ぼくらは残るべきだ。それに、ぼくらが一緒に行って戻らなかったら、みんながとても悲しむ。トビーはこうも言った。オリクスとピラーの〈霊〉にも訊ねたら、二人ともゼブと一緒に行かないで、残るべきだと答えたと。それで、ぼくらは一緒に行かないことにした。

ゼブはブラック・ライノとカツロを連れていった。マナティー、ザンザンシト、シャクルトン、クロージャーも一緒に行きたがったけれど、彼らは残って幼い子どもたちを守るべきだとゼブは言った。トビーもあの銃というもの――ぼくらが触ってはいけないもの――と一緒に残らなくてはならなかった。なので、彼らも行かなかった。そして、ゼブは言った。偵察するだけ、何が起きているか見てくるだけだ。そして、悪いことがあったら、火をおこす。新しい火をおこすから、煙が見えるだろう。そうしたら、助けを送ってもらいたい。ピッグワンにもそう伝えてほしい。ただ、ピッグワンはあちこち動いているから、まず彼らを見つけなくてはならないだろう。

そして、ぼくらは長いこと待ったけれど、ゼブは戻ってこなかった。それで、シャクルトンはぼくらの仲間の青い男を三人連れて、薄い煙がまだ高く上っているかどうかを見に行った。戻った彼らによると、煙はもうなかった。ということは、火をおこしていたのはよくない人たちで、その人たちを絶対にぼくらに近寄らせないため、ぼくらの〈守りびと〉ゼブはいきなり〈戦い〉をすることになったにちがいない。でも、戻らなかったから、彼も、それからライノとカツロも、ともに〈戦い〉で死んでしまったのだろう。

トビーはこの報せを聞くと泣いた。

そして、ぼくらは皆、悲しんだ。けれども、トビーは誰よりも深く悲しんでいた。なぜって、ゼブがこの世にいなくなってしまったのだから。それで、ぼくらは喉を鳴らしてあげたけれど、彼女が幸せになることは二度となかった。

その後、彼女はどんどん痩せて小さくなった。そして数か月が過ぎた頃、消耗性疾患という身体が衰えていく病気にかかっているとぼくらに告げた。身体が内側からどんどん食べられていく病気だ。喉を鳴らしても、ウジ虫を使っても、彼女が知っているものでは治せない。おまけに、彼女の消耗性疾患の症状はどんどん進んで、もうすぐ歩けなくなるという。それで、ぼくらはどこでも行きたい場所に運んであげると言うと、彼女はありがとう、と微笑んだ。

それから、彼女はぼくら全員を一人ずつ呼んで、おやすみなさいと言った。これはずいぶん前に彼女が教えてくれたことだ。相手の人がよく眠れるように、悪い夢にうなされないように願ってそう言う。だから、ぼくらもおやすみなさいと言った。そして、彼女のために歌った。


その後しばらくして、トビーはとても古いナップサックを取り出した。色はピンク。そしてその中にケシの瓶とキノコの瓶——ぼくらは絶対に触ってはいけないと言われていたもの——を入れた。それから、ぼくらについてこないように言うと、棒を支えにゆっくりと森の中に入っていった。

彼女がどこに行ったのか、この〈本〉に書くことはできない。というのも、ぼくは知らないからだ。彼女は自分で死を選び、その後ハゲワシに食べられたという人がいる。ピッグワンはそう言う。また、オリクスに連れていかれて、今では夜になるとフクロウの姿で森の中を飛び回っているという人もいる。

あるいは、ピラーのもとに行き、ニワトコの木に彼女の〈霊〉があるという人もいる。

さらには、彼女はゼブを探しに行ったという人もいる。彼はクマの姿で、彼女もクマの姿になって、今は二人一緒にいるという。そして、それがいちばんよい答えだ。なぜって、いちばん幸福な答えだから。だから、ぼくはそう書いた。ほかの答えも書いておいたが、小さく書くだけにした。

トビーが出ていった後、〈愛しいオリクス・マザー〉の三人は激しく泣いた。ぼくらも泣いて、三人のために喉を鳴らしたら、しばらくしてみんなの気持ちが少し落ち着いた。そして、レンがこう言った。明日はまた新しい一日。どういう意味かわからない、と訊ねると、アマンダが言った。重要なことじゃないから、気にしなくていい。ローティス・ブルーは希望ということだと言った。

それから、スウィフト・フォックスはまた妊娠したそうなので、もうすぐまた赤ちゃんが生まれる。父親四人組はエイブラハム・リンカーン、ナポレオン、ピカソ、それからぼく、ブラックビアード。この交尾に選ばれたことをぼくはとてもうれしく思う。そしてスウィフト・フォックスは、赤ちゃんが女の子だったらトビーという名前にすると言った。そう、それが希望ということだ。


これで〈トビーの物語〉はおしまいです。ぼくがこの〈本〉に書きました。ぼくの名前――ブラックビアード――も書いておきました。子どもの時、トビーがはじめて書き方を教えてくれたのはこれ、ぼくの名前でした。ここに書くと、このことばを書き残したのはぼくだという意味になるんですよ。

ありがとう。

では、歌いましょう。

謝辞

『マッドアダム』はフィクションだが、作品中のテクノロジーや生物学的事象には実在しないものや開発中でないもの、あるいは理論上不可能なものは一切含まれない。

『マッドアダム』の主要人物の多くは、本シリーズの先行二作『オリクスとクレイク』『洪水の年』にすでに登場している。何人かの名前はさまざまな活動支援の寄付を介して決まった。たとえば、拷問被害者のための医療財団(「アマンダ・ペイン」)や雑誌『ウォルラス』(「レベッカ・エクラー」)。『マッドアダム』で新たに加わった名前もある。「アラン・スレイト」は、同氏娘のマリア(氏の伝記は『スライト・オブ・ハンド』という)のご厚意で決まった。「カトリナ・ウー」はヤン・ウーのご厚意により、「マーチ」はワットパッド・ドット・コム(Wattpad.com)のくじ引きゲーム――当選者はルーカス・フェルナンデス――の結果、命名された。聖ニコライ・バビロフはソナ・グロヴェンスタインのおかげで登場することになり、また、養蜂についての有益な情報はハニー・ディライト(オーストラリア、キャンベラ)のカルメン・ブラウンに提供いただいた。

いつものことだが、まずは私の編集者各氏に謝意を表したい。マクレランド&スチュワート社(カナダ)のエレン・セリグマン、ダブルデイ社(アメリカ)のナン・タリーズ、そしてブルームズベリー社(イギリス)のアレクサンドラ・プリングル。最初に原稿を読んでくださった以下の方々にもお礼申し上げる。ジェス・アトウッド・ギブソン。イギリスのエージェント、カーティス・ブラウン社のヴィヴィアン・

シュスター、カロリナ・サットン、ベッツィ・ロビンス。北アメリカ担当のエージェント、フィービー・ラーモア。そして、ティモシー・オコネル。ロン・バーンスタインにも感謝したい。また、ストロングフィニッシュ・ドット・カナダ(Strongfinish.ca)のヘザー・サングスターには特に深謝する。彼女は長時間におよぶ原稿整理の後、ブリザードに見舞われ、車のエンジンがかからなくなるという憂き目にもあった。

以下の方々にも感謝したい。私の事務所スタッフ、サラ・ウェブスターとローラ・ステンバーグ。ペニー・カヴァノー。VJバウアー(VFXアーティストvjbauer.com)。ジョエル・ルビノヴィッチならびにシェルドン・ショイブ。そして、マイケル・ブラッドリーとサラ・クーパー、コリーン・クイン、シャオラン・ジャオ。ルイーズ・デニス、ルーアン・ウォルター、レニー・グディングス、そして、世界中でお世話になっているエージェントならびに出版社の皆さん。ユーコン準州ホワイトホースのデイヴ・モソップ博士、グレイス・モソップ、バーバラ&ノーマン・バリチェロの各氏にも感謝する。そして、本書執筆を励ましてくださった大勢の読者の皆さん、ツイッター〔現在はX〕やフェイスブックのフォロワーの皆さんにもお礼申し上げる。

最後に、心からの感謝をグレアム・ギブソンに捧げたい。彼とともに私は人生の午後の森をさまよってきた――滋養ある生きものを探し求め、敵対するものが出てくれば闘い、可能な場合はそれを食べてしまいながら。

訳者あとがき

カナダの作家・詩人、マーガレット・アトウッドのマッドアダム三部作は、『オリクスとクレイク』『洪水の年』に続き、本書『マッドアダム』で完結する。(1) アトウッドのプロフィールや三部作のなりたちについては、先行二作の翻訳者お二方による「訳者あとがき」に詳しいので、ぜひご参照いただきたい。

ここでは翻訳者として見た『マッドアダム』の世界とそこに投影される作家アトウッドの世界観の一端について述べようと思う。そして、その世界観——あるいは世界と向き合う姿勢——が近年時事的な話題とともに注目されたアトウッドの言動と共鳴することもご紹介するつもりだ。

アトウッドのポートレート

『マッドアダム』の原書を手に取り、アトウッドのポートレートを見た時の話から始めたい。作品を語るべき時に、作家の風貌を論じるのは不謹慎で不適切とお叱りを受けそうだが、あえてこの話から始めるにはわけがある。彼女の写真を糸口に、作品の理解を深めることができたと言っても過言ではないからだ。

ポートレートを見る前に抱いていたマーガレット・アトウッドのイメージ——数々の文学賞に輝き、ディストピアや世界の終末を描く円熟の大作家——から漠然と思い描いていたのは、世界の終焉に憂いの眼差しを向け、思索にふける静謐な表情。ところが、写真の中からこちらを見つめるのはいたずら好きの妖精だった。新しいいたずらを企んでいるのか？　それとも、とっておきの秘密を打ち明けようかどうか思案中？　あまりに意外だったので、インターネットでほかの写真を検索したが、最初の印象を打ち消すほどのものは見つからなかった。

アトウッドのポートレートに見たこうした意外性――世界の終わりを描く作家といたずら好きな妖精、思いに深く沈む人とフットワーク軽い秘密の回廊案内人、絶望とユーモア、大惨事《アポカリプス》と希望――が、その後『マッドアダム』を読み進むうえでのキーワードとなる。

マッドアダムの意外な世界

マッドアダム三部作の舞台となる世界は冒頭から救いのない終末を経験している。人類はパンデミックによってほぼ絶滅し、社会というシステムのハードもソフトも消滅した。では、暗澹たる物語かというと、ユーモアは健在だ。生き残った少数の人間は、想像もしなかった厄災に絶望しながらも――意外なことに――なお人としての営みを続けている。諍《いさか》い、恋愛、嫉妬、そして笑いもある。

〈水なし洪水〉と呼ばれるパンデミックはクレイクが世界を再起動させる目的で引き起こした。だが、いかに天才的な科学者の彼でも、計画どおりの再起動とはならない。その意外性が物語を動かす力だ。たとえば完璧な新人類としてクレイクが設計した人造人間のクレイカー。「表象的な思考や音楽を持たないようにする」というクレイクの思惑を見事に裏切り、予想外の成長を見せ、音楽も言語も、さらには宗教性をも身につける。クレイカーはこの作品の意外性を体現する存在で、疫病を生き延びた人々とともに読者の私たちは彼らの感性や行動に驚き、苛立ち、慰められ、そして、笑う。トビーの助けでクレイカーの少年、ブラックビアードが古の知恵に触れ、文字の読み書きを学んでいく様子は感動的で、希望――意外性の大きな要素――を感じさせる。

現実の陥穽

アトウッドのポートレートにいたずら好きな表情を見たとおり、彼女が描く世界には多くの陥穽《かんせい》や秘密が隠されている。ありそうにない結びつきや多様な要素の混在という意外性は言語表現にも及ぶ――独特の造語や地口、既存の語句を少しだけ変えたことば遊び。高踏的な表現と卑俗なことばが対話し、そこに語彙も表現も未熟なクレイカーの言語が介入する。だが、わなを怖れて慎重になりすぎると、独特の笑いや話のスピードについていけない。

では、意外性の連続かと思うと、わながあったりなかったりで、これまた油断は禁物。表現に限らず、マッドアダムの世界と現実との距離を見誤ってはいけない。アトウッド自身が「謝辞」の冒頭で言う。『マッドアダム』はフィクションだが、作品中のテクノロジーや生物学的事象には実在しないものや開発中でないもの、あるいは理論上不可能なものは一切含まれない」と。たとえば、少年時代のクレイクが、自分の父親は「ダニの咬み傷で発症する珍しい赤身肉アレルギー」を研究していると語るくだりがある(「ベクター」)。聞いたことのない話だと思って読んだが、後日ダニの唾液を媒介とする赤身肉アレルギーがここ数年で増加し、アメリカでは食物アレルギーのトップテンに入るとの報道(『ザ・ガーディアン』二〇一三年七月二七日)を見て、アトウッドの情報網の広さに驚くと同時に、現実が複雑に織り込まれたストーリーを再確認することになった。抽象的な思考による勝手な解釈で遊んでいると、作品の中で迷子になってしまう。

燃えない本と火炎放射器

二〇一二年五月、あるウェブサイトがメディアで話題になる。出版社のペンギン・ランダムハウス、

PENアメリカ、それにマーガレット・アトウッドが協力してアトウッドの『侍女の物語』不燃版を作り、オークションに出品する企画のサイトだ(unburnablebook.com)。アメリカで近年激しさを増す禁書運動に対する抗議なのだという。説明によると、アトウッドのこのロングセラーは一九八五年の刊行以来、何度も禁書の対象となってきた。そこで「この貴重な物語を守り、検閲と戦う力強いシンボル」として、燃えない本を作ることにしたとのこと。このサイトでは、アトウッド自ら火炎放射器でこの一冊——耐火材で作られ、読書は可能だが重量は通常書籍の二倍——に炎を吹き付ける勇ましい姿の動画も見られる(もちろん、本は燃えない)。最終的にサザビー・オークションでは十三万ドルで落札、全額がPENアメリカに寄付された。

アメリカ図書館協会・PENアメリカの調査によると二〇二三年一〜八月、公立学校の図書館や一般の公共図書館に対して一九〇〇以上の書籍を対象に禁書指定の申し立てがあった。これは過去最多だった前年を上回る数字で、実際に書架から撤去された本も多い(『ニューヨーク・タイムズ』二〇二三年九月二一日)。この運動を率いるのはおもに政治的・宗教的右派勢力、禁書の対象となるのは内容に性的描写や、ジェンダー、人種、権利の問題などを含む本。禁書では飽き足らず、好ましくない図書を燃やす市民グループまで出現した。

禁書運動の拡大は言論統制につながり、表現の自由という民主主義の根幹を揺るがしかねない。ファシズムの再来すら思わせる。この深刻な脅威に対して燃えない本で抗議するとは、アトウッドらしい機知に富む意外な手法ではないか。しかも、表現の自由を守るための寄付集めにも成功するという実利性。神の庭師たち——意外と現実主義者——も顔負けである。

アトウッドはまた、『アトランティック』誌上(二〇二三年二月一二日)で「私の本を禁止する？　どうぞご自由に」という挑戦的かつ知的な反論も展開する。自著の禁書を推し進める右派勢力の欺瞞を丁寧に暴きつつ、言論統制は右派、左派を問わず独裁体制下で行われてきたと指摘、そのうえで、たとえ本が禁止されたとしても、人々は地下に潜って読み続けるとも述べる。特にSNSやストリーミングの発達した今日、禁書は空虚なパフォーマンスにほかならず、実質的な効果はない（書物・文化のオンラインコミュニティBookTokには、彼女の名前と『侍女の物語』について四億回以上コメントが投稿されている。ドラマ化された『侍女の物語』はシーズン5まで配信中）。それに、パフォーマンスとして見ても、禁書・焚書は火炎放射器のインパクトには遠くおよばない。

コロナ禍と希望と現実

二〇二〇年初頭に始まる新型コロナウイルス感染症の世界的流行を、マッドアダムの〈水なし洪水〉に重ねる読者もいたのではないか。では、アトウッド自身は実際どんな発言をしたのだろう？

コロナ禍について、彼女は「たしかに不快で、おそろしく、誰も望まない状況」だが、ディストピアのように「あらかじめ計画され、独裁体制や恐怖政治が支配する不快で生きにくい社会」ではなく、「前触れなく発生した危機、非常事態」だと言う（『ザ・ガーディアン』二〇二〇年四月一六日）。

あるいはまた、「〔今の私たちは〕堀の上を飛びながら、無事に向こう岸〔のコロナ後の世界〕に着地することを願」っている状況だと表現する。問題は着地までの空中にいる間に何をするか。これまでの価値観や生活を見直し、コロナ後の世界をよりよくするための準備をしてはどうか。そう、「今は最良の時代にして、最悪の時代」、どういう時代にするかは自分次第なのだ。そして、哲学的な洞察ではなく、きわめて具体的かつ実践的な助言の提供に徹する。(2) アトウッドは想像力を駆使したフィクションの世界を作りながら、実践的な姿勢を保ち、現実の問題解決のために積極的に発言し、行動する作家だ。実際、SFや理想論ではなく、実現可能なユートピアを具体的に計画する「プラクティカル・ユートピア」というオンライン・ワークショップも主宰している。

アトウッドは時に「希望を捨てない根っからの楽観主義者で、現実主義者」と評されるが、これはマッドアダムの意外性――希望、笑い、現実――につながる評価だ。実際、地球の危機をテーマにした対話で、来たるべき未来は『侍女の物語』の世界か『マッドアダム』の世界かと問われ、「おそらく、両方ではないでしょうか」とあっさり述べた後、それでも希望を失う必要はないとディストピアの作家は明言する。「世界の破滅に絶望しても意味がありません。希望を諦めると、一切の可能性を捨て去ることになる。ひょっとしたら、破滅を避ける方法があるかもしれないのに」そして言う。希望を託すのは若者――ブラックビアードのような――だが、その若者がインスピレーションや知恵を求めるべきは老人だ。「老人の物語をお聞きなさい」と(『タイム』二〇二二年九月一五日)。

『マッドアダム』終盤、成長したブラックビアードがトビーに代わって物語を語り始める。身重のスウィフト・フォックスが「女の子だったら〔彼女と友好関係にあったとはとても言えない〕トビーという名前にする」と聞き、彼は「それが希望ということだ」と締めくくる。こうして、すべてが絶滅したかに見えた世界は新しい生命とともに続く希望に帰結し、物語はさらに語り続けられるのである。

ドイツの著名な作家・翻訳家、ハンス・ヴォルシュレーガーはジェイムス・ジョイスの『ユリシーズ』翻訳に大層苦しみ、毎朝ジョイスの肖像写真を前に拳を突き上げ、「やるぞ」と自らに誓ってから仕事を始めたという。私自身、拳で写真に誓うことはなかったが、しばしばアトウッドの写真を眺め、彼女の声を聞こうとした。翻訳はようやく終わったが、これからもアトウッドの眼差しや声に何かを求めることはあるように思う。

最後に。何よりも翻訳の遅れをお詫びしたい。『オリクスとクレイク』『洪水の年』に続く本書の刊行を待ち望んでいた読者の皆さまには申し訳ない気持ちでいっぱいだ。岩波書店関係者諸氏にもご迷惑をおかけした。コロナ・パンデミックの影響もあったとはいえ、仕事の遅れには忸怩たる思いが残る。本書翻訳の最初から最後までお付き合いいただいた編集者の大橋久美氏には心からお礼申し上げげる。大橋氏とは三度目の仕事となるが、常に私を励ましながら、時に先回りをして前方から、時に背後から、いつも的確で鋭い助言をしてくださった。この場を借りて深謝の意を表したい。

本書には社会的な差別につながるような表現や語句があるが、文学作品における作者の意図を尊重してそのまま訳出した。

二〇二三年一二月

林 はる芽

（1） Margaret Atwood, *Oryx and Crake*, 2003.『オリクスとクレイク』早川書房、畔柳和代訳、二〇一〇年。
———, *The Year of the Flood*, 2009.『洪水の年』岩波書店、佐藤アヤ子訳、二〇一八年。
———, *Maddaddam*, 2013.『マッドアダム』岩波書店、林はる芽訳、二〇二四年。

（2） マーガレット・アトウッド「堀を飛び越える」林はる芽訳、村上陽一郎編『コロナ後の世界を生きる』岩波新書、二〇二〇年。

マーガレット・アトウッド(Margaret Atwood)
カナダのオタワ生まれ．トロント大学，ハーバード大学で英文学を学び，大学で教鞭をとった後，カナダを代表する作家となる．詩，小説，評論，グラフィック・ノベルなど，幅広いジャンルの著作は50点を超え，45か国で翻訳・出版されている．二度のブッカー賞をはじめ，カナダ総督文学賞，アーサー・C・クラーク賞，ドイツ書籍協会平和賞，フランツ・カフカ賞など，数々の文学賞を受賞．
邦訳に『オリクスとクレイク』『洪水の年』のほか，『侍女の物語』とその続編『誓願』，『昏き目の暗殺者』『またの名をグレイス』など．

林 はる芽
翻訳家．東京大学，リヨン第二大学，イーストアングリア大学で仏文学，美術史学を学ぶ．
訳書にフレデリック・マルテル『超大国アメリカの文化力』(共監訳)『メインストリーム』『現地レポート 世界LGBT事情』(以上，岩波書店)など．

マッドアダム 下　　マーガレット・アトウッド

2024年3月22日　第1刷発行

訳 者　林《はやし》 はる芽《め》

発行者　坂本政謙

発行所　株式会社 岩波書店
〒101-8002 東京都千代田区一ツ橋2-5-5
電話案内 03-5210-4000
https://www.iwanami.co.jp/

印刷・精興社　製本・牧製本

ISBN 978-4-00-024838-9　Printed in Japan